罪全书 4

ZUI QUANSHU

蜘蛛 WORKS 著

贵州出版集团
贵州人民出版社

目录

第一卷
惊魂酒店

第一章　诡异电梯 .003

第二章　镜子有鬼 .009

第三章　血腥玛丽 .015

第四章　恐怖浴室 .021

第五章　偷窥狂人 .028

第二卷
拼尸之案

第六章　人体板凳 .037

第七章　人肉包子 .043

第八章　冰柜藏尸 .049

第九章　关山难越 .055

第十章　失路之人 .061

第三卷
连环奸杀

第十一章　绝对领域 .071

第十二章　收藏癖者 .077

第十三章　变态少年 .083

第十四章　罪恶种子 .089

第十五章　人妖出没 .095

第四卷
行为艺术

第十六章　琥珀童尸 .105

第十七章　冰封之夏 .111

第十八章　分尸现场 .117

第十九章　艺术盛宴 .123

第二十章　变态诗人 .130

第五卷
闹鬼电话

第二十一章　湖中浮尸 .143

第二十二章　约人神器 .149

第二十三章　拍卖少女 .155

第二十四章　山村囚禁 .162

第二十五章　微信深渊 .169

第六卷
慕残者说

第二十六章　解剖女尸 .177

第二十七章　倩女色魔 .183

第二十八章　强奸男人 .190

第二十九章　艾滋病人 .196

第三十章　　锁骨菩萨 .202

第七卷
食肉恶魔

第三十一章　黄泉之路 .216

第三十二章　树林鬼影 .221

第三十三章　易子而食 .227

第三十四章　瓶装汤圆 .233

第三十五章　鸵鸟的肉 .239

第八卷
公路人饼

第三十六章　绑架少年 .249

第三十七章　天罗地网 .255

第三十八章　魔高一尺 .261

第三十九章　道高一丈 .267

第四十章　　林中小屋 .273

第九卷
猫脸老太

第四十一章　**绝密档案** .283

第四十二章　**无头的鸡** .288

第四十三章　**吸血怪物** .294

第四十四章　**野兽之孩** .299

第四十五章　**归家之路** .305

第十卷
玉米男孩

第四十六章　**白毛老怪** .313

第四十七章　**原始森林** .318

第四十八章　**荒野路灯** .323

第四十九章　**奇人异事** .331

第五十章　**寄生虫子** .337

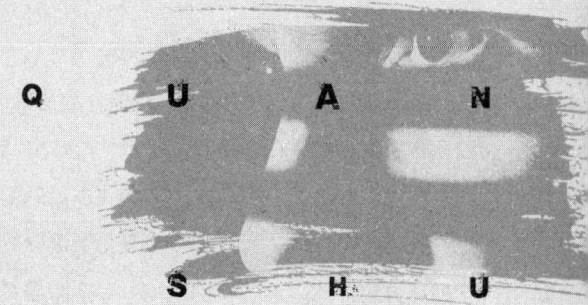

第一卷 一
惊魂酒店

> 你是否要我辗转反侧不成寐，用你的影子来玩弄我的视野？
>
> ——莎士比亚

一

女孩子住进酒店，通常都会洗澡。

洗澡的时候，女孩最没安全感，赤身裸体，站着淋浴，洗头时是最害怕的时刻。脸上全是泡沫，眼睛无法睁开，心理活动就会很复杂，想象力丰富的女孩觉得会有坏人突然出现。越想快点冲掉头发上的泡沫，却觉得泡沫越多。时间一分一秒地过去，心跳加速，万分紧张，开始有诡异的感觉出现。潜意识里认为有个人已经出现在身边，他靠近了，悄悄地。女孩心里喊着不要啊，不要过来，我不想死。终于手忙脚乱冲洗完毕，睁开眼睛，周围什么都没有，每次洗完头都有一种重获新生的感觉。

第一章
诡异电梯

嘉州市希耳酒店发生了一起命案，一个女孩入住酒店后神秘失踪。

女孩名叫黄爱丽，二十一岁，前来嘉州市旅游。黄爱丽每天都与家人联系，却在她下榻酒店后不久的某天突然中断。黄爱丽失踪两个星期后，警方发布了她最后在酒店电梯里的视频，希望知情人士可以提供寻找她的线索。

视频四分钟左右，似乎有个看不见的人跟着她，她的行为非常怪异、诡异、灵异，令人百思不解。

视频显示，她走进电梯后，将全部楼层的按钮按了一遍，随后躲在电梯的死角，此时一切正常。她突然弯下了腰，有点驼背姿态。大约十秒后，电梯门动了一下，但是没有关上，她将头伸出电梯左右查看，随后小心翼翼地走出去，在电梯外站了大约三十秒，双手抱头又进入电梯，再次按下全部楼层的按钮。一会儿，黄爱丽又走出电梯，在电梯外面手舞足蹈，随后又像数数般掰折自己的手指。大约十五秒后，失踪女生黄爱丽离开了电梯监控的范围。

这段电梯视频传遍了网络，国内外新闻媒体广泛报道，再加上神秘和灵异的色彩，最终引起了全世界的关注。

第二天，警方在酒店楼顶的水箱里发现了黄爱丽的尸体。

楼顶水箱是一个圆形的大铁罐，黄爱丽头下脚上漂浮在水箱之中，她的衣服不见了。

究竟是他杀、自杀，还是意外死亡？或者像网友所说的那样，黄爱丽被鬼附身了？

嘉州警方邀请特案组予以协助侦查此案。在此之前，特案组已经看过视频，了解过相关案情，他们刚在希耳酒店出现，就被新闻记者包围了。

很多话筒伸了过来，记者纷纷提问，梁教授面对摄像机说：

这是一个奇怪的案件，可以肯定的是，死者黄爱丽一定碰到了非常奇特的事情，才会有大家在视频里看到的奇异的行为。我们不预设立场，而是让证据说话，根据现场勘验和尸检的结果展开调查，其他的暂时无可奉告。

几名警察拦住追问的记者，特案组决定把这家酒店作为办案指挥部。嘉州警方负责人加强了安保力量，在酒店大厅安排了警员二十四小时值班，随时听候调遣。

嘉州警方负责人陪同特案组乘坐电梯来到四楼，这也是黄爱丽入住的楼层。

苏眉在电梯外模仿着黄爱丽的动作说：我注意到，她有个划水的手势，结果死在楼顶的水箱里，真是怪异。

画龙说：小眉，你别调皮。

包斩抽动着鼻子说：电梯里什么味道，好臭啊！

梁教授说：今天晚上，小眉你负责做犯罪模拟。

苏眉说：为什么？以往不都是小包来做这个的嘛。

梁教授说：因为你和黄爱丽都是女性，更能了解她当时的心理。

苏眉说：好吧，我觉得挺好玩的。

梁教授说：还有，你要住在黄爱丽的那个房间。

苏眉说：梁叔，我恨你！

希耳酒店有十五层楼，黄爱丽住在四楼414房间，这是一间大床房，房间又脏又小，而且有一股发霉的怪味。命案发生后，警方已经将此房间封锁，现场勘验过多次，希望能用精密仪器提取到罪犯遗留的指纹、脚印、掌纹、分泌物、衣服纤维、头发丝等，然而这个房间只有死者留下的痕迹，没有可疑人员闯入的迹象。

警方牵着警犬在酒店进行了地毯式搜索，尚未发现有价值的线索。

这家酒店历史悠久，设计得有点不科学，走廊如同迷宫，房间号码也不连着。走廊呈Y形，有很多监控死角，房间的隔音效果也差。走廊墙壁和房间的颜色很怪，除了白色，更多的是红色，有点像冷却的鲜血颜色，给人一种压抑的恐怖感。

嘉州警方负责人说：经过初步调查，目前已经有了一名犯罪嫌疑人。

梁教授说：如果是他杀，这人肯定不是凶手。

嘉州警方负责人说：嫌疑人是酒店的一名工作人员，持有可以打开黄爱丽房门的钥匙。

梁教授说：这太正常了，工作人员肯定可以打开房门。

苏眉说：天哪，我坚决不住在黄爱丽的房间，半夜睡觉，有人突然进来怎么办？

梁教授说：放心，你绝对安全，小包和画龙会住在你隔壁。

嘉州警方负责人和酒店进行了沟通，特案组入住黄爱丽当时所在的四楼。警方临时征用了酒店的会议室，特案组对顶楼发现尸体的水箱进行了查看和测量，随后在会议室重点讨论黄爱丽的视频录像。

黄爱丽在希耳酒店的其他视频一切正常，只有失踪前的电梯视频非常怪异。

苏眉将监控录像放慢，制作成静态图片，对每一帧画面进行讨论，分析她的异常行为。

嘉州警方负责人说：当时是31日凌晨两点，她住在四楼，没有人知道她为什么在十四楼出现，以及她在十四楼遇到了什么。我们查看了其他的监控录像，黄爱丽当时应该是从消防通道上的十四楼，只做了短暂的停留。

苏眉说：她乘坐电梯下去，身穿红色上衣和黑色短裙，脚上是拖鞋，胸部平平，似乎没有戴胸罩。我们可以确定，女生不会穿这样的拖鞋出门，所以她绝不是从酒店外面回来的，而是从自己的房间，上到十四楼，又从十四楼下来。

包斩说：黄爱丽进入电梯后，弯下腰去按电梯键，离得很近，这是因为她近视，当时没有戴眼镜。我注意到，各大新闻网站照片上的黄爱丽都戴着眼镜，这条信息很重要，可能是影响她行为的原因之一。当时，她看不清眼前的一切，但意识到危险，情况很紧急。

画龙说：有一个流传很广的说法，如果被可疑人员跟踪，进入电梯后要按下每层的按键，防止被人知道自己住在几楼，我觉得黄爱丽当时可能被人跟踪了。

梁教授说：电梯不关有三个原因：一、电梯外面有人按键；二、电梯终端系统操控；三、电梯坏了。有些犯罪分子也可以用冰块塞住门，或者用硬币贴在电梯的hold键（保持键）上，造成电梯门关不上，不过这样也就会暴露在电梯监控之中。

嘉州警方负责人说：电梯里的怪异行为也有几种可能：她在和某个熟人开玩笑；她遇到了惊恐的事情，在躲避着什么；她吸过毒，或者喝过酒，被人下药，导致动作异常夸张。

梁教授说：我们必须按照凶杀的方向来进行侦查，因为她死在水箱里，衣服不见了。

嘉州警方负责人说：通往楼顶的门平时是锁着的，强行打开会触动警报。截止到现在，尽管已经找到尸体，但是我们连自杀和他杀都无法定论。尸体没有外伤，死者生前也没有过精神异常的病史，她是否吸过毒或者服用过某种致幻药物，还需要进一步尸检才能确定。

画龙问道：大概多久？

嘉州警方负责人说：需要一周时间吧。

梁教授说：那就对媒体说要六至八周才能得出毒理学检测结果，为我们争取时间。

包斩说：一个正常女孩，却变得不正常了，她肯定是看到了什么。

梁教授说：这也许是一起伪装成自杀的他杀案件。

特案组分析出此案的三个谜团，并确定接下来如何展开侦查。

嫌疑最大的是黄爱丽失踪当天住在酒店尤其是住在14楼的客人，还有酒店工作人员。

黄爱丽1月31日凌晨两点离开电梯后失踪，法医初步认定她的死亡时间为2月1日，也就是她失踪次日。2月14日，酒店进行过水质检查，显示一切正常。

19日发现尸体，这意味着黄爱丽的尸体很可能被神秘凶手藏匿了两个星期，水质检查结束后才被悄悄丢弃进水箱。

黄爱丽1月27日入住希耳酒店，31日失踪，这几日究竟发生了什么事情超出黄爱丽心理的承受能力？她可能听了些恐吓的话，见到了恐怖的人，或经历了一些恐怖的事情。那几日发生的事也许使黄爱丽精神崩溃，但是她没有报警和求救，她躲避的也许是某种灵异的难以解释的东西，是恐惧让她疯狂！

第二章
镜子有鬼

苏眉在做犯罪模拟时发现，电梯外面的走廊有一面镜子，黄爱丽当时肯定照过镜子。

镜子是圆的，镶嵌在圆形的塑钢框架里，希耳酒店有很多这样的镜子，每个房间的浴室都是这种镜子。黄爱丽进入电梯时很从容，也许还没有意识到危险。她站在电梯的死角，是想通过走廊的镜子查看状况，没有人知道，她究竟看到了什么。

黄爱丽当时愣了一下，表情紧张，慢慢地移动身体。她在躲避镜子，调整一个合适的角度进行观察，然后走出电梯，直接站在镜子前面。她似乎通过镜子的反光看到了什么，从那一刻，她开始感觉到恐惧。

黄爱丽再次进入电梯，电梯门没有关，她走出电梯，对着镜子做奇怪的动作，就此消失。

嘉州警方整理出黄爱丽案件的时间表：

1月27日，黄爱丽入住希耳酒店四楼414房间，目击者称她去过附近的书店。

1月31日，凌晨两点，电梯监控拍到黄爱丽怪异的举止。

2月1日，每天都会和家人联系的黄爱丽突然失踪，与家人失去联络，音信全无。黄爱丽本该在这天退房，她的行李还在房内，警方确认她的死亡时间就是这一天。调查走访时，住在黄爱丽楼下的客人反映，案发当天听见四楼声音嘈杂，天花板和四楼地板因漏水被淹。黄爱丽隔壁的客人曾听到瑟瑟的声响，就像有人从塑料袋中爬出来的声音。

2月1日到13日，黄爱丽失踪期间，嘉州警方广泛搜寻，三只警犬曾对酒店楼顶进行搜索，并未有所发现。

2月14日，环境卫生部门对希耳酒店进行检查，表示水质一切正常。警方在这一天公布黄爱丽失踪前的电梯监控录像，征集线索。

2月18日，希耳酒店的客人纷纷反映酒店水压过低，水质发臭。

2月19日，酒店工作人员检查楼顶水箱，发现了黄爱丽赤裸的尸体，随即通知警方。

警方找到了尸体，初步的尸检结果显示，黄爱丽没有外伤，死因是溺水，死亡当天没有饮酒和服用药物，嘉州警方和特案组仍然不能确定黄爱丽是他杀还是自杀。

黄爱丽的衣服不见了，这是警方倾向于认为他杀的关键。

如果她是自杀或者意外死亡，那么她怎么爬上的水箱？水箱呈圆筒状，高度约为2.5米，没有任何可供攀缘的落脚处，平时酒店工作人员都是使用梯子上到顶部的；水箱顶部的盖子很狭小，难以塞进去一个人，以至于警方发现了尸体，却不得不用电气焊在水箱侧面切割出一个洞，才把黄爱丽的尸体弄出来。

当时，水箱内还有四分之三的水，黄爱丽全裸浸泡在水中，头下脚上，四肢扭曲。

特案组了解到，希耳酒店非常诡异，发生过数起凶杀案，其中两起凶杀案最为轰动！

几十年前，一名家庭主妇带着女儿去鞋匠那里取送修的鞋子，当她们路过一片茂盛的草地的时候，似乎看到那里放着一具残破的人体石膏模型，走近之后震惊地发现这原来是一具被肢解的赤裸的女性尸体，这起举世震惊的碎尸案就此拉开了帷幕。警方用了三年时间调查这个案件，然而始终没有找到凶手，这起极度惊悚血腥的离奇命案至今未破。

黄爱丽死亡的酒店正是未侦破的碎尸惨案发生的同一地点。

另一个案子发生在1991年，死者是一个女孩，名叫静子，住在希耳酒店十四楼1414房间。静子和黄爱丽一样，也是独自旅行。她当时偶然认识了一个出租车司机，叫刘学强。刘学强以带她旅游为借口，将静子骗回家，求欢不成，恼羞成怒，用十字弓把静子杀害。这是一种不寻常的凶器，当时，刘学强向静子头部发射了四箭，因为无法拔下箭矢，索性将头颅砍下，然后在家中分尸，埋在偏僻之处。

静子失踪后，这个案子胶着了一年之久，没有进展。

警方当初也怀疑过出租车司机刘学强，但是，刘学强没有露出什么破绽。一年后，警方再次调查刘学强，发现他整个人都变了。刘学强的两手都戴着佛珠，出租车里摆着佛像。警方了解到，这一年来，刘学强几乎就没有回过家，每天都睡在自己的出租车上。不知道什么原因，他根本就不敢回家。警方走访邻居，询问有没有发现什么异常的事情。

邻居说：常常在半夜听到隔壁刘学强家里传来女人的哭声。

邻居遇到刘学强还问过此事，猜测刘学强交了女朋友，半夜常常和女朋友吵架。

刘学强听到之后，吓得脸色惨白，浑身哆嗦。

刘学强丢弃了家中所有的东西，就连棉被都烧了，家里也摆满了佛像。即便这样，他仍旧不敢回家居住。刘学强因为承受不住心理压力坦白交代了杀人分尸的犯罪事实，警方根据他指认的埋尸现场，进行了挖掘，虽然找到了遗体，却没有发现静子的头颅。

这个案子最恐怖的是，有一些难以解释的灵异怪事。

刘学强杀人分尸后，产生了严重的幻视症状，不断看到一个白衣女子在家中出没。

还有人声称，在埋尸地点附近的农田，看到过一个无头的白衣女子绕着一棵树走来走去。

静子插着四支箭矢的头颅，至今没有找到……

苏眉劳累了一天，已是凌晨，打算洗澡休息。尽管希耳酒店发生过数起诡异的凶杀案，死者黄爱丽就住在这个房间，但是画龙和包斩就在隔壁，隔着墙也能隐约听到画龙打鼾的声音，苏眉感到很安全，并不担心什么。

然而，这天夜里却发生了一件匪夷所思的怪事！

苏眉穿着一身蓝黑色职业低胸西装，双胸饱满，臀部浑圆，小蛮腰更加凸显了美妙的曲线，黑丝袜包裹的美腿充满诱惑。她先脱了高跟鞋，然后坐在床上脱下丝袜，两条玉腿纤细修长，接着，她脱下职业装，解开脖子上系着的浅黄色丝巾……

苏眉一丝不挂地走进浴室，反锁上门，她站在镜子前，打量着自己。

完美的身材散发着如兰的香气，柔滑似水的长发自然披散在肩膀上，肌肤似雪，曲线傲人，双眸盈盈动人，樱唇娇艳欲滴，仅仅是随意的站姿，就有万种风情。

这时，突然传来一阵呻吟的声音，应该是住在另一个隔壁房间的客人在浴室里做爱。房间隔音不好，叫声越来越肆无忌惮，苏眉噘起嘴，说了声讨厌，脸却红了。

苏眉洗澡，站在浴缸里，淋浴的热水滑过身体。洗头的时候，她关了淋浴，浴室里热气腾腾，水声停止，她的身上和头上全是泡沫。隔壁的战况越来越激烈，令人浮想联翩，一个娇嫩发嗲的女孩拖着长音大声呻吟，高亢的叫声过后，女声戛然而止。苏眉闭着眼睛，手指划过肌肤，她情不自禁地颤抖了一下。

苏眉冲洗完毕，拿起毛巾，擦干净身体，她看着镜子，却呆住了。

水蒸气凝结在镜子上，镜面模糊，浴室里白蒙蒙一片，看不清楚。苏眉走上前，想要擦拭镜子，却发现镜面上有些难辨的图案，还有三根手指由上而下划过的痕迹。她感到毛骨悚然，浴室的门反锁着，不可能有人进来，那么又是谁的手在镜子上划了一下？

黄爱丽入住希耳酒店，肯定也在这个浴室洗过澡。

苏眉越来越害怕了，联想到溺毙的黄爱丽在浴室的地上爬着，伸出手，指甲划过镜子……

这时，浴室的灯闪了几下，突然灭了。苏眉吓得脸色煞白，大叫一声，来不及穿衣服，只裹了条浴巾，冲出浴室，敲响了画龙和包斩的房门。

画龙和包斩来到苏眉所在的房间，不明白发生了什么。

苏眉胆战心惊，坐在床上，指着浴室讲述着刚才的经历，慌乱之中，浴巾突然掉了下来。

包斩咳嗽了一下，识趣地转过身。

画龙眼前一亮，坏笑着说：小眉，你见鬼了啊，还是故意的……

苏眉顾不上多说，赶紧让画龙也转过身。她胡乱穿上衣服，叫来酒店的水电工，修理好浴室的灯。

浴室的门敞开着，雾气已经消散，镜子光可鉴人，上面既没有什么图案，也没有指印。

画龙摊开手表示无奈，包斩细心检查镜子，也没有什么发现。

苏眉只觉得头皮发麻，自己明明看到镜子上有指印，怎么不见了呢？

包斩说：要不要通知梁教授？

画龙说：这大半夜的，又没啥情况。

苏眉说：我真不是开玩笑，我明明看见的啊。

包斩想了个办法，他打开浴室的淋浴，关上门，过了一会儿，浴室里充满了热气，大家看到，镜面上的图案和指印渐渐出现，非常诡异，不可理解。包斩关上淋浴，随着浴室蒸汽的消失，镜子上的图案和指印也不见了。

嘉州警方负责人带来了精密的刑侦仪器，经过连夜勘验，最终发现，有人用口红或者唇膏在镜子上写了一句英文，后来又擦拭掉了，三个指印应该就是在擦拭的时候留下的痕迹。口红和唇膏的基料是油、油脂和蜡，黏附性良好，尽管擦掉后，肉眼看不到什么，但是镜子遇到蒸汽凝结时，字迹和指印还会显现出来。

那句英文是：Bloody Mary。

翻译成中文就是：血腥玛丽。

第三章
血腥玛丽

传说中，血腥玛丽是一个鬼魂的名字，也是一种全世界范围内广泛流传的通灵游戏。据说，独自走进一间黑暗的浴室，通过点蜡烛、念咒语等一系列动作，就能召唤出血腥玛丽。

画龙说：扯淡，封建迷信，能有人召唤出这玩意儿吗？

苏眉说：我大学时玩过，失败了，玛丽阿姨超忙的，全世界那么多人每天都在召唤她。

包斩说：召唤出，又怎么样，仅仅是好奇吗？

苏眉说：可以在镜子上写下要杀死的人的名字，然后玛丽阿姨就会为你服务。

梁教授说：镜子上写的是Bloody Mary，难道要她杀死自己？

包斩说：如果镜子上的这行字是黄爱丽写的呢？

苏眉说：那就太可怕了。

梁教授说：立即查明镜子上的字是谁写的，谁在这个浴室进行了召唤邪灵的游戏！

特案组迅速展开调查，询问了希耳酒店的客房部，有名肥胖的女服务员负责在客人退房后打扫房间，据她回忆，这行字是黄爱丽之前的一位客人留下的。

那客人是个大学生，退房后，黄爱丽就住了进来。

镜子上留下的指印是胖服务员弄上去的，她打扫房间时发现了这行字，用手抹了一下，随后擦拭干净。很多客人都会将房间弄得乱糟糟，女服务员不以为意，所以没有汇报。

这名胖服务员有黄爱丽房间的钥匙，她被嘉州警方列为犯罪嫌疑人，询问过多次。

梁教授说：你懂英文吗？

胖服务员摇了摇头。

梁教授又问道：黄爱丽入住的那几天，你是不是进过这个房间？

胖服务员生气地辩解道：我都说过多少次了，死人和我没关系，我是服务员，每天都会给各房间送水果和报纸，这个楼层每个房间的钥匙我都有。

特案组根据酒店住宿的登记信息，查到这个大学生就在附近的一所高校，他叫左央。

左央是个宅男，拒绝相信鬼怪的存在，认为根本就没有什么科学无法解释的灵异事件。这个富有探索精神的男孩想以自己的亲身体验告诉大家，这个世界上是没有鬼的。他在天涯社区莲蓬鬼话论坛发了一个直播帖子，标题是：关于几种所谓恐怖游戏的亲身体验。

左央在帖子里直播自己进行各种恐怖游戏的过程，并且详细写下了自己的体验。

他进行的第一个游戏是在午夜点着蜡烛削苹果，不能把果皮削断，据说这样就可以在镜子里看到前世的自己。

第二个游戏是在午夜时分，拿一碗米饭，插上三支香，放在十字路口。等到香烧完，再把饭吃下去，因为这时，米饭中已经注满了游魂野鬼的至阴之气，可以进入灵界之门。

这两个游戏都失败了，召唤血腥玛丽是他进行的第三个恐怖游戏。

左央平时住在大学宿舍，无法完成这个游戏，所以他和女友就在附近的希耳酒店开了个房间。按照步骤，他在浴室里关了灯，点燃蜡烛，对着镜子默念三遍Bloody Mary，不知道自己的下场会怎样。根据传说，如果成功召唤出血腥玛丽，一对邪恶的红色眼睛会在镜子里出现，镜子有血液渗出……然而，这些都没有发生，左央很失望，用女友的唇膏在镜子上写下Bloody Mary。

第二天，左央退房离开酒店，黄爱丽入住这个房间。

根据帖子连载的内容，左央后来又玩了"四角游戏"，还有"招鬼术"，很多网友留言劝他立即停止，不要再进行这种危险的游戏。左央回帖说自己一切正常，状况良好。不知为何，他突然停止了连载，整个人就像失踪了似的，再也没有在帖子里出现。

特案组找到他的时候，他正在医院里躺着，脸色惨白，嘴唇发黑。

医生诊断不出左央得了什么病，此前他一切正常，没有精神疾病，然而就在体验恐怖游戏之后，有时候，他突然什么也看不到什么也听不到，像瞎子一样眼前只有黑暗,然后慢慢地恢复正常。有一次,他过马路,看到马路上没有车辆和行人,安静得出奇。他也没有想什么就往马路对面走,要不是一个妇女好心拉住他,他已经被车撞死了。

画龙说:你也真是闲得蛋疼,去玩那些游戏。我们找你有点事。

左央说:什么事?这段时间,我发生的事已经够多了。

苏眉说:你入住希耳酒店,是不是在镜子上写了Bloody Mary?

左央说:是的,我用女友的唇膏写的。

包斩说:你住在酒店的时候,有没有发现什么异常的事情?

左央说:血腥玛丽是骗人的,不过,我倒是有一句忠告,对于神明以及灵魂,你可以永远都不去相信,但永远也不要亵渎与不尊重!说实话,这个游戏确实有点诡异,尤其是在烛光中,在浴室镜子里看到自己苍白的脸,我好几次吓得准备放弃,后来还是坚持完成了。做这个游戏的时候,我听到了一些声音,刺刺啦啦的声音,我不太确定。

苏眉说:是老鼠叫吗?

左央说:更像是撕胶带的声音。

经过调查,左央与黄爱丽案件无关,特案组返回希耳酒店。

苏眉在卫生间洗手,画龙、包斩、梁教授在外间讨论案情。

苏眉心想,黄爱丽是不是被左央召唤出的血腥玛丽害死的?想到这里,她害怕起来,打量着空荡荡的浴室,似乎这个邪恶的鬼魂就在附近。

梁教授说:黄爱丽死亡的第一现场,你们觉得在哪里?

包斩说:这个房间可能就是第一现场,但是没有找到什么实质性的证据,要不早破案了。

梁教授说:那藏尸地点呢?

画龙说:酒店的储物间、仓库,或者机房、通风管道,藏尸的地点多了。

梁教授说：凶手对这个酒店非常熟悉，能够避开监控，藏尸半月，再抛尸在楼顶水箱。当务之急，我们还得重点排查酒店的每一名工作人员，还有常住客人，找到黄爱丽的衣服也至关重要。

苏眉突然听到奇怪的声音，她把大家叫到浴室，侧耳倾听，可以很清晰地听到低吼声，还有撕扯胶带发出的刺刺啦啦的声音，这声音是从隔壁传来的。

画龙叫来酒店的服务员，原来隔壁住着一个魔术师和女助手，他们在这个酒店住了好几个月了，每周在附近的剧院演出两次。

胖服务员打开房门，画龙等人走进去，眼前的一幕让人震惊。

房间里一片狼藉，地上有吃剩的饭菜，沙发上堆着衣服，几个装有魔术道具的箱子靠墙放着，床前的垃圾篓上还耷拉着一个使用过的安全套。苏眉在浴室里听到的交欢声，就来自眼前的这两个人。

此刻，女助手被捆绑在椅子上，蒙着眼睛，魔术师手里拿着一把手枪。

魔术师看到众人，说道：好嘛，来了几个观众，把门关上，靠墙站着。

魔术师的枪口对着众人，一脸阴沉，看上去不像开玩笑，画龙等人只好按照他说的去做。

魔术师说道：我用这把枪击毙了十个从大礼帽中变出兔子的垃圾魔术师，他们都该死，拙劣的演技是对观众的侮辱。椅子上那位，既是我的女助理，也是我的女朋友。那些讨厌老婆的人应该学习一下怎么把她变消失，今天我们选择另外一种消失的方式：枪击。这把枪，我敢保证是真的，如果不信，你们谁都可以试试。

画龙说：哥们儿，把枪放下，我们是警察。

魔术师说：你不能终止我的表演，好好看着。

魔术师在房间的空地上放了个木头支架，将一面透明玻璃放在支架上，他站在玻璃后面，举起枪，瞄准绑在椅子上的女助理。大家正想劝他冷静一下，他果断开了枪，子弹击穿了玻璃，女助手的身体抖了一下，头歪向一边。

枪响时，画龙冲了上去，将魔术师扑倒在地，夺下手枪扔到一边。

包斩捡起枪，发现这是一把魔术手枪，外观看上去和真枪一样。

女助手并未受伤，苏眉说，算了。

画龙挥拳欲打，说道：你这不是欠揍吗，和我们警察开玩笑，非得揍烂你的脸！

魔术师站起来，包斩把枪还给他。

魔术师解释说，这是他即将表演的魔术——魔术师开枪，击穿玻璃，女助理用牙齿咬住子弹。

梁教授说：这个魔术太简单了，我都能揭秘。玻璃支架上藏着电子装置，开枪的瞬间，电子装置弄碎玻璃，造成子弹穿过的假象，助理假装中枪，事先就在嘴巴里藏好了弹头。

魔术师有些懊恼，否认道：不是你想的这么简单。

梁教授说：我有个问题，想请教一下你。

魔术师说：好啊。

梁教授看了一眼魔术师的女助手，她的身材和黄爱丽差不多。

梁教授说：如果你在这个房间杀死了女助手，你应该怎样避开走廊和电梯口的摄像头，搬运尸体到达楼顶，登上水箱，把尸体塞进去？

第四章
恐怖浴室

魔术师的警惕性很高，拒绝回答，同时抗议梁教授将他作为犯罪嫌疑人。

特案组四人回到苏眉的房间，梁教授查看了嘉州警方对魔术师的询问笔录，黄爱丽失踪当晚，魔术师和助手正在剧院演出，不具备作案时间。

苏眉说：魔术师制造不在现场的证明，杀人抛尸，绝对可以做到。

包斩说：为什么？

苏眉说：因为他是魔术师啊，他可以把戒指弄到鸡蛋里，还可以大变活人，让自己消失。

画龙说：尸体在水箱里发现，只能切开水箱弄出尸体，这是魔术手法吗？

梁教授说：如果硬塞的话，凶手可以将黄爱丽塞入水箱里，她在水中浸泡，尸体浮肿，所以无法将她从入口弄出来。

包斩说：我可以避开监控，杀人抛尸，扔进水箱，但是无法保证尸体的

022.

完整。

上海曾发生过一起诡异的凶杀案，这个真实案例在警校试卷上改成了一道推理题。

一对夫妇入住酒店，直到退房，妻子始终没有走出酒店。通过监控，发现丈夫多次外出购物，每次都是轻装出行，没有背包，不可能转移尸体出去。走廊监控显示，妻子没有走出房间。该房间在三楼，窗口向北，装有护栏，浴室地面隐约有血迹，警方推测妻子已死，但尸体在哪里？凶手是怎么运尸的呢？

包斩说自己当时在试卷上写了三个答案。

一、凶手购买了一些分尸工具，回到酒店，将死者碎尸成块，冲进马桶。

二、凶手将死者碎尸，携带在身体上，用衣服掩藏，分成多次去酒店外面抛尸。

三、酒店大多朝阳，向北的窗户一般不在监控范围内。凶手将尸体切割成若干块，割下肉，用购买的工具把头颅和躯干砸扁或者挤扁，以便把尸块从窗户护栏里塞出去，用绳子拽到楼顶，再将尸块吊至酒店楼后的监控盲点，最后悄悄转移。

梁教授摇动轮椅，走到窗前拉开窗帘。黄爱丽住过的这个房间，窗口也是向北，虽然没有安装防护栏，但是窗户是卡死的，只能打开一条缝隙，人体并不能穿过。黄爱丽的尸体是完整的，警方勘验也显示，窗户没有被破坏的痕迹。

包斩说：我的三个答案都不适用于这个案子。

梁教授说：是啊，我们现在遇到了第四种情况。

画龙说：反正我坚决不相信什么鬼神之说。

苏眉说：如果不信，为什么会有清明节呢，还要烧纸钱？

嘉州警方负责人询问如何向媒体交代，特案组只能拖延，目前掌握的信息并不比媒体多。全世界的目光都聚集在这个案子上，中国、美国、加拿大等国家的新闻媒体都做了头条报道，记者云集希耳酒店，此外还吸引了一大批对此案好奇的探险者，以至于酒店房价飙升。

几天后，黄爱丽的遗体下葬，警方依然没有确认真正死因。

这起全球关注的案子，使得特案组感到了前所未有的压力，多种传言和推测无法抹去人们的疑虑。黄爱丽到底是自杀、被谋杀，还是意外死亡？黄爱丽的尸体如何进了顶楼的水箱？黄爱丽尸体为何失踪了半个月？造成黄爱丽电梯中诡异行为的原因是什么？如果黄爱丽是被谋杀的，那么凶手是谁？凶手作案的动机是什么？

案情僵持不下，特案组一筹莫展，尽管再次排查了酒店的每一位员工，依旧没有进展。

梁教授想到一个办法，他召集了媒体和一些对此案好奇的民间神探，希望能群策群力，使得此案获得突破。大家各抒己见，在酒店会议室讨论分析了整整一个下午，案情扑朔迷离，分歧很多，梁教授整理出几个共同点。

一、黄爱丽生前遇到了一些令她感到恐惧的东西。

二、黄爱丽死在这个酒店。

三、黄爱丽的衣服不见了，水箱里发现的是裸尸。

一个记者推测，黄爱丽的衣服可能被水箱吸走，而酒店供水系统复杂，管道众多，所以警方没有找到。黄爱丽死在酒店的什么地方呢？如果是楼道或者楼顶，遭遇了凶手，那么她很可能会搏斗，然而尸体表面没有外伤。根据法医验尸结果，黄爱丽是溺毙，无论是自杀还是他杀，或者意外死亡，黄爱丽的死和水有关。

除了水箱，酒店的什么地方有水呢？

包斩似乎看到了一丝曙光，他指着浴室说，这里可能就是第一凶杀现场。

画龙说：浴室里有洗脸池，还有浴缸，凶手可能是把她的头按在水里，淹死了她。

苏眉说：我注意到，黄爱丽的遗物中有洗面奶，她先把洗脸池放满水，低头洗脸，脸上全是洗面奶，眼睛睁不开，可能就是在这时候，凶手袭击了她，强行把她的头按在洗脸池里。要不就是在她洗头的时候，凶手悄悄地靠近她，她是完全看不到的，凶手在浴缸里淹死了她。

梁教授说：凶手怎么进入的黄爱丽房间，又是怎么离开的呢？这是一个谜。

大家正在房间里讨论案情，突然有人敲门，隔壁的魔术师和女助手走了进来。

女助手说：不知道你们想不想欣赏一个魔术？

画龙说：我们忙着呢，没空看什么魔术。

魔术师说：那算了，本来我们想表演一个穿墙术给你们看。

魔术师和女助手说完就往外走，梁教授叫住了他们，表示很感兴趣。

魔术师说：我要表演的魔术很简单，你们把房门反锁，我可以穿过墙壁进入你们的房间。

苏眉说：这怎么可能，你从隔壁的房间，穿过墙，进入我们房间，是这样吗？

魔术师说：一千元，我可不会免费表演。

画龙说：这可有点多。

魔术师说：我说的是美元，一千美元。

包斩说：你真的可以做到？

魔术师说：当然可以。

画龙说：我们正在调查一起案子，想必你也知道，我们现在有理由怀疑你。

魔术师说：随便，我不怕。

画龙拿出手铐，笑着说：或许你可以表演一个逃脱术，用头发打开手铐什么的。

魔术师说：想要看我表演穿墙术，我只有一个要求，让这个野蛮人离我远点。

梁教授说：好，我们出一千美元，很想看你是怎么穿墙的。

梁教授要求画龙去酒店餐厅准备晚饭，画龙悻悻地离开，房间里只剩下梁教授、包斩、苏眉三人。魔术师和女助手离开房间，关上门的时候，他说：表演开始了，时限一小时。

包斩将门反锁，挂上防盗链，苏眉也关上了窗子，仔细检查后，大家认为魔术师不可能在房门反锁窗户紧闭的情况下，进入这个房间。

苏眉说：如果这个房间是第一凶杀现场，那么凶手是怎么进入的，我想很快就会揭晓了。

包斩说：这个魔术师真的可以做到吗？如果他是犯罪嫌疑人，不会这样自投罗网吧？

苏眉说：他会不会是故意让我们坐在这里，调虎离山，去制造第二起案子？

梁教授说：魔术师应该不是凶手，他可能要对我们进行某种暗示。

梁教授三人正在讨论的时候，房门下面的缝隙里飘进来一些烟雾，大家有些慌乱，不知道是不是某种有毒气体。房间里烟雾缭绕，苏眉推起轮椅上的梁教授，包斩站起身想要开门离开，背后传来一阵笑声，大家回头看，魔术师已经站在了房间里。

房门反锁，窗户紧闭，魔术师像幽灵似的突然出现。

梁教授说道：好吧，你的表演很成功，小眉一会儿支付出场费。

魔术师说：我改变主意了，不收你们钱。

梁教授问道：为什么？

魔术师说：因为你是第一个肯花大价钱看我魔术表演的观众。

包斩说：我们需要知道你是怎么进入这个房间的，还请你配合调查。

魔术师哈哈大笑，说道：早就料到了，我不会配合你们警察的。

苏眉说：你想要离开可没这么容易。

魔术师说：我可以进来，也可以出去，再见。

苏眉打电话通知酒店大厅的值班警员，包斩鼓起勇气冲上去想要制伏魔术师。

魔术师往地上扔了一个烟幕弹，腾的一下，浓烟伴随着火苗猛地升起，包斩急忙躲闪，烟雾渐渐散尽，大家发现，魔术师在他们眼前消失了，房间的门窗依旧关得好好的。

酒店前台传来消息，女助手半小时前就办理了退房手续，提前离开了酒店。

画龙带着警员赶到，魔术师已经离开，去向不明。

画龙说：我早说了，应该把这家伙铐上，现在跑了吧？

嘉州警方忙碌到半夜，也没有找到魔术师。特案组分析，魔术师即使不是犯罪嫌疑人，也很可能是知情者，他在希耳酒店住了数月，也许发现了这个酒店有什么蹊跷之处，用一个魔术表演暗示给警方一些信息。

临睡之前，苏眉洗了个澡，魔术师制造的烟雾是些粉末状的物质，喷溅到了苏眉头发上。

苏眉打开淋浴，克制着内心的恐惧，她不敢闭上眼睛，这个浴室让她感到害怕。

苏眉简单地冲洗完身体，什么怪事都没有发生，浴室里弥漫着热气。她放下心来，不断地安慰自己，走到镜子前，用手擦拭了一下镜子，挤出洗面奶洗脸，她低着头，隐约觉得有人悄悄走近，站在她背后。她手忙脚乱擦拭掉眼睛处的洗面奶，回头看，身后没有人。她呼出一口气，拍拍胸，继续洗脸……

苏眉抬起头睁开眼的一瞬间，万分恐惧，镜子里赫然出现了一张脸，模模糊糊的，看不清五官。浴室里只有苏眉自己，她感到毛骨悚然，尖叫起来。

第五章
偷窥狂人

特案组四人来到这间古怪的浴室，镜子上的人脸已经消失不见了。

画龙说：你眼花了吧？

苏眉说：我真的看到镜子里有一张脸。

包斩说：奇怪，这镜子也没什么异常啊。

梁教授说：黄爱丽可能和你一样，看到了镜子里的东西。

梁教授突然想到了什么，魔术师表演的那个穿墙魔术，可能就和这面镜子有关。梁教授四下张望，弯下腰，从洗手台下面拿起一台电子秤，猛地向镜子砸过去。

哗啦一声，镜子碎了，背后不是墙，竟然是一个小房间，放着一些杂物。

包斩捡起玻璃碎片看了一下，这是一面单向镜子，圆形的镜框可以移动。

这种单向镜子广泛应用于监狱、公检法机构审讯室、精神病医院，可以达到里面看不到外面，外面可看到里面的效果，能够起到偷窥的作用。

镜子背后的杂物间堆放着电线、灯具、水管，还有消防器材。

地上有一些烟头，很显然，有人曾经站在镜子后面偷窥苏眉和黄爱丽洗澡，看着她们在浴室里的一举一动。

希耳酒店对此毫不知情，他们否认酒店安装的是单向镜子。种种疑点指向酒店的一名水电工，他掌管着杂物室的钥匙，这个能够偷窥客人的杂物间，只有他能自由出入。

水电工是个中年男人，姓李，发型奇特，只有一缕头发遮盖着秃顶，别人都叫他李杂毛。

画龙去抓捕李杂毛，经过一番搏斗，终于将其制伏，戴上了手铐。李杂毛脑袋上稀疏的头发在搏斗中也被画龙拽掉了。面对包斩和苏眉的讯问，这个秃顶的男人一言不发，经过酒店员工通道的时候，李杂毛殊死反抗，使出全身力气推开押解他的画龙，从楼梯跑向楼顶。

画龙、包斩、苏眉在后面紧追不舍。楼顶的门本是锁着的，李杂毛奔跑时按下了墙上的消防警报按钮，门自动打开了。李杂毛跑到天台，没有犹豫，纵身一跃，从楼顶跳了下去。

苏眉向梁教授紧急汇报，犯罪嫌疑人畏罪自杀。

画龙和包斩立即下楼，楼下却没有发现尸体。

画龙说：见鬼了啊。

包斩说：我们明明看见他跳下去了。

画龙说：掉哪儿去了，还能飞了不成？

包斩说：我们仔细找找。

两个人抬头观看，李杂毛跳楼的位置，下方既没有电线，也没有空调外机，酒店外墙一览无余。他们始终没有找到李杂毛，这个人就像是从空中消失了似的，令人匪夷所思。

经过调查，警方了解到，李杂毛是一个窥阴癖者、一个有着长期偷窥史的变态狂。

偷窥狂不同于暴露狂，前者是看别人，后者是给别人看。

如果一个女孩遇到过暴露狂，说明这个女孩多少有点姿色。暴露狂会选择目标，更愿意让美女看他丑陋的身体，正如他喜欢欣赏美女受到惊吓的表情。偷窥狂不会选择目标，来者不拒，他们躲藏在厕所、试衣间、浴室，可以不顾肮脏，藏身于粪窟内，千方百计地通过窥视女性阴部来获得变态的性满足。

李杂毛小时候就有这种变态倾向，他用钉子挖穿了公厕的墙壁。

墙壁上的小孔经常被人堵住，但这阻止不了他的好奇心，他像猴子一样蹲在墙头上看。

冬天的时候，公厕后面的尿坑结冰了，屎尿流到厕所后形成了池塘。

那一片从没有鱼儿跃出过的尿坑，映照着星光和岸边的垂柳，如今已经干涸了。柳树旁的尿坑和坑边的公厕是他少年时的天堂。他喜欢冬天，喜欢有月亮的夜晚，他小心翼翼地拽着柳条站在结了冰的尿坑之上，然后跪下来，左脸贴着冰面，睁大眼睛，偷窥着女厕。

其实，他并不能看清什么，但一些声音就足够使他兴奋。

他的口水流下来，脸开始发烫，一小片冰面融化了。

有风吹过，柳树上所有的叶子都飘落了，只剩下光秃秃的枝条在冷风中。

窥阴癖者一般能意识到此类行为的错误及风险，但无法自控，处于一种欲罢不能、屡改屡犯的痛苦处境。

成年以后，李杂毛离过两次婚，都和偷窥有关。

第二次离婚，也是因为他实在克制不住偷窥的欲望。

他的邻居们在茶余饭后会讲起一个变态的小故事——

有对新婚夫妇，妻子总觉得家里藏着坏人。丈夫细心安慰，让她不要疑神疑鬼。一天夜里，丈夫已经熟睡，她拉肚子，壮着胆子上厕所。关好厕所门，地面有缝隙，透过光线，她觉得有人悄悄走近，站在卫生间门外。一会儿，门外静寂无声，她猛地打开门，看到丈夫正趴到地上，偷窥她上厕所。

这个丈夫就是李杂毛，离异后他没有再婚，在希耳酒店担任水电工，平时也住在酒店。

李杂毛私自买了两面单向镜子，分别安装在414和415房间，替换了浴室原来的镜子，镜框也做过改造，可以移开也可用螺丝固定。镜子背后的杂物间成了他的天堂，他可以肆无忌惮地偷窥住宿的客人洗澡和如厕，还有浴室里进行的寻欢作乐。

魔术师可能是偶然发现了这个秘密，然后悄悄地暗示特案组。

魔术师用一个奇幻般的穿墙表演，告诉特案组，杀死黄爱丽的凶手可能也是这样入室的。

有些悬念，需要通过联想来寻找答案。

例如，魔术师戴着礼帽，礼帽中藏着兔子，兔子的胃里有些草籽，这些草籽将于一年之后的春天生根发芽，在陋巷的风中，在都市的雨中，颤抖着叶子，变换着万物的秩序，最终长成一片辽阔的草原。

例如，那个从不相信灵异鬼怪的大学生左央，在浴室镜子前召唤血腥玛丽，却不知道镜子后站着一个真正的幽灵。单向镜子会随着时间产生老化，黄爱丽应该看到了镜子后面的幽灵。她无法做出解释，也难以相信眼前的一幕，这使她恐惧到了极点。

李杂毛偷窥过住宿在414和415房间的每一个客人。

苏眉是李杂毛偷窥过的最美的女人。当他站在镜子背后，看到苏眉摘下发簪，柔滑似水的黑发宛转散开；看到苏眉坐在马桶上，露着冷艳香凝的屁股；看到苏眉站在淋浴之下，性感迷人、美艳绝伦的身影……他也许这样想：幸好，我能看到，安装这镜子是对的。

单向镜子已经老化，所以苏眉偶然发现了镜子背后的偷窥者。

当一个人洗完脸，抬起头发现镜子里多了一副面孔，可是浴室里只有自己，这种恐怖电影里才会出现的惊悚画面，即使是苏眉这样身经百战的女警也吓得尖叫，更何况黄爱丽。

偷窥是李杂毛最大的幸福，他小时候因偷窥被学校开除，长大后因偷窥老婆排便而离婚。

如果不能偷看女人上厕所，生命还有什么意义？所以他被捕后，果断地从楼顶跳了下去。

希耳酒店高十五层，李杂毛从楼顶跳下去，必死无疑，然而警方始终没有找到李杂毛的尸体。梁教授和苏眉调看了酒店路口的监控录像，最终找到了答案。李杂毛跳楼的时候，楼下刚巧有几辆装载着碴石的大翻斗车经过，李杂毛一头掉进车厢里，司机也毫不知情。这些车来自一个填海工程队，警方前往寻找尸体的时候，李杂毛早已随着填海材料埋进了海底。

因为李杂毛已死，很多细节无法得知，警方最终也无法给黄爱丽案件下一个准确的定论，只能按照刑侦推理加以分析。黄爱丽的死亡有可能是这样的：

黄爱丽入住希耳酒店后，发现浴室有点古怪，她洗完澡后看到了镜子上出现的召唤血腥玛丽的文字，那行字又离奇地消失了。后来，她在镜子里看到了一个人的脸，也随即不见了。种种灵异事件使她感到万分恐惧，没有人知道她上十四楼做什么，她搭乘电梯下来的时候，偶然看到电梯外面有一面镜子，和她房间里的镜子一样，这使得她精神崩溃，产生了一些异常的行为。她也许想过报警，或者通知酒店方，然而她声称浴室里有鬼，镜子里浮现出一张脸，这些说法都有点可笑，并不能使得别人相信。她能够看懂英文，关不上的电梯门更使她觉得邪恶的血腥玛丽正如影随形地跟着她。她从楼梯回到自己的房间，偶然遇到了一名水电工，就是李杂毛，她语无伦次地要求李杂毛检查浴室。李杂毛在浴室里淹死了黄爱丽，将尸体藏在杂物间，酒店水质检查过后，又将尸体抛进楼顶的水箱。李杂毛杀死黄爱丽，不仅仅是担心自己因偷窥被人发现而失去工作，他更害怕从此以后失去偷窥的机会。镜子的背后也就是他的内心，是他的整个天堂。

摘录几则关于偷窥的新闻：

南安市一名大学生男扮女装戴着假发蹿入某中学女厕，偷窥女生如厕。

宾州一个变态房东偷窥二十年，出租屋遍布摄像头。

台湾某后勤学校中校大队长，两度爬上天花板偷看少校女辅导长洗澡并偷拍，因相机闪光被发现，从天花板逃离时摔落女辅导长寝室，当场被抓，获刑六个月。

曼联前老板是五十七岁的亿万富翁爱德华兹，在一个健身俱乐部的卫生间里，他四肢趴在地上，伸长脖子，一眼不眨地偷看正在小便的一位中年妇女的下身，正好被警察逮个正着。爱德华兹因此身败名裂，他的偷窥举动震惊了曼彻斯特城。

那些坐在电脑前观看黄爱丽视频的人，不也有一种偷窥的心理吗？

也许，看到镜子的背面，才能看清这个世界。

第二卷 （一）
拼尸之案

沉默有没有强大到可以把音乐送回它的源头？

——哈特·克莱恩

一

　　你跪下，脸贴地，屁股翘起，保持这个姿势在冰柜里冻成冰人。我拉大锯，横着锯断你撅着的屁股。平滑的切面就像树的年轮，外围是皮肤和脂肪，里面是髋骨和大肠，中间是你的粪便。我坐在你的屁股上，叼着烟，面无表情，冷若冰霜。

第六章
人体板凳

2011年6月，北环县槐西乡发生了一起极其凶残的杀人碎尸案。

案发地点是一个乡村集市，当时天蒙蒙亮，雾气弥漫，路口的杂货店和小饭馆亮着灯。菜贩将摊位摆在土路的两边，有个卖葱的老汉，在地上铺塑料布的时候，发现了一个肉块。

老汉对面是个卖猪肉的，摊主刚把木头案子架起来，从机动三轮车上抱下半扇猪肉。

卖葱老汉把肉块扔到对面的肉案子上，说道：你的肉掉了。

摊主忙于剔骨割肉，没有理会。

天渐渐亮了起来，赶早集的村民陆续前来，冷冷清清的集市热闹起来了。

有个村妇买了二斤五花肉，乡下妇人爱占小便宜，付钱时，她嘴里说着再搭一块肉，就将案子上的那肉块装进了塑料袋里。

过了一会儿，村妇返回，将塑料袋里的肉扔到肉案子上，气愤地说：退钱，肉上面有屎！

猪肉摊主是个五大三粗的男人，挽起袖子，操着刀与村妇争执起来，村妇捏着那块肉让围观的人看上面的屎。人群里有个老中医，凑近看了一下肉块，越看越觉得可疑，那肉块不像是猪肉，呈软化的不规则四方形，麻将大小，切割面有清晰的静脉丛，肉块一端有屎，另一端是个皱巴巴的出口，形状像是含苞欲放的菊花。

老中医大吃一惊，退后几步喊道：哎哟，这是人的腚眼子啊！

腚眼子就是肛门。乡村集市上有人卖人肉，这消息传出后，立刻炸开了锅，槐西乡派出所立即出警，第一时间将猪肉摊贩拘捕。经过询问，卖葱老头儿证实了猪肉摊贩的清白，警察随后将其释放。民警疏散人群，对现场进行了勘验，在集市路边的草丛和水沟里又找到五十多个肉块，经验丰富的老警察一眼就可以看出，这些都是切割的人体肉块。

经过拼凑，这些肉块都来自人的臀部。凶犯将死者的屁股扔到了这里。乡村集市就是抛尸块的现场，从尸块的分布地点来看，凶犯是一边走一边抛撒尸块的。

槐西乡集市比平时更加热闹，那个猪肉摊贩的肉没人敢买了，他开着机动三轮车被迫到二十里外的另一个集市卖肉，并且还多了一个粗俗的外号：卖腚眼子的。老头儿的葱却供不应求，买葱的人络绎不绝，只是为了听他讲卖人肉的事。

卖葱老汉津津乐道，不断重复地对顾客讲：那天，我卖葱，铺塑料纸的时候，好家伙，摸到一块肉，我觉得是对面那卖肉的掉地上的，我就给人家扔到肉案子上了。那块肉，凉冰冰的，红彤彤的，谁能想到是人肉啊。

几天后的一个清晨，槐西乡集市又发现了大量人体肉块，经过清点，有三百多块。当地村民惊恐万分，从最初的好奇到现在的恐慌，早集变成了晚集，村民不敢在天亮之前去集市上了。人们猜测，凶手杀人碎尸，可能装扮成一个赶早集的人，将尸块悄悄扔到集市上。有好事者谎称自己亲眼看到一个戴草帽的男人，黎明时分从集市上走过，那人背着一个编织袋，袋子有个窟窿，每走一步，编织袋窟窿里就掉出来几个肉块。

北环县警方将案情层层上报，请求公安部予以协助，白景玉拿着一个锦盒和一叠刑侦案卷走进特案组办公室。

白景玉说道：不好意思，让大家久等了。

特案组四人都情绪低落，梁教授年事已高，萌生退意，但禁不住画龙和包斩一再挽留，心中也是依依不舍。苏眉哭红了眼睛，摇着梁教授的胳膊说：梁叔，不要走好不好。

梁教授叹了口气，摸了摸苏眉的头，说道：小眉丫头，不哭了。

苏眉说道：就哭，我还哭，除非你不退休，你又不老。

白景玉笑着说道：你们几个真不懂事。

白景玉将锦盒和刑侦案卷放在梁教授面前的桌上，锦盒里是一枚公安部荣誉勋章，他指着锦盒说：这边是荣誉，是衣锦还乡，是安逸的生活。然后，白景玉又指着右边的刑侦案卷说道：这边是新的挑战，是一起罕见的凶杀案……老梁，我们尊重你的选择。

梁教授说：特案组是一个团队，只给我颁发勋章也不合适，这个坚决不能要。

苏眉说：是啊，咱们特案组就像一个家庭，完完整整的，多好。

白景玉说：这起案子，就算梁教授出马，也不一定能侦破……

包斩说：案子很棘手吗？

白景玉简单介绍说，北环县警方初步分析，这是一起性质极其恶劣的冷冻碎尸案，凶手将一名女性死者冷冻，然后锯成麻将大小的肉块，抛撒到一个乡村集市上。凶手在同一地点两次抛尸，尸块中没有手掌、脚掌和头颅，第一次发现的尸块是人体臀部，第二次抛弃的三百多个尸块都是人体躯干的右半边，另一半躯体的尸块尚未找到，这个案子的棘手程度不亚于当年的刁爱青碎尸案！

梁教授已经动心，他推开勋章，拿起刑侦案卷，饶有兴趣地翻看着说道：凶手还会继续锯尸和抛尸……为什么把尸块扔到人流众多的乡村集市上呢……咱们什么时候出发？

画龙对白景玉说：老大，那枚勋章能借我玩两天吗？

白景玉收起勋章说：好好表现，等你退休的时候再说吧！

特案组踏上了新的征程，每一起特大凶杀案，都像是发生在地狱的深处。

北环县警方热烈欢迎特案组的到来，寒暄过后，公安局局长陪同特案组来到槐西乡第二派出所，站在乡派出所院门口，就可以看到案发的集市。有位战地摄影记者说过：如果你拍得不够好，是因为你离得不够近。槐西乡派出所距离案发地点最近，尽管条件简陋，但特案组决定就在这里指挥办案。

槐西乡派出所戴所长受宠若惊，公安局局长私下嘱咐戴所长，特案组有什么需要一律满足。

包斩提出了第一个要求，他让戴所长找一把梯子。

戴所长问道：您要梯子干吗啊？

包斩说：我要到房顶上去。

包斩爬到派出所办公小楼的楼顶，用纸、笔、尺子、圆规绘制了案发地的现场图，仔细标明每一条道路、每一个建筑物以及周边村庄的分布，苏眉在电脑中就可以制作三维立体现场。

槐西乡派出所会议室太小，画龙让戴所长从附近的小学借来一些课桌椅，案情分析会议就在派出所院内召开。夏日阳光暖洋洋的，门前的杨树上传来一阵阵蝉声。

公安局长亲自汇报案情，刑警大队、治安大队的负责人又做了一些补充。

到目前为止，尸源不明，抛尸动机未知，犯罪嫌疑人无法锁定，这起冷冻碎尸案毫无进展。

北环县有位法医名叫秦明，也是一位罪案推理小说作家，他在会议上做了精彩的发言。

法医秦明说：目前只发现了半具尸体的尸块，对于死因，我也不敢妄下结论。从目前的残尸检验结果来看，这名女性死者是被冻死的，乳头和阴部明显收缩，冻死的尸斑呈鲜红色，放置室温过夜解冻，尸斑可由鲜红色变为暗红色或紫红色。目前只有右心室的尸块，无法和左心室进行比对。胃黏膜发现出血斑点，这也是冻死的显著特征，由苏联学者维什涅夫斯基发现，故称为维什涅夫斯基斑，发生率为85%—90%，是生前冻死时最有价值的征象。通过对骨骼损伤进行形态学分析，对尸块用立体显微镜拍照检验，在微观上可以清晰地看到碎尸工具在骨骼上的痕迹。我判定碎尸工具是一把手板锯，规格和型号还需要进一步认定。目前发现的三百五十七个尸块，均没有发现刀痕，只有锯痕，皮肤表面也没有找到文身、胎记、伤疤等明显体貌特征。

画龙说：老秦啊，你别说得这么专业、严谨，你就按照你写小说的路子给我们讲一下。

梁教授说：大家畅所欲言，不要有什么顾虑。

法医秦明说：好吧，我换种说法。分尸是粗活儿，碎尸是细活儿，凶手把一个人锯成了麻将块。

公安局局长说：凶手很喜欢打麻将吗，所以将尸块锯成麻将牌大小？

戴所长说：有一道菜，我们都吃过，叫红烧肉，大多数红烧肉都是切成麻将牌大小，带着皮，有肥肉和瘦肉……我想，凶手原先是不是要把死者切成块做红烧肉啊。

苏眉说：好恶心哦，所长你别这么开玩笑。

画龙说：所长，你晚上请我们吃红烧肉吧。

梁教授说：算术题，一个女孩，体重九十斤，把她冷冻，能锯成多少个麻将大小的尸块？

包斩想了一下，说道：差不多有一千块，按照每个尸块重约一两来计算。

梁教授说：刁爱青碎尸案，凶手将死者切成两千多片，这起案子，凶手把死者锯成近一千碎块，两起案子都是抛尸在公共场所，我们这次遇到的凶手非同一般啊。凶手还会继续抛剩余尸块，这个乡村集市我们必须重点监控。

苏眉说：碎尸，一般是为了毁尸灭迹，可是凶手为什么又扔到了集市上，故意让人发现？

法医秦明说：事实上，凶手先将死者做成了板凳，又锯成了麻将块。

法医秦明从工具箱拿出一把骨锯，想要演示凶手怎样锯尸，但必须找个人配合他。包斩表示自己愿意扮演死者，法医秦明有些为难，说道：这个必须得跪下。

公安局局长拍着椅子扶手说：胡闹，特案组是来帮我们破案的，怎么能让人家跪下。

戴所长叫来一名联防队员，让他好好配合。

法医秦明说：你别怕，我不会真的锯你，只是演示一下。

联防队员唯唯诺诺，点头称是。

法医秦明说：你跪下，脸贴地，屁股翘起……

法医秦明分析，凶手第一次锯尸时，死者应是跪姿，凶手连骨头带肉锯下了死者的臀部，又将臀部锯割成麻将大小的尸块。这具女尸跪伏着，屁股成了平面，就像树桩一样。两次锯尸，间隔数天，尸体也许在冰柜里冷藏，也许锯尸现场就是一个冷库。这几天，凶手可能就坐在这人体板凳上吃饭、抽烟、看报纸。

第七章
人肉包子

第二天早上，特案组四人换上便装，去乡村集市上暗访调查。

乡村集市就是一条沙土路，与国道平行，还有条柏油公路竖着穿过。正如包斩画的现场图那样，如果将"丰"字去掉一横，就是案发地周边的交通线路。

这个集市大多是地摊，平时只有些卖蔬菜、水果和肉类的小贩。都市女孩爱逛街，乡村妇女爱赶集。苏眉推着轮椅上的梁教授，处处觉得新鲜。路边有辆三轮车，车厢里堆满了胸罩和裤头，几位妇女围着挑选，摊贩扬着手里的胸罩喊道：十元一件，十元一件。

画龙说：好便宜，小眉要不要买一件？

苏眉向画龙翻了一个大白眼。

包斩说：咱们要是什么都不买，也不太像是赶集的啊。

苏眉说：小包，你要死啊。

梁教授说：别闹，我们去吃点东西。

集市路口，有一个竹竿子和雨布搭建的简陋棚子，竹竿子上用油漆写了几个字：包子，胡辣汤。棚子旁边的地上有些烧过的蜂窝煤，门口是一个砖头垒砌起来的水泥台子，砖头上钉着个木盒，里面是电闸，一根电线从电闸上连接到棚子外的电线杆上。

包子铺已经停止营业了，棚子里放着几辆自行车。

包子铺的对面是一家卖羊杂汤的小饭馆，也是个简陋的雨布棚子。特案组四人走进去，找了个小方桌坐下。苏眉觉得不卫生，谎称不饿，梁教授要了三碗羊杂汤、几个烧饼。

梁教授指着那棚子说：对面的包子铺，怎么不干了？

小饭馆老板说：你们是外地人吧，包子铺原先卖小笼包，都说卖的是人肉包子，没人买，就不干了。

梁教授隐瞒身份，自称是台湾人，来大陆寻亲。他又点了一盘羊头肉、一碟卤水豆干，要老板陪着喝杯酒，讲讲人肉包子的事。因为是早晨，店里不忙，没有食客，饭馆老板用围裙擦了手，坐在小桌前，开始讲了起来。

包子铺老板是夫妇二人，比较勤快，天还没亮，集市上空无一人，他们就起来生炉子、和面，先熬一锅胡辣汤。那天，集市上不知道被谁扔了人肉，有个卖葱老头儿最先发现的，以为是掉在地上的猪肉。包子铺老板也捡到几块，以为是猪肉，洗一洗，扔到了绞肉机里，放上葱姜，和猪肉一起绞成肉馅，就包了包子。

警察来了以后，夫妇二人没敢说这事，担心警察把他们的包子没收了。他们对前来调查的警察声称自己什么也不知道，什么也没看见。但是，有人在包子里吃到了一小丛卷曲的毛，看上去既不像头发也不像猪鬃，应该是来自人体的某个部位。从那天起，卖人肉包子的事渐渐传开。这个乡村集市比较偏僻，小贩和赶集的都是附近村民，外地人很少会来。大家知道后，就再也没人敢吃他们的包子了。

特案组四人假装震惊，这种市井传闻难辨真假，网络流传的"十件真实的人肉包子案例"，也被证明是道听途说，胡编乱造。

包子铺的那根电线引起了包斩的注意，他问道：包子铺有冰柜吗？

小饭馆老板说：没冰柜，反正我没见过。

画龙说：那扯根电线干啥？

小饭馆老板说：他有个绞肉机，还有个鼓风机，吹炉子的。再说，他起得早，凌晨四五点钟就起床，得开灯干活儿啊。

梁教授问道：你说的那个卖葱老汉是哪个？能把他叫来吗？我请他喝杯酒。

小饭馆老板说：等老头儿卖完葱，收摊的时候我去帮你叫来。

集市上似乎发生了什么事，一些人向路边的打麦场抬头张望，有些看热闹的小孩嬉笑着往前跑，梁教授示意包斩和苏眉去看看怎么回事。

原来，集市边的打麦场上，有一对青年男女在相亲，男青年抽着烟，掩饰着内心的紧张，女青年略显羞涩，低着头，用脚尖踩着一只死蛐蛐，两个人一问一答。周围赶集的人都看着他们，几个小孩时不时地爆发出笑声。

苏眉看了一会儿，对包斩钩钩手指说：小包，过来，咱俩也相亲。

苏眉模仿着相亲女孩的动作和神情，也用脚尖踩着地面，羞答答地说：你看俺中不中？

包斩有点木讷，说道：啊，小眉姐，干吗呀？

苏眉问道：你家里几口人，人均几亩地，地里几头牛啊？

包斩明白了，不好意思地说：小眉姐，不要开玩笑好不好。

苏眉猛地拧住包斩的耳朵，又朝他脑袋上扇了一巴掌，说道：你真是天然呆！

苏眉和包斩回到小饭馆，卖葱老头儿已经收摊，坐在了桌前，正和梁教授、画龙一边喝酒一边谈论自己发现人肉的事。他添油加醋，将自己的形象塑造得光辉、高大，吹嘘乡派出所所长和县公安局局长都向他请教过案情，还说就连中央派来的公安专家也请他吃过饭。

画龙笑着说：这个，我绝对信。

梁教授压低声音说：卖人肉包子的是怎么回事，你听说了吗？

卖葱老头儿小声说：假的，同行是冤家，都是卖羊杂汤的胡编的，故意把卖包子的赶跑。

回到乡派出所之后，梁教授部署安排工作任务。

公安局局长先做了动员讲话，要求所有参战干警以人民利益为重，知难奋进，克服一切困难，全力以赴，誓破这起冷冻碎尸案。

苏眉带领一队女警，负责对全县失踪妇女进行核查，查明尸源，尽快确认死者身份。刑警大队寻找所有目击者，尤其是要传唤集市上包子铺的老板夫妇，再次做详细笔录。

多名目击者称，发现的尸块"凉冰冰的"，这说明冷冻尸体的地方距离集市不远。以乡村集市为中心，划定周边村庄为重点区域，戴所长和治安大队负责对每一户有冰柜的人家进行登记和调查，县城里的冷库、肉联厂、雪糕厂等有冷冻设施的场所也要进行摸排。

画龙和包斩各成立一个监控小组，在集市的出入口设置两个秘密观察点，对这个集市进行二十四小时不间断的观察和守候。守株待兔的办法虽然很笨，但是如果凶手再来抛尸就有可能一举擒获。

监视和等候犯罪嫌疑人是刑事侦查的重要工作之一，刑警把这种工作戏称为"蹲坑"。然而，大多数蹲坑都像便秘一样难受。

画龙的观察点设在集市路边的一个机井屋，包斩躲在打麦场的草垛里。前两次抛尸的时间都是夜间，所以他们整个晚上都必须强打精神，一眼不眨地盯着集市。

梁教授给法医秦明安排了一个非常具有挑战性的任务。

梁教授说：你们县公安局也不是只有你一名法医，搞清死者的年龄、身高、体重，这些简单工作就由他们去做。我给你一个艰巨的任务，只是，不知道你能不能胜任。

法医秦明好奇地问道：什么任务？

梁教授说：让我先看看你的本事。

当时，公安局局长正在陪梁教授吃饭，桌上有些吃剩下的鸡骨头，汤盆里还有些鸡肉，梁教授让法医秦明把鸡骨头重新拼成一只鸡的骨架。法医秦明忙乎了两小时，累得满头大汗。他使用牙签、筷子，甚至动用了针线，终于将鸡肉和吃剩的鸡骨拼成了一只整鸡的样子。

公安局局长拍手喝彩，梁教授却摇摇头，很不满意。

法医秦明说：我明白了，你是想让我把尸块拼起来。

梁教授说：是的，但是你不能损伤尸块，牙签、筷子和针线之类的肯定不能用。

法医秦明经过反复研究，制订了拼尸方案。他把目前发现的三百五十七个尸块分门别类，按照人体构造拼接在一起，然后使用速冻技术将其黏合，最后找了个木质支架，小心翼翼地把这人骨拼图立了起来。

这是站立着的半具尸体，看上去非常恐怖，没有头颅、手掌和脚掌，断腕处露着白森森的骨碴儿，胳膊也是由支离破碎的尸块拼接而成，皮肤像是干裂的土地，屁股像是半个西瓜扣在上面，胸腹部的锯口更是让人触目惊心。

第一次锯尸，尸体是跪着的；第二次锯尸，尸体是平躺的。凶手从死者肩膀处斜着锯到会阴处，然后将没有屁股的半具尸体锯成碎块。这中间，尸体可能经过了解冻，所以两次锯尸时的姿势不同。后背上的锯痕纵横交错，犹如棋盘，转到前面看，尸体小腹部位有处坑洼，很明显少了一块肉。

梁教授问道：这块肉哪儿去了？

第八章
冰柜藏尸

大多数碎尸案都是熟人所为，碎尸是为了掩盖犯罪事实，让警方难以辨认死者。

湖南省浏阳市发生过一起碎尸案，丈夫杀死妻子，把碎尸藏在泡沫盒子里，又撒上厚厚的食盐腌制尸块。

广东省一个公务员伙同牌友将情妇的儿子绑架，勒索钱财未果，把这名六岁男孩捂死、分尸，又煮熟、切片，最终冲进马桶。

特案组和北环县警方分析认为，这起冷冻碎尸案倾向于熟人作案，凶手和死者认识，死者被杀害后又被锯成了碎块，冷冻是为了方便锯尸。凶手抛尸在集市上，是一种有预谋的犯罪心理，凶手想展示自己的成果。凶手的身份可能是木匠或者厨师，具有娴熟的专业技巧，才会将尸块锯得大小相同。

警方传唤了包子铺老板，对其住处进行了搜查，没有发现可疑之处。梁教授和戴所长对其进行了讯问,夫妇二人都声称卖包子不赚钱,起早贪黑很辛苦,所以改行做别的了。看得出,夫妇二人都老实巴交。他们否认卖人肉包子,认为是对面卖羊杂汤的老板故意诬陷他们。

戴所长威胁道:你要不说实话,就拘留你。

包子铺老板说:拘留就拘留,只要不罚钱就行,我说的都是实话,你们咋不信哩。

凶手将死者冷冻、碎尸后抛弃,法医又将尸块拼接、冷冻后让其站立起来。

这半具恐怖的残尸隐含着一些死亡密码,尸身少了一块,而且尸体是赤裸的。法医做出了详细的验尸报告,死者年龄二十三岁,身高一百六十厘米,体重八十六斤,是一名身材瘦弱的女性。

梁教授下令,抽调四个派出所的警力,由所长亲自带队,对案发现场周围易抛尸的机井、河沟、垃圾堆等隐蔽地方进行搜索,务必找到遗落的那个尸块,还要注意寻找死者的衣物。

苏眉和一队女警,走村串户,排查失踪人口,然而没有找到与死者相吻合的失踪女性。

戴所长和治安大队调查冰柜的工作也没有取得突破性进展,尽管他们坚信,另一半尸体就在某户人家的冰柜里冷藏着,但是他们始终没有找到。

画龙和包斩异常辛苦,他们的监视点都在户外,几天下来,身上都被蚊虫叮咬得惨不忍睹。苏眉买了几瓶花露水送给他们,但是根本不管用。梁教授要两个监控组不要掉以轻心,凶手随时都可能出现。

这天晚上,画龙安排两名联防队员在机井屋继续监视,他跑到包斩所在的监视点,支走别人,只剩下包斩。画龙从裤兜里拿出一瓶白酒,又摸出一袋烧鸡,找了张报纸铺在地上。

包斩说:啊,画龙大哥,你喝酒,现在是值班时间啊。

画龙说：小包，不要告诉梁老头儿，你陪我喝点。

包斩说：我不敢，我也不会喝酒啊。

画龙咬开瓶盖，仰头喝了一大口酒，又将酒瓶递给包斩，说道：喝，哪那么多废话。

这个秘密监控点在打麦场的麦秸垛后面，还放了几捆芝麻秆做伪装。明月高悬，两个人席地而坐，一边喝酒，一边监视着空无一人的集市。一瓶酒很快喝完，包斩没喝几口，画龙已经有些醉意。

他打了个哈欠，说道：小包，我先睡会儿，上半夜你盯着，下半夜叫醒我。

包斩说：不要睡啊，万一有情况呢……好吧。

画龙倒地就睡，地上的麦秸有点扎脸，他就枕在包斩的腿上，包斩坐着也不敢乱动。

画龙沉沉睡去，还翻了个身，搂紧了包斩的腿。

包斩有点尴尬，心想，要是苏眉看到这一幕，肯定会觉得很好笑。

夜里一点的时候，集市上出现了一个可疑的人，那人骑着自行车，车后座上绑着个白色塑料筐。包斩既紧张又兴奋，猜测塑料筐里装的会不会是尸块，此人会不会就是凶手。画龙鼾声震天，包斩急忙捂住画龙的嘴巴，把他叫醒。

那人行迹非常可疑，有点惊慌，一边骑一边回头看，似乎后面有人追他，然而集市上空荡荡的没有人。

画龙掏出枪，那人骑到打麦场附近的时候，画龙大喝一声从麦秸垛后面跳出来，那人吓了一跳，猛蹬自行车向前逃窜。包斩用对讲机通知机井屋监控点，两名联防队员跑出来，将其截住，拽下自行车按在地上。

那人喊道：干啥？你们是干啥的？别杀我。

一名联防队员用手电筒照了照，认出此人，笑着说道：原来是二懒啊。

车后座的白色塑料筐里装着一大捆电线，还有几条香烟以及盗窃工具。特案组在乡派出所对其连夜突审，原来此人是个小偷，名叫二懒，乡派出所处理过几次，所以都认识他。

画龙说：盗窃电线，瞧你这点出息，也不怕电死你。

戴所长说：二懒，还偷了几条烟，你小子今天夜里发财了啊。

包斩说：我们抓住你的时候，你为什么说"别杀我"，难道有人要杀你？

小偷二懒脸色苍白，双腿微微颤抖，他看上去很害怕，低着头沉默不语。过了一会儿，他抬起头说道：我戴罪立功，告诉你们一件事……有个冰柜里，冻着一个人。

二懒平日里游手好闲，以盗窃为生。这天晚上，他偷了一大捆电线，回去的时候，路过一个村子，村口有个小超市，他看看四下无人，就把自行车停在墙边，趴在窗户上听了一会儿，小超市里没有动静。他用螺丝刀拧下合页上的螺丝钉，爬窗户进去。小超市老板娘睡在床上，二懒蹑手蹑脚走到床前，蹲下来，屏住呼吸仔细观察。有的小偷非常大胆，可以在床下或者门后躲藏几小时，伺机进行盗窃。小超市老板娘睡得很熟，二懒先在地上撒了几枚图钉，老板娘一旦惊醒下床捉他，会扎到自己的脚，这样可以争取逃窜时间。

二懒先是悄悄地拿起老板娘的裤子，兜里没有钱，他又打开抽屉，也没有找到值钱的东西。屋里靠墙放着台冰柜，冰柜上有个塑料袋里装着几条香烟，二懒把香烟拿下来。他这一夜，接连盗窃两次，有些渴了，就打开冰柜，想从里面拿瓶饮料。

冰柜上层是雪糕，饮料在下面，二懒伸手去摸，摸到一大块冷冰冰的肉。乡村小偷的特点是什么都偷，二懒把这块肉拖出冰柜想要偷走的时候，赫然发现这是一具尸体。二懒吓得魂飞魄散，放下冻尸，拿起香烟，跳窗而逃。

这个村子距离乡村集市不远，有条路相接，二懒骑着自行车，出了村口还心有余悸，担心别人来追杀他，却被画龙和包斩抓住。

案情重大，戴所长召集所有警力，画龙和包斩押着二懒，让他去指认藏尸的那户人家。警车刚一进村，所有的狗都叫了起来，一些村民被惊醒了。

小超市的窗户开着，老板娘依旧睡在床上。警察敲开门，她一副睡眼惺忪的样子。戴所长掀开冰柜，里面只有雪糕和饮料，没有尸体。

老板娘有些惊慌失措，问道：咋了这是？

画龙押解着二懒，指着冰柜说：你看清楚啦，怎么没有？

二懒说：冰柜里就是有个死人，我可不敢糊弄你们啊。

老板娘急赤白脸地辩解道：你这个人胡说八道，我冰柜里哪里有死人！

包斩检查了窗户，合页上的螺丝钉确实被拧开了，二懒所言不假，他确实入室盗窃过，只是冰柜里的尸体不见了。

老板娘哭天抢地，大呼冤枉，戴所长要把她抓回去审问，却遭到了村民的阻挠围攻。因为村里很多人家都是同宗同族，警方去农村抓人常常遇到暴力抗法。戴所长做出妥协让步，答应先在村委会询问清楚，暗中让人向县公安局请求警力支援，同时令几名联防队员在周边仔细搜寻尸体。

村委会里只有一名大学生村官，包斩认出，这名大学生村官就是在打麦场相亲的那个男生，个子不高，眉目清秀，看上去比实际年龄要小。

戴所长说：你去把村支书和村主任叫来。

大学生村官说：他们都死了。

上个月，村主任和村支书去外地旅游，住的宾馆突发火灾，两人意外死亡，村委会目前正进行换届选举。这个村子名叫汤王庄，村里姓王的最多，姓汤的其次，还有少数赵姓村民。小超市老板娘的丈夫叫王三，是候选人之一，主要竞争对手是一个叫汤南河的包工头。前几天，双方爆发矛盾，发生械斗事件，镇政府前来处理，将王三和汤南河都拘留了。

在村委会里，二懒一口咬定说自己确实看到小超市冰柜里藏着一具尸体。

小超市老板娘坐在地上大呼冤枉，矢口否认。她穿着拖鞋，包斩注意到她脚上有被图钉扎过的血痕。

门外围观的几个王姓村民喊道：这人是个小偷，打死他，小偷的话可不能信。

第九章
关山难越

门外又聚集了一些村民,有个人说了一句话,大家都安静了下来。

这个村民赤着脚,挽着裤腿,肩上扛着一把铁锨。他脸色凝重,盯着小超市老板娘说:我浇地的时候可是看见了,你把啥东西扔河里去了?

警方在河里捞出了一具水淋淋的尸体,经过辨认,死者是该村三组村民汤秀娟,二十岁,平时在外打工,前段时间声称要回村参加选举,现在却在河里发现了她的尸体。

包斩有些失望,汤秀娟的尸体完好,并不残缺。冷冻碎尸案尚未侦破,现在又多了一具尸体,案情变得扑朔迷离。

死者母亲失声痛哭,指着小超市老板娘说:你害了俺妮,你个杀人犯。

死者父亲厉声说道:喊人去,把咱本家的都叫来。

两个家族之间的械斗事件一触即发,村民越聚越多,有的还拿着菜刀和木棍，场面很混乱。画龙鸣枪示警，戴所长将犯罪嫌疑人小超市老板娘押上警车，带回派出所审问。次日一早，特案组又把汤王庄的大学生村官叫来协助调查，很快搞清了真相。

这是一起因竞选村主任而发生的流血死亡案件。

近年来，农村选举暴力事件频发，呈逐年上升趋势，犯罪根源在于利益的争夺。汤王庄主要有两名村主任候选人，一个是王三，一个是汤南河。选举前夕，村里的选民成了真正的宝贝。

王三给村里每人送了一袋大米和一桶花生油，承诺只要选他为村主任，还会追加五百块钱。村里有个光棍儿，常年光着屁股在大街上捡瓶子，王三买了一身西装送给他，还亲手为他系上领带。北环县城里很多人都见过这个西装革履捡饮料瓶子的人。

汤南河财大气粗，请村里每一户人家吃饭。村口有个饭店名叫"好再来"，汤南河请客达半月之久，每天中午和晚上，全村有选举权的一千多村民不用做饭，可以去好再来饭店大吃大喝。乡村公路上，一位耄耋老人拄杖而行，风吹得杨树叶哗啦啦响，有人问她干吗去，老人回答：吃大锅饭去。

多数村民只顾眼前利益，大学生村官曾经告诫他们：你们要拒绝贿选，你们要选择民主。

一个村民问另一个村民：咱村里还有个叫民主的？

另一个村民正在卷烟，他撕下一片纸，撒上烟叶，捻成烟卷，用唾沫粘上，点燃后，喷出一口烟，问道："民主是谁？和他一根烟的交情都没有，选他干啥？"

贿选拉票在农村选举中不是少数现象，乡镇干部对此基本上睁只眼闭只眼。村干部、镇干部，甚至县级干部，组成了一个利益集团。每当换届选举，村干部向镇干部送礼送钱，镇干部又向县干部悄悄示好。选举之前，谁能当选，大家都已心知肚明。县级官员贪污还遮遮掩掩，村干部腐败却明目张胆。

他们当官的目的不是为村民办事情，而是为了钱。

很多村子的很多人在教导孩子树立理想时都说过这么一句话：长大了，当大官。

汤南河理直气壮地说过：没好处，谁当官啊？

王三和死者汤秀娟在村口的小超市里有过这么一段对话——

王三说：秀娟啊，你得选我，按辈分，你得喊我表叔。

汤秀娟说：呸，你想得美，你戴了几个表啊，还让我喊你表叔。

王三说：等我当上村主任，用不了仨月，我就戴块高档手表。

汤秀娟说：你当上就是个贪官。

王三厚颜无耻地说：谁当上不是贪官？！

汤秀娟说：谁选你，谁瞎了眼。我反正不选你，我选俺二大爷汤南河。

王三骂道：你个小瘪妮子，我的雪糕给狗吃也不卖给你了。

汤秀娟在外地打工，二大爷汤南河为争取选票让她回村选举。她在村口小超市里买雪糕的时候，与王三夫妇发生口角进而引发殴斗，王三夫妇失手将汤秀娟打死。当时，镇政府工作人员正开车来接王三，他们急忙把尸体藏在床下，王三临走前对老婆悄悄叮嘱：等我回来再处理。

因前段时间的械斗事件，王三被镇政府拘留，王三老婆担心尸体发臭，就藏在了冰柜里。

这个小超市老板娘平时也是一个泼妇，却没有主见，只对丈夫言听计从，所以一直将尸体冻在冰柜里。她的胆子很大，尽管藏尸冰柜，但是依旧营业，并没有关闭小超市，一心只想等丈夫回来处理尸体。那些买雪糕的人，不知道雪糕和冷饮下面冻着一个死人。

那天晚上，小偷二懒入室盗窃，偶然发现冰柜里的死尸，他跳窗逃窜时惊醒了小超市老板娘。老板娘发现窗户开了，月光惨淡，死尸的下巴趴在冰柜上，似乎想要爬出来。老板娘心中一惊，意识到事发了，她抱起冷冰冰的尸体,悄悄开门,出了村口,想都没想就扔到了河里。却不知道这一幕被一个夜间浇地的村民看到,后来该村民在法庭上也做了指证。

王三夫妇杀人案与冷冻碎尸案无关,案情本该柳暗花明,却再次僵持不下,难以突破。

特案组和当地警方的情绪都有点沮丧,目前的线索千头万绪,却看不到一丝曙光。梁教授不得不调整侦查方向,他要法医算出精确的抛尸时间,然而法医无法了解尸块的冻结程度,自然也不能搞清解冻所需要的时间,很难做出精确判断,只能大概推断出两次抛尸时间都是在凌晨四点到五点之间。

梁教授:能不能精确到分钟?

法医秦明说:我做了几次冷冻尸块温度变化的实验,只能这么大概分析一下。

苏眉说:别难为他们了,我们目前不知道这具尸体冻了多久,连尸源都没有搞清。

画龙说:我和小包每晚都在集市上守着,能不能把我们的监控点撤销啊?或者就安排联防队员在那儿守着。非得我们亲自监视吗?

苏眉说:唉,画龙和小包是够辛苦的,两个人快被蚊子吃了,脸上、胳膊上全是红疙瘩。

画龙说:我都肿了。包子兄弟比以前白了,你们发现了没,他失血过多,被蚊子吸的!

梁教授说:监控点不能撤销,你们继续坚持,不许抱怨。

包斩说:我不怕辛苦,每天晚上我都在琢磨,这个案子的突破点在哪里,是不是我们的工作有疏漏的地方。凌晨四点到五点,我在监控点观察过多次,这时候集市上还没有人,凶手抛尸也不会被人看到,没有目击者。

梁教授说:我想起来,有一个人。

戴所长问:谁?

梁教授说：那个包子铺老板，每天凌晨四五点钟就起床，他是出现在集市上最早的人。案发后，他不卖包子了，我们的监控点也是在案发后设置的。

戴所长说：卖包子那两口子，咱们问过好几次了，他们都没反映什么情况啊。

梁教授又翻了一下讯问笔录，包子铺老板夫妇每天凌晨四点半左右生炉子、和面，他们是唯一有可能看到凶手抛尸的人。梁教授还注意到包子铺老板宁可被拘留，也不想被警方罚款，这说明夫妇二人生活俭朴，把钱看得很重。

梁教授想了一下，说道：我有个办法，不知道能不能行。

戴所长说：只要能破获此案，你就尽管说吧，局长也是这么交代的。

梁教授说：你去买一袋米、一桶食用油，给包子铺老板送家里去。

戴所长说：贿赂他？

梁教授说：什么叫贿赂嘛，这叫政府下乡送温暖！

画龙、包斩、苏眉三人换上了便装，在乡政府干部的带领下，驱车前往包子铺老板的家。包子铺老板非常意外，一脸惊愕，看到米和油的时候，表情转为感动。乡干部握着他的手，嘘寒问暖，临走前，又发给了他一个慰问礼包。乡干部拍着包子铺老板的肩膀嘱咐说：一定要大力支持警方的工作，为维护社会治安做贡献，要是想到什么坏人坏事，要勇于揭发，别怕打击报复，有政府撑腰不要担心。

包子铺老板明白了来意，连声答复：好好好，我想到什么，就去告诉你们。

特案组一行人返回时正好路过汤王庄，他们看到汤王庄村民投票选举正式开始。村委会热闹非凡，门口停着很多小轿车。还有一些人光着膀子，戴着金链子，身上有文身，他们都坐在车里。

包斩问大学生村官：这些人是干啥的？看上去不像村里的啊。

大学生村官小声说：你们赶紧走，赶紧离开这儿，一会儿可能就打起来了，你们又没穿警服，别在这儿看热闹了。

画龙说：操蛋，我揍不死这帮痞子，还冒充黑社会呢。

大学生村官说：我也是好意，为你们好。

苏眉说：谢谢小兄弟。对了，我想起来一件事，你那相亲成了没，怎么想找个农村媳妇？

大学生村官说：我以前在学校谈过一个对象，前些天吹了，有人安排相亲我就见见呗。

苏眉说：村主任选举投票开始喽，我们看看。

画龙点点头说：我见过UFO（不明飞行物），还没有见过选票。

第十章
失路之人

　　大学生村官谈起这个村子，满腹牢骚。

　　他是这个村子里唯一一个每天早晨刷牙的人，很多村民一年只洗一次澡。他不说脏话，偶尔还蹦出一句英语，村民都像看怪物似的看他。村干部语言粗暴，口头禅是"狗日的"，村民也贱，文明说话没人听，脏话谩骂反倒更有效果。村民们表面上和气，背地里互相诋毁，重男轻女的观念依旧没有转变。村民们只看眼前利益，集资修桥，无人出钱，公路上的车翻了，村民反而去哄抢货物。

　　大学生村官很孤独，喜欢坐在谷堆上，在月夜里吹口琴，思念着远方的女友。他叫李雷，女友叫韩梅梅。他们在大学里苦恋几年，只拉过手，拥抱过，却没有做过爱。

　　闲聊时，特案组得知韩梅梅前段时间来村里探望过李雷，女友看他前途渺茫，果断放弃这段感情，离开村子时提出了分手。

一些看上去不重要的细节，有可能是关键。

包斩好奇地问起韩梅梅的年龄、身高、体重，恰好与冷冻碎尸案的死者相符。李雷也表示，分手后，他想回心转意，却始终联系不上女友。因为韩梅梅是外地人，所以当地失踪人口的名单里并没有她的名字。

特案组意识到，李雷的女友韩梅梅很可能就是这起冷冻碎尸案的死者！

戴所长立即派人驱车远赴韩梅梅的原籍，调查失踪情况，并且获取她父母的DNA样本。李雷具有重大杀人嫌疑，然而经过调查，他既没有作案时间，也没有作案条件。

他在村里的住处就是一间简陋的平房，没有冰柜，也没有找到锯子。

梁教授决定让大学生村官李雷辨认尸体，当前的首要任务是先确认死者是不是韩梅梅。

苏眉说：你可得做好思想准备，尸体毁坏比较严重，可能会让你有些害怕。

李雷说：大学时，我上过解剖课，见过死人，你放心吧。我觉得不会是梅梅，如果是……我还想看她最后一眼。

李雷看到由尸块拼凑起来的半具残尸时，大叫了一声，头晕目眩，双脚发软，被两个民警架了出来。

冷冻碎尸案有了重大突破，"政府下乡送温暖"后不久，包子铺老板也向警方提供了一条重要线索。

夫妇二人躺在被窝里，商议了一整夜，老婆觉得多一事不如少一事，应该隐瞒目击情况。

老婆说：咱可不能多事，万一报复咱呢？

丈夫说：也不知道谁家的妮被害了，怪可怜的。

老婆说：那天，天还没亮，咱也没看清楚啊。

丈夫说：我可是看清楚了，那天，有辆白车从集市上过，从窗户里往外扔东西。

出于对政府的感激，包子铺老板瞒着老婆，走进了乡派出所，他提供的这条线索极其重要！特案组分析认为，凶手开车抛尸，车上不可能拉着冰柜，苏眉找来各种型号的车辆照片让包子铺老板辨认，最终确认了凶手开的是一辆白色的冷冻厢车。这种车有制冷装置，外观通常为白色，是用来运输冷冻食品的封闭式厢式汽车。

乡村集市紧挨着国道，国道路口和收费站都有监控视频，苏眉立即调取了两次抛尸时周边的监控录像，希望尽快找到抛尸车辆，从车牌号码也能锁定犯罪嫌疑人信息。

当天晚上，小雨连绵，画龙的监控点在一个机井屋，能够遮风挡雨；包斩却苦不堪言，他穿着雨衣蹲守在露天的打麦场上，衣服都湿透了。梁教授没有取消监控点，他坚信凶手还会抛尸。功夫不负有心人，凌晨四点多的时候，一辆白色的车像幽灵似的驶向集市。

车里坐着两个人，车灯没有打开，副驾驶座上的人半个身子探出车窗，两手端着个纸箱子，将里面的东西抛到车外。包斩用对讲机通知画龙，站在路上进行拦截，然而那辆车突然加速，差点撞到他，随后向国道方向疯狂逃窜。

画龙和包斩跑到乡派出所，立即开车追赶，苏眉也坐在车里向梁教授汇报。梁教授电话调集警力，要求交警部门布控两道防线，国道出城路口设置路障，紧急封锁高速公路。

警笛一路鸣响，画龙把油门踩到底，很快追上了那辆白色冷冻车。画龙用喊话器要求那辆车靠边停下，前方冷冻车根本不理睬，丝毫没有减速，继续向前狂飙。

画龙掏出枪，递给包斩，说道：包子，开枪，打轮胎。

包斩犹豫了一下，接过枪说：好，我试试。

包斩将手臂伸出窗外,瞄准前方的汽车车胎。他有些紧张,呼出一口气,坐在车后排的苏眉用手指堵住耳朵。包斩枪法不精,一连开了三枪,都没有击中轮胎———枪落空,两枪打中了车厢的门锁。

前面的冷冻车疾驰不停,驶过一个坑洼时,车身剧烈颠簸,车厢后门开了。寒气从车厢里冒出来,车厢顶部的钩子上悬挂着一具尸体——面带微笑,躯干不见了,只有一条耷拉着的左臂与头部相连……

这起冷冻碎尸案发生的前一个月,当地的报纸刊登过一则新闻,标题是:国道车祸现场哄抢货物,司机落泪劝阻无效。

司机是父子俩,来自武汉,父亲叫江老杆,儿子叫江豆。他们轮流开车,长途运输冷冻食品,途经槐西乡国道的时候因爆胎发生车祸,车辆只是轻微受损,但是一整车货物遭到当地村民哄抢。当时,附近不少村民哄抢货物,他们拿着塑料袋,骑着摩托车和自行车来装运,还有人打电话,让亲戚朋友赶紧开车过来。

一个村民打电话说:赶紧来,有涮羊肉、牛排、琵琶腿、对虾,来晚了就没了。

尽管有处理事故的交警在场,但是村民越聚越多,足有近百人。好多人争先恐后,抱着一箱冷冻食品拔腿就走,根本不听劝阻。

村民甲说:大伙,不用怕,继续捡,继续捡呀!

村民乙说:你干什么?我警告你别乱来,我是在地上捡的。

江豆拿着铁扳手,试图劝阻村民,但是没有人怕他。一整车冷冻食品被人成箱成箱地抱走,父子俩势单力薄,拦也拦不住,眼睁睁看着价值五十万元的货物被一抢而空。江豆坐在地上,眼睛一红,哭了起来。

父亲江老杆没有哭,反倒嘿嘿地笑,一边笑一边点头说:让他们抢吧。

一些村民笑嘻嘻地抢着东西,没有人意识到这种行为是犯罪。他们跟捡到金子一样高兴,却不知道自己已经丢掉了最宝贵的东西。

京港澳高速公路一辆装有三十吨鸡蛋的货车不慎侧翻，数百村民蜂拥赶来，哄抢落地的鸡蛋，就连带着红领巾的小学生和白发苍苍的老奶奶也在哄抢队伍里。

西汉高速公路，一辆大货车由于篷布撕裂，车上拉的食用油散落一地。附近村民最初帮忙捡起货物，等到村民越来越多，就发生了聚众哄抢行为。司机半个小时前说谢谢，半个小时后破口大骂。

大多数司机遇到哄抢行为，一般自认倒霉，忍气吞声。

江老杆和江豆父子俩重新上路，生活总要继续。

有时尘土飞扬，有时花香弥漫，有时冷冷清清，有时熙熙攘攘，这就是我们要走的路。

父子俩就像两只麻雀，不停地奔波，闷雷响过，他们落在电线上，在暴雨中，无处躲闪。

刹车声响起，身份随之转换，他们从司机到杀人碎尸者的位置。

五十万元，足以毁灭一个家庭、一场爱情。

货物损失使他们倾家荡产。江豆本来要盖房子结婚，但他的婚姻因此破灭，已经订婚的未婚妻退还了礼金，坚决地提出退婚，谁愿意嫁给一个负债累累的人呢？

我们来还原杀人碎尸的整个过程。

这个世界上，也许没有绝对的坏人，只有做了错事的好人。

那天，天色已黑，乡村公路上最后一班客运车已经驶过去了。韩梅梅拎着双肩背包站在公路边，她刚刚与苦恋多年的男友分手，心中如释重负。男友担任大学生村官，看不到光明的前途，所以她放弃了这段感情。

离开汤王庄的时候，韩梅梅对李雷说：保重，别给我打电话，别找我。

李雷握着她的手说：梅梅，你再考虑一下吧，明天再走好不好？

韩梅梅说：我得赶火车，买好票了，咱们就到此为止，好聚好散，你就当我死了。

韩梅梅在村口的小超市买了一块雪糕，走上国道。因为天晚，去县城的客运车已经没有了，她要赶火车，心中不免焦急起来。

这时，国道上驶来一辆冷冻厢车，她招了招手，车开出一段距离停下了。

韩梅梅问：师傅，你们去县里吗？我给钱，能捎我一段路吗？

司机是父子俩，父亲江老杆说道：你是这附近村里的？

韩梅梅说：我得赶火车，帮帮忙吧，我给钱。

江老杆指了指汤王庄的方向，问道：你是这村里的吗？

韩梅梅想了想，说：是的。

江豆说：驾驶室里坐不开了，除非你坐车厢里。

韩梅梅看了看表说：那也行。

这辆车本该和她擦肩而过，却驶进了她的生活，结束了她的生命。

父子俩杀人和碎尸都是临时起意，他们痛恨哄抢货物的村民，认为韩梅梅就是其中之一。父子二人因货物被村民哄抢，所以泄愤杀人，报复社会。

江豆将车厢从外面锁死，他的心里有了一丝快意。

江老杆启动了车厢的制冷设备，恶狠狠地说道：冻死她。

杀人后，江豆说：把人锯了，扔到那村里去，让他们捡起来吃，反正他们喜欢捡东西。

江老杆说：不行，村里有狗，咱一进村，狗就叫了。

江豆说：那就扔到集市上，村里人去买菜的时候，也能拾到肉，让他们吃，吃人肉。

后来，特案组和法医一起分析了韩梅梅被冻死的过程。

一个穿裙子的女孩，走在冰天雪地里，冻死之前，她会做什么呢？首先她会感到冷，冷得打哆嗦。随后是麻木，随着体温下降，大脑呈现兴奋状态。她会感到热，先脱下裙子，再脱下胸罩和内裤，一丝不挂，面带微笑冻死了。这就是医学上奇妙的"冻尸脱衣"现象和"笑面死者"现象！

一般冻死者都有不同程度的"反常脱衣"现象，在冻死的现场有的尸体脱去棉衣，有的脱去鞋或扔掉帽子。东北三省发生过数起案例，死者赤裸裸倒在雪地里，身边散落衣物，看上去像是强奸杀人，其实是冻死的。

人冻死时是"笑面"，是在一种朦胧的温暖感中死去的。被冻死的人濒临死亡时，伴有幻视症状，也许看到了天堂，所以死者表情安详，脸上带着冻结的微笑离开了这个世界。

韩梅梅衣衫单薄，冷冻车厢内部的温度急剧下降到零下十八度。她试图逃脱，但没有成功，最终她脱掉了自己的衣服，蜷缩在车厢角落里冻死了……

江老杆问儿子江豆：先从哪儿锯？

江豆拍了拍死者的屁股，说道：就从这里，他们都是吃屎长大的。

切洋葱和碎尸有什么区别？

切洋葱的时候，眼睛会流泪。

就算是最有思想的人，拍拍自己的屁股，问问里面是什么？

画龙三人开着警车追赶，包斩开枪击落了冷冻车厢的门锁，车门打开，车厢里冒出寒气，韩梅梅的头挂在钩子上，脸上还带着诡异的微笑。

两车在国道上一路追逐，一辆运载猪饲料的卡车，躲闪不及，翻进了公路壕沟，司机受伤严重，猪饲料撒了一地。

最终，凶手驾驶的冷冻厢车被交警设置的路障堵截下来，江老杆和江豆被捕。

与此同时，一些村民陆陆续续向翻车地点聚集，他们拿着篮子和编织袋来捡猪饲料。

第三卷 （一）
连环奸杀

我等着花瓣不倦地头也不回地飞行。

——夸西莫多

一

　　一所大厦的地下停车场发现了一具女尸，女尸衣衫完整，容颜绝美，身穿玫瑰色短旗袍，下身是黑色丝袜和高跟鞋，一头秀发绾成美人髻，侧躺在血泊之中。经走访，死者是当地电视台主持人，停车时被凶犯袭击。法医验尸后说，这是一起罕见的奸杀案，凶手没有性侵犯死者的阴道和后庭，而是……

第十一章
绝对领域

一所大厦的地下停车场发现了一具女尸,女尸衣衫完整,容颜绝美,身穿玫瑰色短旗袍,下身是黑色丝袜和高跟鞋,一头秀发绾成美人髻,侧躺在血泊之中。经走访,死者是当地电视台主持人,停车时被凶犯袭击。法医验尸后说,这是一起罕见的奸杀案,凶手没有性侵犯死者的阴道和后庭,而是……

白景玉看着刑侦案卷说:你们猜一下,性侵犯的是什么部位?

苏眉说:嘴巴?应该不是,太没有想象力了吧。

包斩猜:肚脐眼、腋窝、耳朵、鼻孔?

白景玉说:都不对,继续猜。

画龙说:后脑开个洞,或者挖掉眼珠子,搞脑交、眼交。

苏眉说:画龙你好恶心哦,还自创名词。我也想到一个恶心的,剖开肚子了吗?

白景玉说：腿，凶手把死者的大腿内侧扎了个洞，洞里有精液。

梁教授说：凶手心理变态，性癖好异常，而且还有嗜血的特殊倾向。

嗜血是一种与生俱来的感觉或者说是性格，不是说喜欢血，而是喜欢别人流血。看见血后有种莫名的兴奋和冲动，甚至能引发性欲。一些色情场所，常会遇到有特殊嗜好的嫖客，有的喜欢肥胖女性，有的专找处在月经期的小姐。

梁教授讲起自己在国外侦破的一起强奸案，那名凶犯特别喜欢强奸来例假的女人。

苏眉说：如果受害者没有来例假呢？

梁教授说：凶犯会用刀子捅伤受害者的阴道。

包斩说：韩国也有这样的案例。

梁教授说：我还记得那个男人，我们去抓捕他的时候，他在那儿站着，没穿衣服，生殖器血淋淋的。他用食指抹了一下生殖器上的血液，然后放到嘴里舔，一脸陶醉地对我们说：真甜，还有点咸。

白景玉说：我们这次遇到的凶手，干得更出格、更变态。

强奸一直是公安机关打击的重点，近年来的强奸案有几个新特点。犯罪者老龄和低龄增多，以某市为例，年龄最大的强奸犯是一名七十八岁的老人，最小的强奸犯只有十二岁。犯罪对象也呈两极化，受害者不仅有幼女，还有男性儿童。某地还破获一起震惊全国的强奸案，一名红发男子专门强奸老太太，一年作案一百零六起！

夏季夜间，是强奸案多发的时候。

扎马尾辫、穿红色或白色裙子以及高跟鞋的女孩，被色魔盯上的概率更大。

一名在狱中的强奸犯对采访的记者这样说：马尾辫，容易拽住，红色和白色很刺激，穿高跟鞋肯定跑不快。

这起变态奸杀案发生在南方的一个城市，经济发达，风景秀美，娱乐业繁荣。星级宾馆的床头柜上放着"保健按摩"的电话牌，洗浴中心、桑拿会所、夜店到处都是，大街小巷还有一些亮着暧昧灯光的发廊和足浴店。改革开放以来，该市发生的强奸杀人案并不多，市公安局刑警大队还是第一次遇到这样变态恐怖的案子。

这个城市已经陷入了恐慌之中，就在特案组抵达该市的当天晚上，又一起强奸杀人案发生了。

凶手两次作案仅仅隔了三天，胆大妄为，不计后果，已经残忍到没有人性的地步了。

该市刑警大队队长名叫袁芳，是一名女性。女刑警队长并不多见，她能担任这个职位肯定有非凡的才干和卓越的能力。特案组见到袁芳的时候，她正在办公室里对着电话下达一系列命令，雷厉风行，并且夹杂着脏话。

画龙对包斩悄声说：这姐们儿有点意思啊，长得也像男人。

包斩说：她还会抽烟呢，你看，桌上有烟。

苏眉说：又发生了一起案子，看来我们今天晚上没法儿睡觉了。

袁芳说：梁教授，久闻大名，都是警察，我们是一家人，我也不和你们客气了，现在又发生了一起案子，咱们得马上去现场。你们特案组谁来开车？我已经三天没睡觉了，让我在车上眯一会儿。

梁教授说：袁队长，你也别太辛苦了，特案组会全力以赴地协助你。

画龙开车，带着众人赶赴案发现场，此时勘验已经结束，民警正在询问报案者。

这次遇害的是一名高一女孩，名叫安妮。晚自习放学后，十点半左右，学校的水电工发现停车棚的灯不亮了，他打着手电筒去查看，发现停车棚地上有大量鲜血，还有拖曳血迹，可以想象有人拖着一具血淋淋的尸体，方向是停车棚附近的配电室。水电工叫来保安，两人在配电室里发现了女孩的尸体。

在手电筒的照射下，女孩的死相触目惊心，歪躺在配电室铁壁角落，睁着眼睛，脖子上有个大口子，血肉外翻，下身的短裙掀起，大腿内侧有个洞，很显然是用凶器扎出来的。

停车棚虽然距离校门口不远，但位于校园角落。配电室更是偏僻，靠着围墙，隐在树丛后面。梁教授要求关掉现场勘验灯，这个地方一片黑暗，铁皮配电室更是显得阴森恐怖。

袁芳队长问道：灯是怎么灭的？

一名刑警汇报说：有人剪断了停车棚的电线，可能是凶手干的。

水电工对做笔录的民警说：平时哪有人去配电房嘛，都认识字，上面写着"危险有电"的警示标语，只有抄电表的时候才去。配电房也没有锁，就用根铁条拧上门鼻子。

包斩注意到，配电室地面上有蜡烛滴落的痕迹。

这时，记者采访的车辆也到了现场。一个人扛着摄像机，另一个人拿着话筒，两个人飞奔而来。他们跑到袁芳队长面前，想要采访，袁芳队长不耐烦地拒绝了。

记者不甘心地追问道：两起案子是同一个凶手干的吗？这次，死者还被凶手用大花剪剪断了脖子？

袁芳队长骂道：滚滚滚滚滚，要不是你们电视台捣乱，我们的麻烦也没这么多。

袁芳队长打电话召集所有干警全部到达工作岗位，连夜开会，部署刑侦工作。

刑警大队教导员说：咱们队里有一名技术员，这几天就结婚，肯定不能来了。

袁芳队长说：我再重复一遍，是所有干警，结婚的往后推，从被窝里给我滚回来。

回市局的路上，梁教授询问，案情是怎么泄密的，电视台居然知道警方才能掌握的案情细节。

袁芳队长表示，第一起案子发生后，满城皆知。死者名叫夏瑾，三十岁，已婚，是电视台主持人。案发当晚，死者夏瑾迟迟没有归家，打电话也不接，她爱人就到停车场寻找，结果找到了夏瑾的尸体。因为死者爱人也在电视台工作，死者遇害后，同事深感震惊，个个悲愤不已。电视台在次日的新闻中，做了详细的报道，一是给警方施加压力，二是要求市民提供线索。尽管本意也是希望尽快破案，抓到凶手，但是报道中也泄露了一些隐秘的案情。

案情分析会议只开了二十分钟，袁芳队长的工作风格简单粗暴，特案组对此暗暗赞赏。

第一名死者在停车场遇害，凶手当时也剪断了电线，所以监控失去了作用。死者夏瑾的包里有银行卡、信用卡、近千元现金，手上的钻戒和脖子上佩戴的铂金项链都没有丢失，可以排除谋财害命的犯罪动机。凶手的目的非常明确——先杀人，后奸尸。

第二名死者是一名花季少女，只有十六岁，死者安妮在学校停车棚遭到凶手的袭击。从伤口上看，和第一起案子使用的凶器相同，技术人员判定是一把用来修剪灌木的花剪。凶手用大剪刀猛地卡住死者的脖子，气管被剪断，受害人无法呼救，脖颈后也有伤口，符合大剪刀所造成的双刃伤。

袁芳队长征求特案组的意见后，决定将两起案件并案侦查。警方兵分两路，袁芳队长负责第一起案子，特案组围绕第二名死者安妮展开工作。无论哪条线有所突破，都能锁定真凶。

会议结束后，袁芳队长看了看表，说：我在办公室沙发上睡一会儿，两小时后叫醒我。

一名文职工作人员劝袁芳队长多睡一会儿，她毕竟三天三夜没合眼了。

袁芳队长说：日你奶奶的腿，死的不是你家人，凌晨四点叫醒我。

袁芳队长躺在沙发上呼呼大睡，连鞋子都没有脱。

画龙说：这姐们儿说的脏话倒是挺符合案情，这就是一起日腿的案子。

苏眉说：袁芳大姐好辛苦，我们也要有紧迫感。

梁教授说：强奸案有多发的特征，大多数强奸犯都会多次作案，不满足于一次。我们要是抓不住这名丧心病狂的凶手，他还会再次作案，而且是先杀后奸，手段之残忍令人发指！

包斩说：凶手杀人就是为了奸尸，却只是侵犯死者的大腿，采取一种匪夷所思的方式——用一把花剪在大腿内侧扎洞，然后将生殖器插入其中，这是什么变态心理？

画龙说：凶手也许性无能，无法勃起，痛恨漂亮女人。

梁教授说：凶手也许对女性的阴道极端厌恶或仇恨。

苏眉说：也可能是对腿异常喜欢啊。

苏眉站起来展示自己曼妙的身姿，像模特儿那样摆了个姿势，说：小包，你看我哪儿最美？

苏眉穿着一身白色OL制服裙装，浑身散发着职业女性魅力，气质优雅，高跟鞋衬托出妩媚玲珑的身材曲线，透明的肉色长筒袜更显迷人性感。

包斩说：我……我不知道。

苏眉瞪了他一眼，又风情款款地走到画龙面前问道：画龙哥哥，你看我哪儿最美？

画龙说：小眉，你哪儿都美，你最臭美。

苏眉说道：俗话说，美不美，看大腿，凶手性侵犯的那个位置是"绝对领域"。

绝对领域，指的是短裙和过膝袜之间若隐若现的大腿。那段裙子与长袜之间若隐若现的美丽肌肤让无数男生感到诱惑，所以被称为神圣不可侵犯的"绝对领域"。日本动漫美少女都有绝对领域，知晓绝对领域的女孩，穿衣装扮才会上升一个档次。旗袍开衩处的美腿，靴子和裙摆之间的丝袜美腿，都令男人想入非非。

第十二章
收藏癖者

第一位受害人，夏瑾，三十岁，市电视台主持人，主持风格优雅大方，气质稳重，一颦一笑皆有万种风情，倾倒了荧屏前众多观众。夏瑾遇害时身穿玫瑰色短旗袍，旗袍开衩的位置发现了凶手遗留下来的前列腺液，左腿内侧有十厘米倾斜刺入形伤口，伤口如洞，里面有精液。

袁芳队长找来一名男刑警和一名女刑警做犯罪模拟，特案组四人也前往案发现场观看。男刑警是个壮实的汉子，络腮胡子，扛着一把大花剪；女刑警穿着旗袍，开车进入停车场。

画龙说：这哥们儿真像坏人，小眉别怕，站我身边。

苏眉说：姐学过女子防狼术的啊，可惜没用武之地，这色狼都哪儿去了呢？

画龙说：别四处看了，你就是女色狼。

苏眉说：我踢死你。喂，小包，你这次怎么没有主动要求做犯罪模拟？

包斩说：我不好意思。

犯罪模拟开始，女刑警将车停下，男刑警躲藏在暗处，用大花剪剪断了电线。梁教授对袁芳队长分析：凶手应该是躲藏在一个既靠近电线又能观察受害人驾车的位置，例如停车场拐弯处的死角。当时是晚上十点左右，剪断电线后，地下停车场一片黑暗，只有入口和电梯口有些光线。受害人加快脚步，慌乱地向外走。此时，凶手悄悄逼近，两手握着大花剪，猛地卡住了死者的脖子。血流如注，气管断开，死者倒地抽搐，根本来不及逃跑和呼救，一下毙命，这也是现场无搏斗痕迹的原因。

接下来的场面就有点儿童不宜了，就连不苟言笑的袁芳队长也笑骂道：这个狗日的。

女刑警侧躺着，男刑警骑在她腿上，磨蹭了几下。凶手当时也是这个姿势，在旗袍开衩位置的大腿处留下了前列腺液。随后，男刑警扳过女刑警的身体，让其躺平，腿分开，用剪刀的单刃抵住她的大腿内侧。法医在旁边解释说，剪刀的单片刺入伤口呈三角形，两片剪刃合拢时刺入体表，伤口呈菱形。凶手先是用单刃刺入，又合拢剪刀刺入伤口，发泄完兽欲之后，凶手剪去了死者夏瑾旗袍的衣角。

从布料的剪开处可以看出，凶手使用的这把剪刀结合紧密，锋利无比。

这条信息是警方事后发现的，尽管电视台做了详细报道，但是这个作案细节并没有遭到泄密。梁教授告诉大家，凶手不仅是个性变态，还有收藏癖。

收藏癖是心理疾病，可见于老年痴呆和精神分裂症。

收藏癖者常收集一些无用的物件，尤其是废旧物品，不仅把自己的废旧物品视若珍宝，而且还把别人丢弃的废旧物品收藏起来，收集和收藏过程中会有一种莫名的满足感。虽屡遭指责，但仍欲罢不能。

很多连环杀人犯也具有收藏癖的特征，死者的物品可以使凶手保存作案的回忆，重新获得刺激。美国男子海斯奸杀了十七名女子，收藏死者的鞋子当战利品，甚至用鞋子饮酒；澳大利亚"背包客杀手"伊凡·米拉特谋杀了七名旅行爱好者，他收藏死者的睡袋，并且在里面睡觉。

梁教授为凶手做了简单的画像：凶手独来独往，曾经遭受重大生活挫折，极端迷恋女人的大腿，性格比较怪僻，几乎没有朋友，不参加社交活动，只喜欢跟自己收集的垃圾在一起。

包斩提出了一个疑问，第二名受害人安妮衣衫完整，凶手并没有带走死者的物品。

袁芳队长说：可能时间太仓促，凶手来不及带走什么。

梁教授说：警方也许不知道凶手带走了什么东西。

第二位受害人，安妮，十六岁，市三中高一女生，长相甜美，楚楚可爱。苏眉研究了她的衣饰，安妮死时身穿蓝色小洋装公主裙，上面有草莓和樱桃图案，搭配白色过膝袜，红色圆头小皮鞋，就像是动漫中的美少女，或者用个专业的词汇：Lo娘。

Lo娘，简单说，就是喜欢穿lolita（洛丽塔）风格洋装的可爱少女。

目前，Lo娘还很小众，有人会把女仆装和猫女装以及女生水兵服误认为Lo娘的服装，其实不然。全国各地的Lo娘有时会举办聚会，在一些大城市，Lolita聚会文化正逐渐形成。

苏眉仔细寻找，安妮洋装的蕾丝边没有被剪切，头发有捆扎的痕迹，看来，凶手带走了死者的发结。几名同学证实，安妮遇害那天，头发上扎着黄色丝绸发带，很显眼，风一吹可以飘起来。

特案组重现了当时的案发情景：晚自习放学后，安妮被班主任叫到办公室训话，回家时校园里已经没有人了。凶手躲藏在暗处看到安妮走向停车棚，随即剪断了电线，安妮可能会自言自语说一声，怎么停电了哦。她低头开自行车车锁时，凶手从背后突然袭击，用大花剪剪住了安妮的脖子。从伤口上可以看出，凶手连续剪了几次，直到安妮倒地断气，随后将尸体拖至附近的配电房里，猥亵腿部，最后带走了死者安妮的丝绸发结。

班主任的解释是：那天晚上，我就训了安妮十分钟，她整天穿奇装异服，还以为多美。

画龙说：凶手可能是一名学生，在这个学校里读书，住在停车场附近。

包斩说：两起案件都发生在放学后。

苏眉说：也有可能是这学校里的老师啊。

梁教授说：我们现在拥有凶手的精液，先列出一个嫌疑人名单，然后比对DNA。

苏眉说：我觉得，先把那个班主任的精液和凶手的比对一下！

星期一升旗仪式时，校长召开了全校大会，号召师生积极检举和揭发，要大家提供线索，是否发现学校里有可疑人员和异常事情。校方公布了三个举报途径，除了拨打报警专线和向校方保卫处举报之外，还设置了一个电子信箱，任何人都可以匿名发送电子邮件进行举报。

几天后，电子信箱里收到了很多邮件。

苏眉一边看，一边对画龙、包斩、梁教授说：这个学校真变态！

举报邮件五花八门什么都有，需要大量时间进行核实调查，其中不乏各种恶作剧。

一个署名"懒小猫"的同学声称案子是自己干的。警方调查后，将此人狠狠批评了一顿。

一个叫"小艺"的同学，说自己很想被奸杀，说自己每天都穿着露腿的裙子安静地等待着。

一个神秘举报者发来的邮件标题是"张昂昂杀的"。警方调查发现，张昂昂是一名女生。

有人说学校的女厕所很怪异，肯定有变态狂出没，墙壁上可以看到卫生巾贴上去的痕迹，便池里常有呕吐物和避孕套。信中写道：

为什么会有人吐到厕所坑里啊，每天都吐啊。

我们寝室楼的女厕所常常有呕吐物，就吐在便池里，那种味道简直绕梁三日经久不散啊。后来变成了某个坑固定中枪。上厕所的时候，大家都很惊奇，这到底是怎么回事？收拾厕所的保洁阿姨很辛苦，我们很郁闷。

这也就成了一个谜……

希望警察叔叔还我们一个干净的卫生的厕所。

警方很快搞清楚了这件事，学校里有个胖妞，为了减肥，每天都把吃的东西悄悄地吐到便池里。她弯下腰，盯着大便，心里直犯恶心，使劲咳嗽几下，胃里泛起酸水，她用手指抠抠喉咙，"哇"的一声就吐了。

所有匿名举报信中，有两个人引起了特案组的注意，一个叫"撸管大王王小手"，另一个叫"卫士桑"。

卫士桑上高三，是学校里公认的坏学生，党羽成群，打架斗殴。他长得很帅，又擅长跳街舞，在学校里人缘不错，很多男生称呼他为"卫哥"。卫士桑是个花心男孩，三天两头换女朋友。他泡妞的方式很简单，看上哪个女孩，就把自己的自行车和女孩的自行车锁在一起。放学后人都走光了，女孩在停车棚焦急等待，他姗姗来迟，打开锁说声抱歉，搭讪成功，然后和女孩一起骑车离开学校。

有举报者提供了一条线索：案发当晚，卫士桑的自行车和安妮的自行车锁在了一起。

王小手在学校里的知名度很高，不少同学认为他就是凶手。尽管他性格内向，胆小谨慎，但是关于他的变态事迹广为流传，现摘录几封举报信的内容：

同学甲说：如果这个学校里有一名强奸杀人犯，那就只能是王小手。

同学乙说：王小手上课也撸管，只要是女教师的课，他就把手放在裤兜里。男老师上课，他就谎称拉肚子，其实是跑到女厕所里去撸。他还喜欢翻垃圾桶，好像里面都是很珍贵的东西。上次一个美女老师吐了块口香糖，他看周围没有人，从垃圾桶里捡起来就放嘴里了，嘴里嚼着美女老师吃过的口香糖，他肯定觉得好美味啊。

同学丙说："撸管大王王小手"的外号还是我给他起的呢。

这些变态事迹真假难辨，梁教授要求包斩对王小手进行秘密监控。同时，让画龙对卫士桑展开暗中调查。

王小手是住宿生，一个月回家一次，几乎每天晚上都逃课去学校附近的网吧上网，悄悄地看日本爱情动作片。他喜欢坐在网吧角落，看的过程中，他的手始终放在裤兜里。

包斩跟踪监视了两天，没有什么发现。

第三天下午，快要放学时，包斩注意到，王小手逃课提前跑了出来。他在停车棚后面鬼鬼祟祟地四下张望，周围没有人，他悄悄地拧开配电室门把上的铁丝，闪身进去了。

包斩躲在修剪得很整齐的冬青丛后面，仔细观察。

此时，放学铃声响起，很多学生拥了出来。

配电室的门缝里有火光闪过，包斩想起，安妮遇害时，配电室里发现了蜡油滴落的痕迹。

第十三章
变态少年

画龙和苏眉也赶到了，包斩示意别惊动配电室里的王小手。

画龙点点头，绕到侧面，猛地把配电室的门拽开。停车棚处几个女学生听到声响，不由自主地停住脚步，众人都惊呆了。

王小手站在配电室里，非常怪异。这个少年脸色苍白，生着一头自然卷曲的头发。他的双手放在背后，下身像蜡烛一样燃烧着，还用黄色丝绸发带紧紧地捆绑着根部。

那几个天真无邪的少女惊骇万分，包括特案组三人，大家都是第一次见到燃烧的生殖器！

这个少年的性欲如此强烈，也许是燃烧的蜡烛增强了兴奋感，起到了刺激的作用。他双手放在背后，身体一动不动，只需要看着美女，就可以瞬间达到高潮。

苏眉说道：哎呀，好恶心。

画龙大怒，骂了一声，一记耳光将王小手抽倒在地。

包斩说：小眉别动。

包斩用棉棒细心地将那些液体收集起来，只需要对比DNA，就可以判定王小手是不是奸杀案的凶手。

画龙将王小手带到学校保卫处，他的手心里有一截细铁丝，还有从废旧打火机上拆卸下来的电子打火器。审讯开始，画龙问这两样东西是做什么用的。

王小手低着头说：电自己。

画龙问：怎么电？

王小手说：细铁丝塞进生殖器里，用那个打火机拆下来的黑玩意儿电铁丝，真爽，全身都麻。我试过直接电，太疼，铁丝如果插得太浅，也像针扎似的疼。我还试过铁丝插菊花，然后电铁丝……好疼，不如滴蜡刺激。

包斩好奇地问道：你点蜡烛，也不怕烧焦自己？

王小手说：快烧着自己的时候，我就让它射出去。

画龙说：你小小年纪这么变态，真看不出你是杀人犯，直接说，你是怎么奸杀安妮的。

王小手吓坏了，抬起头分辩道：我没有，不是我干的，我可没杀人。

包斩问道：安妮的丝绸发带怎么在你手里？这个你怎么解释。

王小手说，丝绸发带是他从垃圾篓里捡来的，可能是安妮在案发当天不小心掉落了发带，又被保洁阿姨扫到了垃圾篓里。特案组对王小手的供述半信半疑。画龙和苏眉决定与另一个嫌疑人卫士桑正面接触，获取他的DNA样本，只需要将王小手、卫士桑与凶手的DNA进行比对，就可以直接锁定真凶。

学校篮球场上，几个男生正在跳街舞，卫士桑的舞姿最为出众，周围有些学生正在观看。

画龙和苏眉说明来意，卫士桑说：你们找我，有传唤证吗？我要请律师。

画龙和苏眉心想，这个少年还挺难对付。

卫士桑做了一个斗舞的挑衅手势，随着音乐扭动身体。他说：想要我配合，赢了我再说。

画龙和苏眉交换了一下眼神，点了点头。其实，警方使用强迫手段也可以将他带走，但是画龙和苏眉并不想勉强这个少年，也不想让他在同学面前丢了面子。

苏眉已经换了一身衣服，她穿着一件黄色卫衣，下身是牛仔短裤和帆布鞋，裸着光洁的腿。她戴上卫衣帽子，随着音乐节奏表演了一段鬼步舞，舞姿流畅，动作快捷有力，各种充满动感的滑步，令人眼花缭乱。她以一个三百六十度旋转身体的姿势结束舞步，秀发飞扬，垂下来遮挡住秀美的脸庞……围观的同学大声喝彩，纷纷鼓掌。

苏眉说：怎么样？同学，跟我们去一趟公安局，别害怕，就是问你几句话。

跳得不错啊，卫士桑赞道，又指了指画龙说：那你呢？也要赢了我才行。

画龙挽起袖子，笑着说：那就让你们小孩见识一下。

画龙找了四个同学，让他们站在三分线之外，听到口令就向篮球圈投篮。三、二、一，倒数完毕，四个同学纷纷将手中的篮球投向篮筐。画龙助跑几步，腾空翻身，身体在空中呈倒立状，双脚连环踢出，每一脚都踢飞一个篮球，使的正是跆拳道中的特技九百度后旋踢，可以在空中连踢四靶。这一招不仅需要眼疾手快，身体敏捷，还要有深厚的武术功底。

画龙在空中踢飞四个篮球，落在场上，获得了满堂彩，围观的同学都欢呼起来。

斗舞的规则很简单，以观众的欢呼声决定胜负。愿赌服输，卫士桑同学乖乖地配合特案组提取了DNA样本。案发当晚，他确实将自己的自行车和安妮的自行车锁在一起，用的是一根链子锁。那天晚上，安妮被班主任叫到办公室训话。卫士桑想要结识漂亮的安妮，便在车棚处等了一会儿，同学渐渐走光，安妮始终未来，他等得不耐烦，就开锁回家了。

包斩问道：你是什么时候锁的车子？

卫士桑说：我想想，上晚自习之前吧，我在车棚里看到安妮的自行车，就搬开旁边的一辆，把我的自行车和她的挨在一起，然后锁上了。

包斩说：旁边那辆自行车，你知道是谁的吗？

卫士桑说：那是张昂昂的自行车。

张昂昂是个性格孤僻的女孩，案发后精神恍惚。她只有一个朋友，就是安妮，两人同班，平时上学放学都在一起。同学反映，那天晚自习的时候，张昂昂和安妮讨论过用什么工具可以打开链子锁。

安妮说：好讨厌哦，卫哥把我的车和他的锁一起了。

张昂昂说：哦，我也不知道怎么办。

安妮说：我们可以弄开，用锤子、大钳子什么的。

张昂昂对警方声称，那天晚上放学后，班主任在办公室批评安妮，她等了一会儿，担心回家太晚被妈妈骂，就提前走了。案发后几天，因学习压力大和朋友遇害，她万念俱灰，甚至有轻生的打算。

经过市局法医鉴定，王小手和卫士桑的DNA都与凶手不符，两人从犯罪嫌疑人名单里排除。班主任也不具备作案时间，几名老师都可以证实，安妮离开办公室后，直到学校的水电工发现安妮的尸体，这期间，班主任都在办公室里备课。

梁教授说：袁芳，你怎么看？

袁芳队长说：主持人夏瑾在停车场被害一案，目前也毫无进展。

画龙说：我本来以为凶手是王小手。

苏眉说：怎么可能，他可不敢杀人，这个小变态只喜欢躲在他的性爱小屋里"打飞机"。

画龙说：他那不叫"打飞机"，总之，王小手不愧是"撸管大王"。

包斩说：张昂昂很可能是最后一个见到死者安妮的人。

苏眉说：她什么时候离开学校，根本没人能够证实。

画龙说：咱们这个日腿的案子，越来越复杂了，目前最大的犯罪嫌疑人居然是个女孩子。

梁教授说：是啊，越来越荒诞了，女孩子怎么可能奸杀别人。

袁芳说：肯定另有其人，我们还得把调查工作深入下去。

包斩看着窗外，脑子里细细思索。如果凶手有收藏癖，那么奸杀安妮之后，肯定不会放过这个珍贵的机会，会顺手带走死者的物品，这是他犯罪的目的之一。安妮的丝绸发带被王小手捡到，这个变态少年有没有撒谎呢？凶手的身份应该是可以接触到大花剪的民工、园艺工人，或者从事城市绿化工作的人员。

包斩的视线落在一棵树上，他想起自己躲藏在学校的冬青丛后面，观察王小手的画面。

学校里的冬青丛很整齐，被修剪过……想到这里，包斩的眼睛一亮。

特案组再次来到学校，据负责后勤的张主任介绍，学校里有一名勤杂工，是个老头子，精神有点问题，有点傻乎乎的，即使看到陌生人也会露出憨厚的笑容。老头儿外号瘸瞎子，一只眼睛发黄还向外翻，另一只眼睛视力也不好，走路像只大猩猩，样子很狰狞。但是学生们都不怕他，总有人往他身上吐口香糖。

瘸瞎子干一些杂活儿，有时戴着口罩给树喷洒药水，有时修理课桌椅，学校里的冬青丛也归他修剪。瘸瞎子平时也会去学校外面捡垃圾，他就住在学校的后勤仓库里。

打开仓库门，瘸瞎子不在，房间里堆满了他收集的废品，那些废品都分门别类，堆放整齐。角落里存放着一些工具，有铁锹、喷雾器、拖把和扫帚等。

画龙、包斩、苏眉询问瘸瞎子去哪儿了，张主任摊开手，说自己也不知道。

此时，天色黄昏，后勤仓库旁边有个垃圾堆，不远处，一圈绿篱灌木圈着几棵松树。大家听到声响，出门观看。瘸瞎子正坐在松树下修剪草坪，他的手里拿着一把带有血迹的大花剪。

第十四章
罪恶种子

这个地方很偏僻，草长得很高，没过膝盖，瘸瞎子用一把带血的大剪刀正慢条斯理地修剪草坪。张主任喊了他一声，瘸瞎子站起来，转过身，脸上露出憨厚的傻笑。随后，瘸瞎子两手握着大花剪走了过来，姿势歪歪扭扭，很像一只大猩猩。

大家有点紧张，担心瘸瞎子会突然行凶，张主任喊道：你把剪子放下！

瘸瞎子并没有放下花剪，他傻笑着，右眼珠发黄，眼皮外翻，看上去很吓人，手中那把剪刀绝对是件杀人利器。

画龙伸手示意大家后退，等到瘸瞎子走近，画龙横飞一脚将瘸瞎子踹倒在地，随后拧住胳膊戴上手铐，带回市局审问。

血型化验结果很快就出来了，花剪上的血迹和死者安妮的相吻合，这把花剪就是凶器！

梁教授亲自主审，大家都有些兴奋，直觉认为真凶就是癞瞎子。然而，癞瞎子竟然听不懂普通话。袁芳队长用当地方言讯问，癞瞎子声称大花剪是在学校垃圾桶里捡到的。他摇着头，不明白为什么有人会扔掉这个，觉得可惜。

袁芳队长厉声喝道：少装蒜，花剪上面那红色的血，你手上、衣服上也有血。

癞瞎子一脸茫然，回答：哎呀呀，什么血，我没看到。

袁芳队长说：放你娘的狗屁，抵赖没用，别睁着眼睛说瞎话，你衣服有死者的鲜血。

癞瞎子低头看了一下，他的衣服下摆沾染有鲜明的血迹，却说道：这哪有血啊？

包斩和袁芳队长耳语了几句，袁芳队长穿着一件浅蓝色警服衬衣，她指着衣服问道：仔细看看，这是什么颜色？

癞瞎子有点不好意思地说：是奶子。

袁芳队长拍桌怒道：我问你是什么颜色，没让你看我的奶子。

癞瞎子凑近看了一下，回答：白色。

市局技术人员又做了一些色觉检查，原来，癞瞎子是色盲，大花剪上的血迹，他根本看不到。此人有完全性视锥细胞功能障碍，喜暗、畏光，这个世界对他来说一片灰暗，五彩缤纷的世界在他眼中只有黑白两色、明暗之分，而无颜色差别。

DNA检测结果证实，癞瞎子不是凶手。警方将他释放的时候，包斩认为应该向这个无辜的老人表示歉意，袁芳队长却觉得这人傻乎乎的，没有必要道歉。

癞瞎子回到学校，这个孤苦的老人坐在后勤仓库里，盯着一把刚买来的崭新的花剪发呆。

三名犯罪嫌疑人——王小手、卫士桑、癞瞎子，都和凶手遗留下的DNA不符，警方只好将他们排除。案情再次中断，所有的线索都茫然无绪。特案组分析，凶手会不会只是单纯地杀人，利用精液嫁祸他人，从而迷惑警方？然而，两名死者夏瑾和安妮的人际关系都很简单，也没有复杂的社会背景，凶手报复行凶的可能性很小。没有财物丢失，劫财杀人的犯罪动机也不成立。种种迹象表明，警方进入了误区。

梁教授说：大家不要沮丧，我们从头再来。

包斩说：我隐隐约约觉得，凶手是两个人，咱们并案侦查，认为是同一个凶手所为，可能一开始就错了。

画龙说：犯罪手法一致，凶器一致，两起案子都是使用花剪，先剪断电线，再剪断死者的脖子，具备并案侦查的基本条件。

袁芳队长说：两起案子都是同一个人干的，犯罪动机就是奸杀，错不了。

苏眉说：夏瑾和安妮遇害，两起案子只有一点不同。

包斩说：凶手剪去了夏瑾旗袍的衣角，第二名受害人安妮却没有遇到这种情况。

袁芳队长说：我们不能纠缠于细节。

包斩说：这个细节很重要，主持人夏瑾遇害的案情被电视台曝光，满城皆知，但是凶手剪去死者衣角的作案细节没有泄密，只有我们警方和凶手才知道。我猜测，杀死第二名死者的凶手另有他人。

梁教授说：小包，大胆地说出你的观点。

包斩说：模仿杀人！

模仿杀人极为罕见，动机一般是向凶手致敬或者示爱。国外的一些凶手都有自己狂热的粉丝，查尔斯·曼森被称为"美国历史上最疯狂的超级杀人王"，他在监狱里平均每天会收到四封崇拜者寄来的信，他的杀人集团成员都是仰慕他的追随者。《犯罪心理调查》第七季第二十一集，演绎的就是一个模仿杀人的案例。臭名昭著的连环杀手罗德尼·加勒特被处决，但一个效仿者出现了，他在俄克拉何马小镇上用同样的犯罪手法残忍地杀害了一名妇女。

梁教授问道：近几年，你们这个城市发生过类似的案件吗？

袁芳队长说：没有，我从部队转业，在刑警队干了十年，没有遇到过这样的奸杀案件。

包斩问道：十年前呢？

苏眉翻阅了该市十年前的刑侦档案。1994年，该市下辖的一个县发生过一起强奸杀人案。凶手在深夜潜入县医院家属院，使用剪刀割喉杀死一名十六岁少女，少女腿部被剪刀划开，伤口留有凶手精液。凶手逃窜时，与死者的妈妈擦肩而过，因为天黑，死者的妈妈并没有看清凶手的长相……此案至今未破。

特案组找到了一位曾经参与侦查此案的老刑警，虽然时隔多年，老刑警对此案还有印象。

据老刑警回忆，当年，尽管成立了专案组，走访排查大量群众，投入了很多警力，但是当时刑侦技术并不发达。此案最终成为悬案，档案也被尘封，就连案发地点现在也拆迁了。

特案组让市局法医重新对两名死者腿部发现的精液进行细致的鉴定，这次有了新的发现。在省公安厅法医权威专家的指导下，最终得出了两者DNA相似但不相同的结论。

袁芳队长大发雷霆，对市局法医破口大骂，办公室里传来茶杯摔碎的声音。

法医病理鉴定工作是刑事侦查的重要组成部分。实践中，法医有时会出现一些失误，在所难免。这两起案子，凶手留下的DNA相似，法医鉴定失误情有可原。

杀死夏瑾和安妮的不是同一名凶手，两名凶手的DNA相似。这说明，他们具有血缘关系，要么是父子，要么是兄弟，或者至少是近亲。

案情柳暗花明，有了重大转折，然而形势变得更加复杂。

现在，凶手变成了两个人。

警方扭转了凶手为一人的错误方向，袁芳队长依旧负责夏瑾被害一案，特案组围绕死者安妮展开工作。市局投入了更多的警力，刑侦工作紧锣密鼓地展开。梁教授也做了一些调整，不再将大量警力浪费在群众举报上面，调查核实那些线索，最终很可能是浪费时间而一无所获。

包斩想到了一个疑点，他对苏眉说：举报人里，有没有医生？

苏眉表示无能为力，举报者众多，单凭电脑技术无法全部核实举报人身份。

特案组的身影频繁出现在校园。苏眉发现，那名叫作王小手的变态少年有时鬼鬼祟祟地跟着她。苏眉吃完巧克力，随手将包装纸扔到垃圾桶里，躲在一边仔细观察。王小手走到垃圾桶前，四下张望，确定没人注意他时，就捡起苏眉扔掉的巧克力包装纸，面露喜色，如获至宝，然后将包装纸塞到了自己嘴巴里。

苏眉板着脸走过来，骂道：你这孩子这么不要脸啊，我警告你，别跟着我，也别……

王小手低着头，支支吾吾说：我……我知道……你叫苏眉。

苏眉说：我踢死你，你离我远点。

王小手的眼睛盯着苏眉的腿，扭捏了一会儿说：你可以送我一双你穿过的丝袜吗？

苏眉挥手欲打，骂道：你这个小变态，滚开。

王小手说：我提供线索，可以告诉你一个秘密，和你交换。

苏眉问道：什么秘密？

王小手说：我提供的线索可能和你们查的凶杀案有关，你答应吗？

苏眉说：好啊，你说吧。

王小手继续问道：那你是答应了？

苏眉语气有些和缓，说道：好，小弟弟，你先告诉我，看你提供的线索有没有价值。

王小手提供了一条重要线索。这个变态少年学习成绩全年级倒数第一，女教师上课的时候，他有时会大着胆子问问题，其实是趁女教师低头时瞄一眼衣领里面的胸部。男教师上课时，他就假装拉肚子，偷偷跑到女厕所。他无意间发现了一件事。有一次，他在女厕所门口看到同学张昂昂正在整理胸罩。张昂昂的胸罩带子脱落了一根，跑到厕所整理。当时她光着上身，颤悠悠的乳房小巧而又绵软，整理好胸罩，穿上连衣裙，又褪下内裤，揭开卫生巾折叠了一下，丢在厕所的纸篓里。

苏眉说：这算是什么秘密，偷窥狂，你早晚被人打死。

王小手说：我拿出来看了，张昂昂用过的卫生巾是干净的，没有血。

苏眉说：哦……不过，这也正常啊。

王小手语出惊人，说道：张昂昂有小鸡鸡！

苏眉没有履行承诺，送给王小手丝袜。王小手非常失望，用一种略带仇恨的目光看着苏眉。

张昂昂可能是一名男孩，这消息太震撼了，特案组所有人都感到意外。

张昂昂并不在学校，两天没来上课了。她妈妈给班主任打过电话，说是病了。特案组带上班主任，立即对张昂昂进行家访。包斩注意到，张昂昂家所在的小区距离夏瑾被害的停车场并不远。班主任介绍说，张昂昂的父亲早已去世。

敲开家门，一个容颜苍老的女人，表情木然，站在房间里。此人是张昂昂的妈妈。

张昂昂妈妈声称，女儿病了，送到省城医院去了。

包斩闻到她身上淡淡的消毒药水味道，就像是医院里特有的气味。

包斩悄声对画龙说：提高警惕，这个女人很可能就是凶手。

第十五章
人妖出没

张昂昂的妈妈是一位医生，白大褂儿挂在衣架上，窗帘紧闭，屋里有一丝血腥味。

这位女医生想要关门，包斩亮出警察身份，冲了进去。他打开卧室的房门，张昂昂躺在床上，一动不动，盖着一张染有血迹的白被单，不知死活。

床前的一个脸盆里，漂浮着一整副男性生殖器。

女医生突然发狂，咬着牙，面目狰狞，拿出一把剪刀猛地刺向苏眉的脸。画龙来不及阻拦，转身将苏眉抱在怀里，剪刀刺在画龙背上。女医生的力气大得惊人，众人费了很大劲才按住她挥舞着剪刀的手。她歇斯底里地狂笑道：哈哈，你们警察就是废物，废物。

审讯室里，女医生恢复了冷静。她供述的案情太过匪夷所思，令人难以置信，审问她的警察都成了听众。她说，自己等待这一天等了整整十六年。

十六年前，女医生住在县医院的家属院里。那是一个开着鸡冠花和月季花的小院，墙角的花盆里还种着蒜苗，靠着院墙长着一株老梧桐树，晾衣绳的一端系在树上。

女医生曾经有过一个女儿，乖巧又漂亮，但是胆子非常小。

那时，住的是平房，女儿晚上睡觉时感觉房顶上有人，能听到脚步声和磨东西的声音。家属院周围都是平房，屋顶连成了一片，只需要蹬着某处的矮墙，或者攀着树枝就可以上到房顶。

女儿叫醒妈妈，妈妈说：傻丫头，我带你去房顶上。

夏季夜晚，满天星辰，女医生和女儿在房顶上睡觉，铺着凉席，盖着一条被单。

半夜里，女儿尿急，醒来了，她在房顶上坐起来，想要去撒尿又不敢。树影婆娑，万籁俱寂，惨白的月光照着小院。她揉揉眼睛，吓得毛发直立——她看到树上蹲着一个人。

女儿隔着黑暗，和树上的那个人对视着，彼此看不清对方的脸。

女儿没有喊叫，安慰自己，心想可能是看花了眼。她重新躺下，抱紧了妈妈。

第二天晚上，女医生值夜班。女儿锁紧房门，打开所有的灯，迷迷糊糊睡着了。半夜听到外面屋里有动静，以为是妈妈回来了。女儿只穿着小背心和内裤，光着腿，打开卧室的门，一个陌生男人正站在门外恶狠狠地看着她。

那天夜里，女儿被奸杀。女医生回家时，在黑漆漆的胡同里与一个陌生男子擦肩而过。

女医生听到那男人的喘息很沉重，猜测他可能患有哮喘病。

回到家后，她惊呆了，看着女儿的尸体，最终发出了一声撕心裂肺的哭喊。

次日，她发了疯似的砍掉了院里的梧桐树。警方告诉她，凶手可能是爬树跳到家属院里行凶作案的。

这起强奸杀人案发生在1994年，凶手夜间潜入县医院家属院，用剪刀割破了这名少女的喉咙。警方感到奇怪的是，凶手并没有侵犯受害人的下阴，而是用剪刀划开腿部，对伤口进行变态的性侵犯。

审讯室里，女医生问特案组四人和袁芳队长，你们谁有孩子。

袁芳队长说：我有个女儿，上初中了。

女医生说：如果有人把你女儿奸杀了，你会怎么做？

袁芳队长说：我会亲手枪毙了他。

女医生说：你们知道我是怎么做的吗？

人生是一场孤单的旅行，我们都在同一辆公交车上，这一生一世，只能陪伴有限的旅途，到了各自的终点，挥手下车。

女医生是个命苦的女人，幼年丧母，少年丧父，青年时，丈夫因病离开了她。她和女儿相依为命，女儿是她的全部。她在房顶上、在星光下给女儿扎头发，她给女儿买的确良衬衣和条绒裤子，这些当年流行的旧衣服还被她保存在衣柜里。

她失去了女儿，孤苦伶仃地活在这个世界上。她想过自杀，头钻进绳套的一瞬间，她又放弃了。她对自己说：该死的人不是我！

世事纷扰，烦恼无数，原因只有三点：看不透，想不开，放不下。

失眠的时候，她会看着黑乎乎的窗外自言自语，她很想对凶手说一句话。

女医生的女儿被奸杀，她最想对凶手说的那句话是：我把你的孩子养大了……

这句话触目惊心，每一个字都饱含着仇恨的力量，必须用变态的方式来对付变态。

强奸犯的孩子生下来后，又是什么样的命运？

案发当晚，女医生看着女儿的尸体，悲痛欲绝。警方还没有到来之前，她收集了凶手的精液。警方勘验现场时,她返回自己上班的医院,悄悄地把凶手的精液存放在医院的精子库里。当时是1994年,警方利用DNA破案的刑侦技术还没有普及,女医生保存精子的最初目的只是等候时机。她不相信警方能够破案,果然,一年过去了,此案不了了之。当时,人工授精的技术已经成熟,医院专业设备冷冻的精子可贮存二十年。

后来,家属院里的邻居看到女医生领养了一名男婴。没有人知道,这是她花钱找了一名打工妹代孕生的,这个男婴是凶手的孩子!

女医生给男婴取名叫张昂昂。

没有了心,没有了爱,没有了笑,她如同行尸走肉,只为复仇而活。

寻找凶手是她活下去的唯一动力。

女医生和凶手擦肩而过时,出于职业的敏感,她当时猜测凶手患有哮喘病。这点在张昂昂身上得到了验证,哮喘病是一种遗传病。那些年里,女医生刻苦钻研医学,成了一名哮喘病专家,她把目标锁定在哮喘病人身上。十几年来,她观察每一个前来就诊的哮喘病人,列出嫌疑人名单,并做了一些秘密的调查,希望能从中找到凶手。

女医生并不爱张昂昂,张昂昂只是一个用来复仇的工具。

他来到这个世界上,也许只是为了遇见世界上的另一个自己。

从小学时,女医生就把张昂昂打扮成一个女孩,这种行为也许包含着对逝去女儿的思念。其实,更多的是出于变态的心理,女医生用歹毒的方式折磨凶手的孩子来发泄仇恨。

女医生不断地对张昂昂灌输"男人很脏""做女孩很好"的思想,张昂昂从小就存在身份认同缺陷。小学时,他认为自己是女孩;中学时,性意识开始觉醒,他意识到自己和真正的女孩有所区别。

中学时,张昂昂是短发,喜欢穿粉红色衣服,用少女护肤品,言谈举止都像极了女孩子。

班里的坏男生常常调戏他，亲切地称呼他为小甜妹。

男生下课时，会互相掏鸡鸡玩。他们叫一声"猴子偷桃"，或者"无敌抓奶手"，然后袭击对方的身体。

经常有男生笑嘻嘻地在背后抓住张昂昂的下身或者摸摸胸部，说道：原来你是男的啊。

张昂昂跺脚骂：你们一群变态，我不要和你们玩了。

有个坏男生把张昂昂堵在教室墙角，张昂昂护着胸，坏男生把他的头按住，强吻了一口，张昂昂红着脸，跺着脚，娇声说道：你讨厌死了。

有一次，男生开玩笑太过分，把张昂昂按在桌上，用扫帚捅他的屁股。他回家后哭着告诉了妈妈，他抱怨自己常常被男生欺负，甚至上厕所都有人跟着看。

女医生冷冷地说：我明天给你带点药，吃了后，你就不用上男厕所了。

女医生开始给张昂昂服用雌性激素，张昂昂的胸部隆起，皮肤变得光洁，腰肢变得纤细，屁股也翘了起来。他留起长发，戴上胸罩，穿上裙子，简直就是个漂亮的女孩。

高中时，女医生调到了市里的一家医院，张昂昂到了新的学校。在这新的环境里，没有人认识他，他彻底抛弃了男孩的身份，成了一名人妖。

人妖不是异装癖，更不是阴阳人。

人妖有乳房，外表和女人一模一样，只是下身多了一个小鸡鸡。

泰国每年都会举办人妖选美大赛，那些获奖选手个个貌美如花，风华绝代。如果不说他们是人妖，所有人都会觉得获奖选手是真正的美女。

张昂昂没有谈过恋爱，有个帅气男生一直在追求他，他心慌意乱地拒绝了，不敢继续发展下去。否则迟早有一天会出现尴尬的一幕：两个人抱在一起时都硬了。

张昂昂有个好朋友，就是安妮，安妮也不知道张昂昂其实是男孩。

残存的男孩形象在两条辫子上荡秋千，脑壳空空荡荡，妈妈日日夜夜往里面塞着东西。

男孩和女孩合二为一，同时落难。

女医生否认自己杀害了主持人夏瑾，但对杀死安妮的罪行供认不讳。

正如包斩推理的那样，女医生是模仿作案。

时隔十六年，凶手再次作案，以同样的手法奸杀了主持人夏瑾，电视台做了详细的报道。女医生意识到，当年奸杀她女儿的凶手又出现了。这次，她选择了主动出击，她用自我毁灭的残忍方式，告诉全世界，告诉凶手：我一直在等你。

必须杀人以祭奠每一个孤独的黄昏。

必须杀人以忆起每一场缤纷的大雪。

必须杀人以冷却人性的温暖拒上天堂。

必须杀人以积聚雨夜的闪电而下地狱。

女医生买了一把花剪，每晚都去接张昂昂放学。她连续三天在校园踩点，选定停车棚为作案地。第三天晚上，张昂昂透露了好友安妮被叫到办公室训话的信息，女医生让张昂昂先回家。安妮离开办公室后，故意拖延了一会儿时间，她的自行车和同学卫士桑的锁在了一起，她想等到卫士桑走之后，自己再走。

校园里已经空无一人，安妮在停车棚遇害。女医生把安妮拖至配电室里，将张昂昂的精液以及精斑涂抹到安妮腿上，伪造成被奸杀的假象。

特案组询问了精液的来源。女医生供述，张昂昂正值青春期，加上长期服用雌性激素，性功能紊乱，那段时间频繁遗精。女医生用针管收集了精液，从张昂昂换下来的内裤上获取了精斑。

精液有被潮湿环境降解的可能，但精斑在阴凉、避光的条件下，几年后也能检测出DNA。

阴道张开，像是伤口。

真正的伤口是在心上。

女医生模仿作案的目的，有三条：

一、想嫁祸给凶手。

二、为了让警方备受压力，从而抓获奸杀她女儿的凶手。

三、她不想活了，想结束这一切。

凶手的再次作案，深深地刺激了女医生，十几年来的怨念最终还是发泄在了凶手的孩子身上。张昂昂曾经在水盆里练习憋气，后来，他的睾丸漂浮在那盆子里。

女医生对张昂昂说：你不是我亲生的，你的亲生父亲是个强奸犯，我找人代孕，生下了你。你的亲生母亲是个打工妹，现在可能在哪个村子里，你也找不到，你的同学安妮是我杀的。

张昂昂无法接受这个真相，心里只感到震惊，难以置信，他摇着头，眼睛红了，泪水流了下来。

张昂昂喊道：妈妈……

女医生说道：别喊我妈，你不配，我还要杀更多的人，直到那些废物警察抓住我。

张昂昂咬着嘴唇，浑身颤抖，因哮喘病发作而大声呼气，胸腔里似乎有只嘶哑的怪兽。

女医生拿出了一支针筒，冷冰冰地说：接下来，我要把你变成真正的女孩。

警方为女医生做了精神鉴定，结果显示她不仅精神正常，而且具有很高的智商。

苏眉说：她完全可以杀掉张昂昂，却没有这么做，是为了什么呢？

画龙说：是啊，她把孩子阉割了。

包斩说：她要让这个孩子活着，利用这个孩子找到凶手，就像钓鱼的鱼饵。

梁教授说：媒体会曝光这个离奇的案子，她通过警方，通过电视台，让凶手知道自己有个孩子，本来是个男孩，却变成了女孩，通过这个途径来折磨凶手。还有最主要的一点，她知道我们警方接下来会怎么做。根据犯罪心理学，我们倾向于认为凶手比较孤僻，单身，现在多了一个孩子，这个恶魔肯定会去看看自己的孩子长什么样，可能会有接触，警方只需要密切监视张昂昂，抓获凶手只是时间问题。

女医生同意特案组的这些分析，她坦诚地补充了一条，这也是她想对凶手说的话——

你的孩子很漂亮，你会找到并且强奸自己的孩子吗？

你的孩子会被别人压在身下日日夜夜呻吟着度过余生。

我在地狱里，等着你。

第四卷 （一）
行为艺术

我给你写诗，穿过隔开我们的东西。
——切斯瓦夫·米沃什

一

　　有个放羊的老头儿，在京哈高速公路一高架桥附近发现了一堆土，土色新鲜，很显然有人在此处掩埋了什么东西。老头儿很好奇，回家拿了铁锹挖掘，小孙女也跟着一同前往。挖到半米深，土壤里显现出一个奇怪的东西。这个东西看上去像一块石头，质地不是很硬，颜色泛黄，还透着白色。

　　小孙女问道：爷爷，这是什么呀？

　　老头儿见多识广，心想，这会不会是民间传说的太岁呢？

　　祖孙俩蹲下来，老头儿用手抹去这块"石头"上黏附的土，隐隐约约看到里面有什么东西。将表面擦拭干净后，老头儿终于看清楚了，他吓得一屁股坐在地上，接着拉起孙女的手就跑。

　　小孙女也看到了，她哭起来，吓得一边跑，一边尿，裙子都湿透了。

第十六章
琥珀童尸

我们去野外游玩的时候，在偏僻的地方，只需要仔细观察，就可以发现一些可能的埋尸地点。

我们只是不知道，那下面埋的是什么样的尸体。

燕京市同州区送庄镇附近的高架桥下发现了一具掩埋的童尸，令人感到奇怪的是，童尸被封存在透明度很高的树脂之中，看上去就像一个大型琥珀。同州警方接到报案，将这块琥珀清洗干净，可以看出，琥珀虽是人工合成，但工艺水准很高，外表晶莹剔透，像茶色玻璃一样光滑。琥珀包裹着一个小男孩，目测只有一岁左右，正是蹒跚学步、牙牙学语的年龄，身穿白色对襟小褂，开裆短裤，脚上是一双带有卡通图案的新凉鞋。

琥珀中的童尸呈蜷缩状态，眼睛微闭，面色青紫肿胀，双手半握成拳状。

一名法医只用肉眼观察，就判断出这名小男孩死于他杀。

同州公安分局党委黄副书记问道：还没有验尸，你确定吗？

法医说：错不了，这男孩是被人掐死的。

掐死，法医学专业术语叫作扼死，扼死均为他杀，偶有误伤死亡。

透过淡黄色的琥珀，可以清晰地看到，童尸的颈部有明显的新月形指甲痕，颈右侧有一个扼痕，在颈左侧有四个扼痕，任何一名法医都可以判断出，这是凶犯用右手掐死的孩子。扼死多见于杀婴、强奸以及抢劫等案例。扼死是很常见的一种杀人手段，法医平时会接触大量的扼死案例。

凶手将男孩掐死，又制作成琥珀，掩埋于地下，这起案子太过离奇恐怖，尽管警方做了保密措施，但还是走漏了风声，在社会上产生了恶劣的影响。

同州公安分局黄副书记紧急向公安部汇报，特案组驱车前来。梁教授在电话里指示同州警方不要随意行动，先别进行验尸，特案组很想亲眼看一下这个罕见的童尸琥珀。

黄副书记主持召开会议。多媒体会议室的中间原先放着一盆植物，现在换上了一张玻璃方桌。童尸琥珀就放在玻璃桌上，大家围坐着，议论纷纷，特案组四人也是第一次见到这么奇特的东西。

梁教授看了半天，说道：国内发生过一些水泥封尸的案件，还有凶手用蜡封尸的，但制作成琥珀的案子还是第一起。

包斩说：深圳曾发生过一起石膏藏尸案，两名凶手劫杀一位老板，用石膏将尸体密封成石膏像，抛入河中。

苏眉说：我想起一部电影，恐怖蜡像馆。

黄副书记说：恐怖蜡像，我们这里也有啊，你们过几天可能会在艺术展览上看到。

苏眉说：这琥珀童尸看上去是一件艺术品。

包斩说：以尸体制作工艺品，一般是用来出售或者展览，又为什么掩埋呢？

梁教授说：按照常理推测，可能是亲人杀害了这名男孩，制作成琥珀保存尸体。

黄副书记说：案发地附近的送庄，几乎会聚了全国各地的艺术家，案子应该没这么简单。

法医说：这具尸体没有经过防腐处理，琥珀并不能保存童尸，密封也只能延缓尸体腐烂。

包斩说：凶手要么杀死的是自己的孩子，要么杀死的是别人的孩子。要是别人的孩子，那就太可怕了，也许是从大街上随便拐骗来的一个小男孩。

画龙问道：送庄艺术家，怎么回事？

梁教授笑道：你孤陋寡闻了吧？

黄副书记介绍了一下送庄的情况。送庄地处农村，但距离市区只有几十公里。

如果早晨六点起床，嗅着送庄清新的空气，哼着小曲，行走在乡间的林荫道上，欣赏着路两边栽种的七十亩向日葵，然后改乘公交车，用不了一个小时，就可以到达繁华的燕京市区。

1990年，圆明园附近的娄斗桥一带，会聚了国内较早的一批流浪艺术家，其中不乏目前享誉海内外的著名画家，当时他们有个身份叫作"盲流"。这些胸怀理想的人，寄居在圆明园附近，以此为创作与生活的根据地。

1994年年初，"圆明园画家村"由鼎盛而被迫解散，艺术家远离都市的喧嚣，迁移至送庄，越来越多的艺术家纷至沓来，加上当地政府大力扶持，送庄艺术人才集聚，已成为中国规模最大、知名度最高的艺术家群落。

这里是北漂艺术家的文化圣地，与798艺术区一起成为精神之路的地标。

法医使用电钻和锤子弄开了琥珀，对童尸进行了解剖。童尸颈部皮下软组织出血，肌肉和骨质损伤较明显，这进一步确认了这名一岁男孩的死因——被人活活掐死，死亡时间在一个星期左右。

童尸的肚脐处贴有一张不干胶贴纸，上面没有发现指纹，凶手应该戴着手套，贴纸尺寸相当于手指伸直并拢的一半，上面有碳素笔写下的一句话：

我腐烂成大便的时候，我的文字还栩栩如生呢！

黄副书记说：这句话应该是凶手留下的，什么意思呢？

梁教授说：很显然，凶手想要不朽，想在这个世界上永久地留下点什么。

苏眉说：琥珀的通常年龄大于一千五百万年。

画龙说：这人工合成的假琥珀能保留多久？

包斩说：一个塑料袋埋在土里，还得需要几百年时间才能降解，合成树脂是由人工合成的高分子聚合物，最重要的应用是制造塑料，埋在土里，估计上千年时间也腐烂不了。

特案组和黄副书记倾向于认为琥珀童尸是一件艺术品，或者说，是一件行为艺术作品。

近年来，行为艺术因血腥、残暴、淫秽而令人反感，变态化倾向蔚然成风。不少行为艺术使用动物和人的尸体作为材料，视觉效果令人瞠目结舌，以至于当场有观者呕吐。

2002年，一名行为艺术家与骡子结婚。

2003年，一名行为艺术家用铁链把自己捆吊在房梁上，在医生的帮助下，他身体流出的血，滴落在加热的盘中，人们看着他的血液沸腾、烧焦、蒸发。

这些骇人听闻、让人难以理解的行为艺术都发生在中国，引发了公共舆论的震惊和批评。文化部曾发出通知，禁止各地表演或展示血腥、残暴、淫秽场面的行为艺术。

送庄作为一个艺术群体聚集地，除了有很多画家之外，还有雕塑家和行为艺术家。

黄副书记介绍说，送庄目前从事行为艺术创作的职业艺术家近百人，是一个松散的群体，绝大部分艺术家都是架上绘画出身，其中还有少数从事地下摇滚的音乐人。

梁教授部署安排工作，查明尸源是侦破无名尸案的重点。

同州警方立即向各分局发布协查通报，下辖的派出所和警务室统计出近期失踪的一岁男童名单，与死者进行比对，让家属进行辨认。

特案组进驻送庄，对从事行为艺术的人员进行逐一摸排，重点寻找制作人工琥珀的模具和原材料。

送庄在十年前还是个偏僻的村镇，现在却饭馆林立，甚至已经有了商业街，路边店铺装修风格各异，透着艺术气息，街上还能看到很多挂着相机的外国人。

黄副书记带着一队刑警和特案组驱车前往送庄，刚到送庄警务室，一个光头男人闯了进来，他拿出一副手铐将自己铐上，嚷嚷着要见领导。

光头男子喊道：我要见你们这里最大的官。

黄副书记不解地问警务室的负责人：这人是小偷？

警务室负责人说：不是我们抓的，你看那手铐，是他自己铐上去的嘛。

苏眉问道：这人想干吗呀？是想报案吗？

画龙警告说：别闹事啊。

光头男子说：我不报案，我要自首。

梁教授问道：你犯了什么事啊？

光头男子说：我知道你们在桥底下挖出来一个琥珀，我要和领导对话。

黄副书记指着梁教授说：这位是特案组组长，他的职务最高。

梁教授说：看你确实挺有诚意的，自己都把手铐戴上了，说吧。

光头男子说：琥珀里面有个小孩，那是我创作的艺术作品，叫作《冰封之夏》。

第十七章
冰封之夏

　　光头男子三十岁左右，肥头大耳，右边耳朵戴着耳钉，时值夏季，居然穿着一件羽绒服。

　　警方做笔录的时候，他热得大汗淋漓，极力要求警方写下他的英文艺名，然后讲述了自己是怎样购买死婴又怎样制作成琥珀的过程。他说埋在土里，是想给人一个惊喜，等过几天艺术节开幕的时候，他会邀请记者，一起去把琥珀童尸挖掘出来。

　　苏眉说：你为什么要穿羽绒服啊？

　　光头男子说：无论绘画、文学，还是影视，对中国艺术来说，现在是冬季，是冰封期，这也是我的作品最想表达的主题。

　　画龙说：哥们儿，我们想听的是，你是怎么杀的人。

　　光头男子说：我是一名行为艺术家，谢谢。

梁教授说：夏天穿棉袄，就是行为艺术？

光头男子说：林黛玉葬花，姜子牙钓鱼，李太白邀月，都是行为艺术。行为艺术是一种动态的综合艺术，集合了表演、视觉、造型、语言等形式。

包斩问道：你从谁那里买的死婴？制作琥珀的模具现在哪里？你留下的那句话什么意思？

光头男子像煞有介事地编织了一套谎言，自称从医院买来的死婴，在家制作成琥珀，但他无法说出更多的细节，对琥珀童尸身上的不干胶贴纸一事也毫不知情。特案组看出此人只是想借助警方达到出名的目的，在他的住处也没有找到相关物证，将其批评教育一顿就释放了。

光头男子不情愿地打开手铐，他央求道：拘留我半个月行不，求你们了，然后和外界说那是我干的。你们怎么能这样？我要告你们，那是我的作品，你们侵犯了我的权利，把我的作品还给我。

画龙没收了手铐，粗暴地将他推出警务室，光头男子居然要求把手铐还给他。

画龙乐了，说道：你要不就去抢点东西啥的，我们会再把你铐上的。

光头男子说：手铐是我的道具，我想找个女人，用手铐和我拴在一起一年且互不接触。

苏眉也笑了，问道：那你找到了吗？

光头男子说：没有，你愿意和我铐在一起吗？我保证不碰你，美女，为了艺术，咱们商量一下怎么样？这作品叫作《阴阳两隔》，或者叫《同床异梦》，哎哟，天真热，我先把这羽绒服脱了……

特案组走访时发现，送庄的很多农家院子就是画家的工作室，众多主流画家对行为艺术持不屑的态度。行为艺术处于一种半地下的状态，表演的地方一般在私人场所，或者荒郊野外，以拍照或者摄像的方式流传。因为一年一度的艺术节即将开幕，行为艺术家也云集于此，他们对自己的作品缄口不言，事先保密，期待着在国内外众多记者面前一鸣惊人。

特案组在送庄没有发现可疑人员，但是他们坚信，制造琥珀童尸案的凶手就是一名行为艺术家，大家隐隐约约觉得这名凶手会在艺术节出现。

行为艺术家常把警察当作动态事件要素设计在内，他们并不惧怕警察，只是把警察当作特殊的观众。

琥珀童尸贴着的不干胶贴纸上有一句话：我腐烂成大便的时候，我的文字还栩栩如生呢！

苏眉用电脑搜索这句话，网络上没有找到结果，说明这句话是凶手原创，而不是引别人的。她灵机一动，登录公安内网，再次搜索，发现了一条重要线索。

去年十月份的时候，王府井大街的一家新华书店发生了一起治安案件。

每年十月份，瑞典文学院会评选出本年度的诺贝尔文学奖，很多书店都会顺势销售历届诺贝尔文学奖得主的图书。这家书店也是如此，他们专门弄了一个书架，上面摆满了获奖作品。

有一天，一个邋遢青年走进书店，工作人员注意到，此人很瘦，留着山羊胡子，眼窝深陷，上身穿着一身破旧的牛仔夹克，下身是同样破旧的牛仔裤。他的衣服上写着几句标语"大诗人刘明""诺贝尔文学奖得主""觉醒吧，文学"。

这三句标语用黄色油漆写在衣服上，非常醒目。书店工作人员看着这个怪人，指指点点，议论纷纷。

他站在书架前，翻看着诺贝尔文学奖作品，一边看，一边摇头苦笑。

有位工作人员，怀疑他会偷书，悄悄地观察，结果发现，这个怪人趁人不注意，把一张贴纸贴到了书页上面，然后把书放回书架。

就在他往书里贴第三张不干胶贴纸的时候，工作人员上前阻止了他，翻开书，那些不干胶贴纸上都有一首手写的小诗。

此人自称诗人，名叫刘明，他指着衣服上的"大诗人刘明"字样给工作人员看。

刘明边走边说：三年后，我会获得诺奖，我的诗集会摆在这个书架上。

工作人员说：对不起，先生，请您等一下。

刘明继续往门口走，说：怎么，要找我签名？改天吧。

工作人员说：先生，这几本书，我们怎么卖？

刘明说：即使我获得诺奖，我也拒绝领奖，我谢绝一切来自官方的荣誉。

工作人员在门口拦住刘明，说：这几本书被你损毁了，你贴的胶纸，都撕不下来，按照规定，你得买下。

刘明说：我没钱。

书店领导走过来询问怎么回事，工作人员说这个人乱丢垃圾。

"乱丢垃圾"四个字使得刘明火冒三丈，他无法接受这个说法，那些贴在文学名著上的小诗都是他的作品，居然被人当成垃圾。大诗人刘明愤怒了，争吵过后，大打出手，最终被扭送公安机关。

两名店员拧着他的胳膊，他脖子上青筋毕露，对街上的围观群众喊道：我是大诗人刘明，我腐烂成大便的时候，我的文字还栩栩如生呢！

当时，处理这起治安案件的警察把这件事当作奇闻发布到了公安内网上面，详细记录了整个过程。

特案组没想到，犯罪嫌疑人就这么不经意间进入了警方视线，然而找到他却不是那么容易。当时处理此事的警察回忆，刘明交了罚款，写了份保证书后就释放了。案卷存档中的地址是个出租屋，刘明没钱交房租，被赶走后，现在早已换了好几个住处。

梁教授说：刘明曾经说过童尸身上的字，这不是一种巧合。

苏眉说：他到底是诗人还是行为艺术家？还真有创意，把自己写的烂诗贴到书里，那样买书的人就会读到他的诗。

包斩说：刘明有嫌疑，但这还不能证明他就是杀死男童制造琥珀的人。

画龙说：这个人确实很怪异，性格偏执，还有点暴戾，肯定被公安机关打击过不止一次。

黄副书记说：梁教授，请您下达指示吧！

梁教授部署工作，首先要扩大排查范围，对全市树脂工艺品生产厂家和小作坊进行摸底走访，寻找与此案相关的人员；同州警方再次向各公安机关单位发布协查通报，一是要核实尸源，二是获取刘明的各种信息，此人很可能有犯罪前科，尽快找到嫌疑人刘明是刑侦工作的重点。刘明当年被警方处理时，写下过一份保证书，应尽快与童尸身上的字做笔迹鉴定。

笔迹鉴定结果很快出来了，童尸身上的字是刘明所写，此人有重大杀人嫌疑。

地铁公安分局接到协查通报后，汇报了一条线索，两名执勤民警曾经抓到过刘明。

几个月前的一天夜里，三元桥地铁站D出口附近地下通道有一名女孩被人劫持。女孩是一名大学生，乘坐最后一班地铁回学校，走到地下通道的时候，一个邋遢青年与她擦肩而过，随即转身跟随着她。女孩有些慌乱，加快脚步，地下通道只有他们两个人，她不时地回头看，那人跟在后面，自言自语，嘴里念叨着什么。

女孩想跑，那人追上来，用手拍了一下女孩的肩膀。

女孩吓得大声尖叫，问道：你这个人想干吗？抢劫啦！

邋遢青年拿出一把美工刀，把女孩推到墙边，说：别误会，我不抢钱。

女孩双手抱胸，求饶道：不要非礼我，好不好？

邋遢青年说：我不是流氓，我是诗人，我刚写了一首诗，念给你听一下。

三元桥地铁站D出口附近的地下通道曾经有一名女孩被人劫持，那人在深夜尾随女孩，既不抢劫，也不非礼，而是胁迫女孩听他念自己写的一首诗：

我要对你说，春风对小草说过的话。

我要对你写，夏雨对百花写过的诗。

我要对你唱，秋月对红叶唱过的歌。

我要对你做，冬雪对大地做过的事。

邋遢青年要女孩点评一下自己的诗作，女孩吓得瑟瑟发抖，两名执勤民警正好路过地下通道，将其抓获，带到治安站审问。这名青年就是大诗人刘明，他声称自己并没恶意，但警方还是以"寻衅滋事"为由把他拘留了几天。

根据地铁分局提供的案卷资料，画龙、包斩、苏眉带着一队武警赶到刘明租住的屋子。

那是一间阴暗潮湿的地下室，房间被清理过，空空荡荡，只有一张上下铺的铁架床，床上铺着木板，没有被褥，地面有血迹。

第十八章
分尸现场

尽管没有尸体，但是经过仔细地勘查，确认这里是一个分尸现场。

事后证明，地面的血液来自犯罪嫌疑人刘明。

铁架床上铺长期没人住，落了灰尘，上铺的铁栏杆上提取到了三个指纹，铁栏杆上还有悬吊痕迹。包斩指着吊痕让苏眉拍照，他说：是一根帆布腰带，悬吊的重物可能是人。

下铺的床栏杆被鲜血染红了，还有清晰的刀痕。包斩说：这是利器切割东西造成的痕迹，而不是刀砍剁形成的。

已经凝固成胶冻状的血液中有骨头碴儿，包斩用镊子分别夹起来，拿放大镜观察。他说道：切下来的是人头，这是人体喉结处的甲状软骨……还有毛，像是腋毛，死者的大腿或者胳膊也被切割下来了。

屋内水泥地上有一道拖痕,这是鞋底边缘摩擦地面时形成的。

房间里空空荡荡,角落里有变质的饭菜,还有三个空的二锅头酒瓶。

包斩认为,死者当时应该喝醉了,被人勒死后分尸。

一个刑警问道:三瓶二锅头就醉得不省人事了,你怎么觉得是死后分尸,为什么不是活着时被砍下了头?

包斩说:如果活着时切割人头,血液会形成喷溅,而这个房间里没有喷溅型血迹。

根据现场的各种痕迹,加上走访周围住户得到的线索,包斩还原了当时的情景。

地下室上面是一个老式的砖楼,地下室就是住户用来出租的储藏室,在该市有很多这样简陋的住所,刘明在这里住了三个多月了。前些天,有人看到他把自己所有的东西都变卖给了一个收废品的老头儿。当天晚上,刘明和一个陌生男人在房间里喝酒,还有一个小孩子。

刘明隔壁住着一个女孩,自称是特约演员,在几部电视剧中扮演过小角色,她说刘明是个疯子,特别喜欢自言自语,精神有问题。

画龙问道:你见到那小孩子了吗?那小孩是谁家的?

女孩说:隔着墙,我听到小孩哭闹来着,不知道是谁家的,那个男人我以前没见过。

隔壁女孩反映,刘明平时没有朋友,独来独往,周围住户都对他敬而远之。刘明说话时语速很快,思维混乱,一塌糊涂。无论任何人和他打个招呼,他都会推销自己手工制作的诗集,别人不感兴趣,他大言不惭地表示:有一天你会知道,大诗人刘明是你有生以来见过的全世界最伟大的人。

刘明很珍惜与人交谈的机会，这种机会对他来说很难得，他根本不管别人是否愿意倾听。隔壁女孩有次和他闲聊了几句，觉得他精神有问题，以后就再也没有搭理过他。刘明在地下室过道见到女孩就会用哀求的语气说：再给我一分钟，我上次还没把话说完呢，好不容易有人跟我讲话，你就让我说完吧。

女孩把他当成空气，视而不见。

几天前，刘明把出租屋里所有的东西都卖了。当天晚上，隔壁女孩听到刘明房间里有三个人在喝酒说话，除了刘明之外，还有一个男人和一个小孩子。刘明穷困潦倒，平时就喝白菜疙瘩汤，他把这称为"英雄白菜汤"。那天，刘明却买了几样菜，其中有油焖小麻虾、酱骨头、麻辣兔头、红烧猪蹄。

女孩感到很诧异，心想，这个神经病是不是发财了啊？

苏眉问道：你怎么记得那么清楚？连买的什么菜都知道。

女孩说：房间隔音不好，他打鼾我都能听到，他们说话声音好吵哦，互相劝酒、劝吃菜。

苏眉又问：你当时还听到什么了？你觉得，他们是什么关系？

女孩说：我怀疑他们是同性恋，那小娃子是领养的，是他们的儿子。

苏眉说：小妹妹，你想象力好丰富啊！

女孩说：我是重庆人，我们重庆那边，两个人啃兔脑壳，就是代表着两个人想接吻的意思。

隔壁的喧哗使得女孩不胜其烦，用棉花塞住耳朵，躺在床上睡着了。

夜里十一点多的时候，女孩迷迷糊糊听到隔壁传来切东西的声音，她摘下耳朵眼儿里的棉花仔细倾听，很像是刀刃切到铁栏杆发出的声响。包斩推测，女孩听到的应该就是凶手分尸时发出的声音。凶手掐死那名男童，用腰带将醉得不省人事的刘明吊死在铁架床上,然后把尸体移至下铺,头部枕着铁栏杆。为了避免吵醒邻居,凶手没有用刀砍剁,而是采取切割的方式进行分尸,先割下了人头,又将四肢切割下来。

地下室里闷热,隔壁女孩的房门虚掩着,并没有反锁,还有的住户甚至开着门睡觉。

切东西的声音停止了,女孩翻了个身接着睡,她背对着房门,隐隐约约听到有脚步声在她门前停下,一会儿,门缓缓地开了,黑暗之中,女孩感觉到一个人影走了进来。

女孩吓得用床单蒙住头,极力克制着不让自己发抖。

那个人站在床前看着她,手里提着什么东西。

女孩继续装睡,内心恐惧极了,那人一动不动盯着她看,过了一会儿,她感觉那个人转过身走出了房间,还顺手把门关上了。

第二天早晨,女孩发现床前地面有滴落的血迹,她自我安慰,心想可能是自己的经血。

然而,女孩心里隐隐约约产生了一个可怕的想法,那个人在夜里悄悄走进她的房间,站在床前看着她,手里提着的可能是一颗人头!

画龙问道:那你怎么没有报案?

女孩说:我房间又没有丢东西,万一是我的幻觉呢?

特案组召开案情分析会议,唯一的犯罪嫌疑人刘明被人杀害分尸,接下来的工作重点应该找到与刘明喝酒的那个陌生男人,此人具有重大嫌疑,必须尽快搞清楚他的身份。那名男童身份不明,也是排查的主要方向。在地下室的过道里,邻居曾经看到过那个陌生男人和小孩子。根据描述,小孩子的年龄以及衣着都和琥珀童尸相一致。对于陌生男人的相貌,目击者已经记不清楚了,警方对嫌疑人进行画像的条件不太成熟。

苏眉说：那个陌生男人也许是个行为艺术家，杀人，制作成琥珀，想出名想疯了。

黄副书记说：通过排查，我们知道了刘明使用的手机号，应该从中能发现点线索。

梁教授说：刘明变卖了自己的东西，那个收废品老头儿也必须要找到，那些东西可能有用。

画龙说：我在想，小男孩究竟是被刘明掐死的，还是被那个人掐死的？

包斩说：犯罪动机不明，我和小眉的观点一样，倾向于认为，是凶手杀死的刘明和小男孩。

黄副书记说：也可能是刘明掐死了男孩，凶手又杀死了他。

梁教授说：如果凶手是行为艺术家，几天后，一年一届的艺术节开幕，凶手肯定会出现。

包斩说：他应该还有新的作品。

黄副书记说：那我们就守株待兔，等着他。

特案组再次对刘明租住的地下室周边住户进行走访，寻找更多的知情者和目击者。

那个地下室住着一个送快递的青年，过道里堆放着折叠好的塑料泡沫袋，他向警方反映，有人偷走了一些泡沫袋，还把堆放的东西翻得乱七八糟。刘明平时骑着一辆破旧的自行车去天桥摆摊，出售自己的诗集，有时也卖小饰品，那辆自行车平时停在过道里，现在也不见了。

画龙说：凶手杀人分尸之后，怎么带走的尸块，我们现在也搞清楚了。

苏眉说：我本来以为，凶手会拦一辆黑车呢，没想到，凶手也很穷，可能没钱打车。

包斩说：凶手在过道里找了几个塑料泡沫袋，包装好尸块，然后用自行车运走了。

苏眉说：这个可怜的诗人。

第十九章
艺术盛宴

几天后,一年一度的艺术节隆重开幕。

送庄艺术节已经成为国内最大的文化艺术节,囊括海内外诸多艺术作品,通过各种展览、学术讲座展示当代艺术。经过几年的发展,已经具有艺术博览会的规模。开幕当天,众多记者云集,还吸引了来自世界各地的一些艺术家和游客。

本届艺术节,行为艺术被严格限制。

主办方和当地居委会贴出了公告,加强了安保力量,各展厅和场馆禁止任何行为艺术。

特案组四人扮成游客,也来欣赏这当代艺术的饕餮盛宴。

苏眉有些失望地说:我很想看行为艺术啊,这下他们都不出来了。

黄副书记推着轮椅上的梁教授，说：那些行为艺术家都很大胆的，他们不会错过这个展示自己的机会。

梁教授说道：大家提高警惕，凶手也许已经出现了，让监视人员全部到位，每人负责一片区域。

黄副书记安排了很多便衣警察在大厅和各展馆中秘密观察，重点注意是否有场馆展示琥珀或者其他树脂工艺品，雕塑馆和几家艺术工作室是重点监视对象。

展厅门前一阵喧闹，第一个行为艺术家出现了。

此人是个长发男子，头戴铁箍，腰缠豹纹围裙，手里的竹竿上还绑着网兜。他被几个保安从展厅里抬了出来，粗暴地扔在门前的水泥地上。

这个行为艺术家扮演的是孙悟空。

"孙悟空"喊道：二位小妖，我丢失了我的筋斗云，我要捕云，还请行个方便。

"孙悟空"站起来，举着网兜，挥了几下，想再次闯进展厅。

两个保安将"孙悟空"拽住，一阵拳打脚踢。一位保安用膝盖折断了竹竿，另一位保安骂道：狗日的神经病，你还捕云呢，你捕个屁给我看看。

苏眉说：行为艺术，还挺好玩的，"孙悟空"蛮搞笑的嘛。

画龙说：咱们四个人，《西游记》里取经的也是四个人，我觉得我才是悟空，小眉你是八戒。

梁教授笑着说：我们去捉妖精。

苏眉说：梁叔，你好坏哦，你也说我是猪八戒。我做沙和尚，小包，你做八戒好不好？

包斩说：呃……好吧，反正是开玩笑。

展厅很大，分为七个展馆，门口有工作人员把守，行为艺术家混进来的可能性不大。在大学生设计展区，有两个穿红色旗袍的礼仪小姐正在分发礼品，一个礼仪小姐对苏眉说：您好，这是主办方赠送给您的免费礼品。

苏眉笑吟吟地接过一个礼品盒，说声谢谢。

画龙伸手想要一个礼品盒，礼仪小姐笑着说：不好意思，我们只赠送给女人和儿童。

礼品一会儿就被分发完毕，两个礼仪小姐随即离开。

苏眉打开礼品盒，里面居然装着一只毛茸茸的小鸡，站在盒子里，像是黄色的小绒球。

苏眉说道：好可爱哦，小鸡，你饿了吗，你怎么不叫呢？

大家看到，小鸡嫩黄的嘴角被一根棉线绑着，苏眉解开棉线，小鸡叽叽地叫了起来。

梁教授说：上当了啊！

包斩说：难道，这也是行为艺术？

黄副书记说：那两个礼仪小姐肯定是行为艺术家，想表达的思想应该是——小鸡就是生命，赠送给女人和儿童，每个接受者都会做出选择，面对一个问题：是对这个小生命负责还是将其抛弃？

画龙说：小眉啊，看你怎么办？

苏眉说：画龙哥哥，这只小鸡多可爱，你帮我拿着好不好？

画龙说：我可不上当，这麻烦可别给我。

苏眉说：哼，大不了我带回去，在特案组办公室养鸡，每天早晨打鸣吵死你们。

大学生作品展区旁边是美术馆，人流最多，一些被抛弃的小鸡在画廊中奔跑着，有的小鸡已经被人踩死了……

特案组逛完美术馆，又看了很多雕塑作品，没有什么发现。展厅的监控系统被警方接管，电子探头遍布每个角落，也没有看到和琥珀童尸案有关的可疑人员。

艺术节第一天结束了，展馆关闭，特案组有些失望，只能期待明天。

天黑了以后，一些行为艺术家聚集在展馆外面的空地上，热闹非凡，空地上点着几盏造型奇特的灯。灯的制作者向记者描述自己的作品，这些灯的油来自美容院，是用美女减肥抽出的脂肪制作而成。人油灯被制作者命名为"阿拉丁神灯"，可以许下三个愿望。

空地旁的树林里挂着几个行为艺术家。他们用钢钩从自己背上扎进皮肤，像卖猪肉一样，把自己给悬挂起来。

树林边停着一辆拖拉机，有个人躺在车底下用铁扳手不断地敲击，声音将记者吸引过来。几个行为艺术家深沉地站在拖拉机面前，其中一人思考了半天问道：老兄，你这个作品想要表达什么主题？

车底下的那人答道：车坏这儿了，正修呢！

警方密切关注着每一个行为艺术家，包斩跟踪着那个夏天穿羽绒服的光头男子，这时传来一个振奋人心的消息，保洁员在已经封闭的展馆内发现了很多幅琥珀照片。

琥珀中有一颗人头！

那是刘明的头，他的眼睛睁着，眼神迷茫。

照片用手机拍摄，尽管像素不高，但可以清晰地看到——照片中，琥珀人头的制作工艺非常精湛，晶莹剔透，琥珀里的人头纤毫毕现，栩栩如生。

这些照片被人贴在卫生间隔板门上，每个大便的人都可以看到。照片上还留下了一个电话号码，这说明制作者想要出售自己的作品。

那么多游客不可能看到艺术节的每一件作品，但他们都会去卫生间。

卫生间没有监控，马桶前面的位置被主办方忽略了，却被人有效地利用了起来。那个贴照片的人也许会感叹：最好的作品只能贴在艺术展馆的洗手间里。

很显然，贴照片的人就是凶手，制作琥珀人头的目的是用来出售。这个胆大妄为的家伙居然还留下了自己的联系电话，特案组立即通知电信部门，对这个号码展开调查。艺术节当天，打进这个号码的人有几十个，甚至还有海外的电话，看来很多人在厕所看到照片后，对这件艺术品很感兴趣，想要购买或者问价。

苏眉对这个号码进行地理定位，希望尽快找到凶手，包斩却无意中发现到了一条捷径。

那个夏天穿羽绒服的光头男子花钱找了一个失足妇女，竟然在树林里公开表演性行为，警方当场将其拘捕。包斩翻看了光头男子的手机，通讯录中竟然有琥珀人头照片上的电话，号码的主人叫：马克。

特案组立即对光头男子进行突审，梁教授问道：你手机上的马克，是你朋友？

光头男子说：算是同行吧，马克也是行为艺术家。

梁教授问：你知道他住哪儿吗？

光头男子说：距离这儿不远，我去过。

黄副书记说：这样吧，你带我们找到他，你犯的事也不严重，我们可以考虑释放你。

光头男子说：马克是不是干什么坏事了？你们想要我戴罪立功，我可以带你们去找他，但是我有一个条件，我不要什么释放，你们就拘留我吧，我想要的是……拘留几天，把我释放，你们对外界说我越狱了……这样我也能出名！

特案组四人面面相觑，不知如何回答。

光头男子摘下眼镜说：我都准备好了，打野战只是我行为艺术的第一步。你们看，这眼镜架是一把伪装的蓝钢小锯，我本来就打算越狱，既然你们有求于我，我就不用真的越狱了。

警方在光头男子的带领下，很快就找到了马克的住处。

那是一个树脂工艺品厂，也在同州区，距离送庄不是很远，因为该厂已经倒闭，在排查时并没有引起警方重视。这个厂子涉及官司，被法院封存，厂里没有人，厂长也跑了。院里长着荒草，车间贴着封条，仓库里还有些原材料，工人早已解散回家，宿舍闲置在那里。

马克曾在树脂工艺品厂打工，厂子倒闭后，他没有回家，白天在街头表演行为艺术，晚上依旧住在宿舍里，有时也会悄悄地带朋友来这里过夜。光头男子曾经跟随马克翻越厂子的砖墙，在这里住过一个晚上。

画龙和几名武警拘捕马克的时候，马克正在宿舍里和一位港商进行交易。港商前来购买马克制作的琥珀人头，双方讨价还价，因为不断有人给马克打电话表示想要购买，最终港商以十一万的价格谈成这笔生意。

琥珀人头就放在宿舍的床上，床底下发现了刘明的琥珀人手、琥珀脚丫、琥珀心脏。

审讯中，马克非常淡定，他承认自己制作了尸体琥珀，但是否认自己杀人。

梁教授问道：难道刘明是自杀？

马克回答：你说得没错，他就是自杀，他自愿捐献尸体给我，我有他写的捐献协议。

画龙说：放屁！那小孩子叫什么？也是自杀？

马克说：你说那个小孩啊，你们发现了是吧？那小孩叫细娃儿，孩子他妈以前也在这厂里打工，后来，厂子倒闭了，孩子他妈就在一家拉面馆传菜。细娃儿是私生子，不是自杀。

包斩问：细娃儿是怎么死的呢？

马克说：孩子他妈说是煤气中毒死的，让我帮忙找地方给埋了。这点是我做得不对，我制作成了琥珀，我只是想试试能不能把人制作成琥珀。

苏眉说：你少胡搅蛮缠，撒谎是没用的，孩子他妈呢？那拉面馆在哪里？

马克说：孩子他妈和拉面馆的一个伙计私奔了，不信的话，我带你们去问问。

第二十章
变态诗人

刘明和马克是一对好朋友。

他们在街上相逢,周围人流穿梭,两个人像浮萍一样碰在一起。

燕京街头,很多人都见过马克和刘明。我们搜寻记忆,可能会想起某个中午,在某个过街天桥或地下通道看到过这两个神经病。

马克坐在一个透明的硬塑料大球里,球里放了些零钱。塑料球有个透气窗,行人想要施舍就把钱扔进球里。下雨的时候,窗户可以封闭,这个大球在街头、在雨中,孤单地伫立。如果城管来了,他可以站在球里,踩着球的内壁向前移动,甚至能跑进公园的湖中,他在球里面,球在水面上,城管也拿他没办法。

他像蜗牛一样,这个球就是他的房子、他的壳。

他既是行为艺术家,也是乞丐,也许穷困潦倒的艺术家和乞丐本就没有什么不同。

刘明在街头摆地摊卖自己的签名书,他嗓门儿很大,向每一个路人喊着"大诗人刘明签名售书"。旁边卖钥匙链的妇女咒骂了一句,担心会把城管招来。喊了十分钟,小贩们纷纷收摊了。右边一个卖温度计和打火机的小兄弟表示,收摊不是因为刘明,而是到了收摊的时间了,还有别的活儿要干。

刘明很愧疚,四下张望。小贩们在城管到来之前纷纷离开,只剩下一个球待在原地。

那个球突然说话了:把书拿来我看看。

刘明吓了一跳,这才看到塑料球里坐着一个人,他把自己的诗集从球的透气窗递进去,马克翻看了几页。

刘明说:你给我评价一下,反正我觉得写得挺好的,自己看的时候,老是流泪。

马克说:写得真不错,这书卖多少钱?

刘明说:五十,别嫌贵。

马克说:我买了,你应该获得诺贝尔文学奖。

刘明说:我请你吃饭。

两个人找了个拉面馆,要了几盘凉菜、两瓶二锅头,一边喝酒一边聊天。刘明絮絮叨叨地讲起自己手工制作书籍的过程——裁切A4纸做书页,用牛皮纸做封面,然后装订、涂胶、套膜。

刘明表示,一本书卖五十元并不贵。

马克说:艺术是无价的。

刘明说:我现在把你当朋友,我太想有个朋友了,哪天我死了,还是一个人，你是第一个说我的诗写得好的人，我感谢你。

马克说：我要死了，就找人把我做成琥珀。

马克说起自己在树脂工艺品厂打工的经历。失业之后，他在送庄给几个艺术工作室打杂，那段时间，他立志做一个雕塑大师，常常喋喋不休地说起很多外国人名：罗丹、米开朗琪罗、米隆、普拉克西特列斯……这些都是著名雕塑大师。然而，他却沦落街头乞讨，四肢健全者很难讨到钱。有一天，他突发奇想，制作了一个塑料球，灵感来源于公园湖里的水上步行球。他的身份从乞丐变成行为艺术家，心中的理想渐行渐远，却始终没有磨灭。

马克说：我最好的雕塑作品，就是我自己，我死了就找人把我做成琥珀，永远不朽。

刘明说：能不能把我也制作成琥珀？我也想不朽。

马克说：不行。

刘明和马克一见如故，成了朋友。他们都有点神经质，都强烈地想要表达自己的思想。两个人滔滔不绝，以为对方在倾听，其实只是自言自语。从傍晚到深夜，他们在拉面馆不停地说话。拉面馆有个女工，叫阿茹，和马克以前同在树脂工艺品厂打工，碍于情面，并没有赶他们。两个人直到凌晨才醉醺醺地离开拉面馆。马克说：等我有了钱，就开一个陶艺馆。

刘明说：我获得诺贝尔文学奖是早晚的事，我很可能拒绝领奖，有了钱，我还是写诗。

此后一段时间，刘明和马克又在街头相遇过几次，刘明每次都要马克答应把他做成琥珀。马克拒绝，他表示自己是个一言九鼎的人，答应了就会做到，不可能等刘明老死之后再将其做成琥珀，因为那是很多年之后的事。

刘明越来越穷困潦倒，那段时间，他搬了几次家，每次都因没钱交房租被房东赶走。

人们在街头见到刘明都感到很惊讶，这是一个饿死诗人的时代，很多人都说不出五个以上现在还活着的诗人。刘明的诗有的晦涩难懂，有的幼稚可笑，有的污言秽语……但是那些描写春天、爱与光明的诗句是那么美，那么打动人心。

他过得像鬼火一样却企图照亮全人类。

一位中文系大学生看到他衣服上刷的"诺贝尔文学奖得主"，上前与他合影，但拒绝买书。

一位精神科医师驻足观看了刘明的诗，询问了他一些事情，留下一句评语：紧急救治，刻不容缓。

那一年，瑞典文学院没有宣布他获得诺贝尔文学奖，他在出租屋里，抱着自己的诗集难过得哭了起来。从此，王府井书店多了一个鬼鬼祟祟的人，他不偷书，只是趁人不注意在书里贴上一张不干胶贴纸。在海明威和夸齐莫多的作品之间，以及艾略特和索尔仁尼琴之间，都有他贴上去的一首首小诗。

书店工作人员把他请了出去，理由是"乱丢垃圾"。

垃圾——别人这么称呼他的作品。

刘明是那么迫切地需要读者的倾听，所以他在夜里持刀劫持了一个女孩，把女孩威逼到墙角，念完一首诗后，他表示抱歉，说自己实在找不到一个读者。为此，他付出了拘留几天罚款五百元的代价。

刘明身无分文，一连几天都没有找到工作。他总是做一段时间的油漆工，或者保洁员，赚到一些钱后再去街头签名售书。

那天晚上，刘明拖着疲惫的身体，走进路边的一家拉面馆，刘明和马克曾经在这个面馆里吃过饭。他在角落里坐下，点了一碗面，又要了两瓶啤酒。墙上贴着图文并茂的菜单，最贵的是手抓羊肉和大盘鸡。他兜里没有一分钱，却对店伙计说：我要一个手抓羊肉，还有大盘鸡。你们这里最贵的菜，还有啥？

店伙计介绍说：酸辣牛排、烤鱼。

刘明说：这个也要。

店伙计满腹狐疑，心想：你能吃得完吗？

刘明叹了口气，他没有钱，他想的是——吃饱再说。

那些菜很快就端上来了，传菜女工阿茹认出了刘明——毕竟，刘明穿的那件刷有标语的牛仔服令人印象深刻。阿茹和刘明闲聊了几句，谈起马克，阿茹说马克前些天滚着大球被车撞了，车跑了，马克并没有受伤。

一个小孩子走过来，抱住刘明的大腿，抬起头，仰着小脸，奶声奶气地喊道：爸爸。

刘明笑了，心中一阵温暖，摸了摸孩子的头。

阿茹说：细娃儿，喊叔叔，他可不是你爸爸。

阿茹告诉刘明，细娃儿是从老家带来的私生子，亲生爸爸并不认这个孩子，现在可能在新疆种棉花，根本找不到人。阿茹抱怨自己薪水微薄，给儿子买奶粉都买不起，有时很想找个好人家把孩子送出去。

店外华灯初上。

刘明酒足饭饱，他问阿茹，能不能先欠着饭钱，或者挂在马克的账上。

阿茹摇了摇头，惊讶地说道：你吃白食啊？

刘明把手指按在嘴唇上说：嘘。他调整腰带的松紧，站起来慢悠悠地走了几步，猛地掀开拉面馆的塑料门帘，撒腿就跑。阿茹大喊起来，店伙计和店老板从里面冲出来，追了四条街，才气喘吁吁地把刘明按倒在地。

店伙计想要打刘明，店老板却阻止了。

刘明羞愧地表示，可以拿自己的诗集抵债，一本五十元，或者免费给拉面馆干活儿。

店老板说：你是诗人，我不打你，你在我店里刷碗吧，干一个月活儿，就当饭钱了。

刘明因祸得福，在拉面馆刷碗的那一个月里，尽管没有薪水，但至少他能吃得饱肚子。他很喜欢孩子，和细娃儿混熟了，细娃儿喊他爸爸时，他心中充满慈爱。阿茹说刘明和细娃儿有缘，细娃儿从来不喊别人爸爸。

一个月后，刘明离开了拉面馆，回了一趟老家，他向父母要钱，想要自费出版第二本诗集。

刘明说：没有书号，就是非法出版物，我以前做的书，都卖不出去。有了书号，有正规出版社，就好卖了。出版编辑说现在的诗集没有市场，没有人看，除非我拿钱自费出版自己卖……我需要一万块钱。

父亲说：滚出去！你走吧，你弟弟要是看见你来，会打你的。

母亲说：我们就当没你这个儿子，这么多年了，你咋不能像个正常人那样啊？我一直跟邻居说你在铁路局上班，不是神经病。都这么大了，还伸手向父母要钱。

刘明拿出自己手写的诗稿，说第二本诗稿比第一本写得都好，如果出版成书，肯定畅销。

父亲夺过诗稿，扔到蜂窝煤炉子里烧了。

刘明想要抢救诗稿已经来不及了，多年的心血化为灰烬。他对着一面墙发呆，然后怒吼着抡圆了拳头狠命地打自己的脑袋。最终，他晕头转向地离开了家。

那一刻，他萌生了自杀的念头。

刘明在街头摆摊卖盗版书，顺便出售自己的诗集，他整天浑浑噩噩的，不再像往常那样叫卖。

有一天，阿茹找到刘明，她假装路过，闲聊了一会儿，阿茹说：你帮我抱着细娃儿，我去厕所解个手。

阿茹从此没有回来，刘明后来询问拉面馆老板才得知，阿茹和店伙计私奔了。

那天，文化执法人员没收了刘明所卖的盗版书，刘明右手抱着细娃儿，左手拼命地争抢，一本书也没抢回来。这使得刘明雪上加霜，贩卖盗版书的本钱还是向马克借的，这下血本无归，他还多了一个无法养活的孩子。

刘明万念俱灰，想到了死。

正如马克对警方所说的那样，刘明是自杀。

自杀前，他变卖了自己所有的东西，向马克交代了后事。

在刘明租住的地下室里，收废品的老头儿和他谈好价钱，把所有东西都装上三轮车，只剩下墙角的一个纸箱子，里面装的是刘明的诗集。收废品的老头儿将编织袋铺在地上，拿出一杆秤说道：两毛钱一斤。

刘明呕心沥血耗费一生时间写的诗集，竟然论斤卖，两毛钱一斤。他百感交集、绝望、心疼、难过、悲哀，种种心情一下子从心底涌出来。

最终，他更加坚定了必死的决心。

临死前，细娃儿在刘明的床上坐着，玩弄着一个气球。刘明和马克有过这样一段对话：

马克：老弟，你要自杀，不会是开玩笑吧？

刘明：我活不下去了，你看我把诗集都当废品卖了，找你来，是因为我就你一个朋友。

马克：好死不如赖活着，你得想开啊，老弟。

刘明：你不用劝我，我欠你的钱，还不上了，我已经写好了一份协议书，给你。

马克：啥协议？

刘明：我自愿捐献尸体，献身于艺术，你把我做成琥珀吧。我活着的时候，是诗人，但是我还不如一条狗，我死后，希望有无数的人瞻仰。

马克：好吧，我看你不像是开玩笑，早死早托生，下辈子别做人了。

刘明：是啊，做一棵树、一片云，都比做人强。

马克：这个孩子，怎么办？

刘明：细娃儿命苦，他爸不要他，他妈跟人私奔了，把这孩子扔给我了，我本来想把他培养成接班人，教他写诗……你帮忙找个人家，把细娃儿送人吧，尽量别送孤儿院。

马克：我哥我嫂子不能生育，一直想领养个孩子，可以把细娃儿送给他们。

细娃儿喊道：爸爸。

刘明：睡吧，孩子，唉，你长大以后还是别写诗了，千万别搞艺术。

人潮人海，熙熙攘攘，多少理想之心悄然沉寂，坚持到最后才发现这是一条死胡同。

细娃儿一会儿就睡着了。刘明找打火机，想抽烟，却从兜里摸出两张不干胶贴纸，那上面是他写的诗。他看了看，深深地叹了口气，将贴纸揭开，啪的一声，贴到了自己身上。他将自己的心血之作贴在胸口，这动作很像是打了自己一巴掌。床上睡着的细娃儿翻了个身，露出肚皮，刘明随手把最后一张贴纸贴到细娃儿肚子上。

刘明说：叫了那么多声爸爸，除了一句诗，我什么都没给你留下。

当时，刘明戴着塑料手套，这是小饭馆赠送的，方便食客啃酱骨头吃小麻虾，所以警方没有在贴纸上找到指纹。

刘明捏瘪烟盒，里面是空的。他说：我戒烟好几年了，没钱买烟，临死前，想吸支烟，都吸不着啊。

马克说：这话说的，我得满足你临死前的愿望，我给你买去。

刘明说：这黑天半夜的，也没卖的了。

马克说：你隔壁邻居家呢？

刘明说：是个女演员，不抽烟。

马克说：我还没见过女演员呢。

刘明说：好了，吃饱了，喝足了，我该上路了。你出去一下，十分钟后帮我收尸，别看着我，自杀……怪不好意思的。

马克说：我也搬不走你啊。

刘明说：我的自行车没卖，给你留着呢，还给你准备了一把刀子，我磨过了。

半小时后，马克返回地下室，看到刘明用自己的腰带吊死在铁架床上，细娃儿依然在睡觉。这说明，整个自缢的过程是悄无声息的，刘明极力让自己不发出声音，正如这个可怜的诗人所说的那样，自杀是一件很难为情的事情。他的尸体令人毛骨悚然，腰带绑在铁架床的上铺护栏上，他的身高比护栏要高，也就是说，他可能是拳起腿缩着脚——保持这个奇怪的姿势直到吊死。

这个姿势很有诗意，他只需伸直腿就能拯救自己，然而，他没有。

马克深呼吸，定了定神，开始肢解，用刀子切割下刘明的头颅和四肢。

这一刻，朋友的尸体在他眼中变成了钱，他意识到琥珀尸体能卖个好价钱。

肢解尸体需要很好的心理素质。马克很镇定，他去隔壁想借一个蛇皮袋，却在过道里找到了一些泡泡纸。马克将尸体包裹起来，装上自行车，叫醒细娃儿，然后就回到了倒闭的树脂工艺品厂宿舍。当时，并不像特案组推测的那样，细娃儿还没有死，他坐在自行车上，手里拿着个红气球。

工艺品厂的车间落了灰尘，但是设备还能使用，仓库里还有被法院封存的树脂原材料。

细娃儿坐在车间地上，面前放着刘明的人头，这个小男孩放飞了气球，用手摸了摸刘明的头发，喊了一声爸爸。

刘明已经看不到这个世界了。

细娃儿抬起头，眼泪汪汪，看着马克在废弃的车间里忙碌的身影。马克用电炉子熔化树脂，固定模具，将一些添加剂放在车床上。

细娃儿站起来，蹒跚着走过去，抱住马克的腿，眼睛看着刘明的头，喊了一声爸爸。

马克说：他死了。

细娃儿走过去，看着刘明，这个不懂事的小孩子不知道什么是生死，他号啕大哭起来。

马克担心哭声会让人听到，空无一人的车间里传来小孩子的哭声有可能会让人报警，再加上他不知道如何处置，索性狠心掐死了孩子，一并做成了琥珀，打算日后出售。

尽管马克百般抵赖，特案组对比了他的指痕以及指甲垢中的微量物，同州警方又费尽周折找到了阿茹，人证和物证都揭穿了马克的谎言。

琥珀童尸案真相大白！

没有人知道，刘明用腰带将自己吊在铁架床上濒临死亡的那一刻，他想到的是什么。

他也许会想起少年时期,漫天的大雪,冰封的世界,他用木棍在雪地上写诗。整片山坡被纯洁的白雪覆盖,整片山坡都有他写下的诗。过去的那些岁月、那些梦想,就像写在雪地上的诗,太阳升起,就消失不见了。

第五卷 (一)
闹鬼电话

那些遗忘我的人足以建成一座城市。

——布罗茨基

一

　　总有一些人离我们而去，总有一些话还没有说完。

　　拿起自己的手机，看一下未接来电，也许其中一个陌生号码是死去的人打给你的。

第二十一章
湖中浮尸

杭州一名女子在医院陪护患肺癌的妈妈。有天夜里，妈妈竟然下床走出病房，在走廊的角落里蹲下来。女子喊道：妈，你去哪儿？妈妈扭头看着，却说不出话。这时，女子的电话响了，原来是一场梦。妈妈还在床上躺着，已经死了。电话是妈妈打的，然而这部手机却不在妈妈身边，事后询问家人，无人拨打。

女子想，妈妈临死的时候，也许有什么话要说。

合肥一名高中生周末没有回家，独自住在宿舍。临睡前，他把自己的滑盖手机放在枕边的一摞书上。早晨醒来，他看到手机滑开了，心里并没有在意，想看一下时间，却发现手机停留在编辑短信的界面，上面有一句没有发送出去的话：睡了吗，想和你聊聊。他想了半天，也不记得自己编辑过这条短信。

那又是什么人想和他聊一聊？

迎凤市大学城有个人工湖，周围聚集着六所大学，每逢周末，人工湖格外热闹，很多大学生在此游玩。

岸边垂柳依依，竖立着"禁止游泳"的警示牌，湖中碧波荡漾，荷花盛开。

几个学生站在湖边打水漂，石块儿在水面上跳跃着，飞得又轻又远。他们互相比赛，用石块儿砍断湖中的荷花，一会儿，从茂密的荷叶中漂出来一个庞然大物，大家都惊呆了。

有具浮尸，在水一方。

这是一个绿裙少女的尸体，已经腐烂，肚子隆起，原先隐藏在茂密的荷叶中间，现在缓缓地漂了出来。荷叶为尸体打着伞，宛如送葬的队伍。

黄昏来临，一场太阳雨刚刚下过，荷叶上蓄满了晶莹的雨珠儿。湖中女尸随波起伏，碰到荷叶，那些雨珠儿纷纷倾泻进水中。一枝莲花挡在浮尸的两腿之间，粉红色的莲花袅袅婷婷，墨绿色的荷叶亭亭摇曳，尸体在淡雅清幽的湖中稍做停留，随即将那枝莲花压进水中，水中的小红鱼与巨大的尸体嬉戏着。

一只尖嘴鸟儿飞来，落在女尸隆起的肚子上，不断地啄食。

此时，岸边已经聚集了更多的人，大家看到女尸的肚子被尖嘴鸟啄爆了，就像气球一样炸开，鸟儿扑扇着飞走了。

尸体爆炸之后，缓缓地沉入湖中。

湖中浮尸把大家都吓坏了，岸边几个女孩捂着嘴巴哭起来，还有一些人纷纷呕吐。

大学城辖区的公安分局接到报案，将女尸从湖中打捞出来，经过走访和发动群众辨认，很快搞清楚了死者身份。这名绿裙少女是附近一所师范大学的大四学生，名叫飘莲，在湖里还打捞出她的手机。

飘莲给父亲发过一条短信，然而父亲是农民，只会接打电话，不会翻阅短信。

这条被忽略的短信内容如下：

爸爸，我不想活了，感情纠葛让我心力交瘁。对不起，这样做太自私，女儿不孝，来世再报答你，来世还做你的女儿。我会先服毒，再跳进学校东门外的人工湖里，请把我的尸体运回家乡。

这条短信的发送日期是三天前，表面上看，这是一起自杀的案子。

然而，法医确认飘莲的死亡时间至少有一个星期，也就是说，她发出那条短信的时候已经死了。那时，她的尸体正在湖水中浸泡，在芬芳幽雅的荷花中腐烂。

白景玉把案卷分发给特案组，这起湖中浮尸案非常蹊跷。

苏眉说：好惊悚啊。

梁教授说：死人是不可能发短信的。

包斩说：凶手杀死飘莲，抛尸湖中，又用她的手机，模仿她的语气，给她爸爸发了短信。

画龙说：凶手最后把手机扔进湖里，伪造成自杀的假象。

白景玉说：飘莲的尸体从湖中打捞出的当天，又有一名女孩失踪。当地警方查看案卷，发现几个月前还有一名大四女生神秘失踪，下落不明。

梁教授说：三个女孩，死了一个，另外两个女孩活不见人，死不见尸。

白景玉说：现在是咱们特案组大显身手的时候了，出发吧！

大学城辖区的公安分局局长姓鲁，长得五大三粗，面阔耳大，以前是武警队长，喜欢格斗，外号叫鲁提辖。特案组到来之后，这个粗犷的汉子恭恭敬敬地向画龙敬了个礼,说道:教官好。

画龙愣了一下,看了半天才认出来,原来此人过去曾跟画龙学过格斗。

画龙打量着他说道:是你啊,鲁提辖,你怎么变这样了?看你这肚子,真认不出你了。

鲁提辖说道:教官,我自从当了局长后,肚子就大了,以前肚子上有腹肌,现在都变成五花肉了。咱们可是好多年没见了,走走走,我得请你好好喝几杯。

包斩说:鲁局长,我们还是等下班时间再喝酒吧。

画龙说:喊什么局长?喊小鲁,这是我徒弟,跟我学过功夫。

苏眉说:哎哟,画龙,人家年龄比你大,还让我们喊小鲁,牛气什么呀你。

画龙说:小鲁年龄比我大,个子比我高,当年练习格斗时,被我揍哭过好几次。

苏眉说:抠脚大汉也有萝莉心。

鲁提辖为人随和,设宴款待特案组,席间觥筹交错,言谈甚欢。谈及案情,鲁提辖满腹牢骚,抱怨说:大学城三名女孩失踪和死亡,飘莲浮尸湖中,另外两名女孩下落不明。社会影响极其恶劣,警方压力很大。坊间谣传另外两名女孩的尸体也在湖中发现,家长们信以为真,他们千里迢迢赶到学校,校方表示会积极配合警方的调查工作。几位家长在大学城到处贴寻人启事,重金悬赏,但没有发现什么线索。家长联合起来到市政府门前扯起血字横幅,上书"还我女儿",他们声泪俱下地向市政府领导控诉警方的不作为以及学校的过错,市政府领导表示,限期一个月破案!

鲁提辖说:让我一个月破案,要了亲命了啊,你们特案组是我的大恩人。

梁教授说:我们也不能保证按期破案,只能尽最大努力。

鲁提辖说：局里所有干警都动员了，忙乎了几天，案子毫无头绪。

三名女孩，除死者飘莲外，另外两名女孩一个叫爱喜，另一个叫小蔷薇，都是附近几所大学的学生。

飘莲和爱喜上大四，小蔷薇是大一新生，她们彼此不相识，并不在同一所学校。

爱喜已经失踪四个多月，家人此前曾报过案，但没有引起警方的重视。

飘莲的尸体被发现的当天，同学向警方报案称，有一名叫小蔷薇的女孩失踪。

鲁提辖广泛调查了三名女孩的人际关系，从电信部门调取了手机通信记录，都没有发现可疑线索。爱喜和小蔷薇失踪，飘莲被人用麻醉药品毒杀后抛尸湖中，三起案件的性质难下结论。

鲁提辖说：目前为止，我们不知道这三起案件是不是同一凶手或同一伙凶手所为。

画龙说：小鲁啊，你们可真够笨的。

包斩说：爱喜失踪四个多月了，你们当时为什么没有调查？现在错过了最佳时机。

鲁提辖说：成年人失踪一般是离家出走。

苏眉说：从照片上看，三个女孩都很漂亮，算得上是美女，爱喜和小蔷薇会不会被拐卖到窑子里了，或者被人囚禁成性奴？

梁教授说：首先可以排除绑架的作案动机，我们先去湖边看看吧。

人工湖位于大学城的中心位置，六所大学聚集在周围，平时来这里游玩的都是大学生，就连湖畔亭子上的涂鸦也显得有文化底蕴，一根柱子上写着一句诗：只因昔日错赏雪，一夜悲萧到天明。

苏眉说：这可能是一个女孩子写的。

包斩说：小眉姐，你怎么知道的？这字体也看不出来是女孩写的啊。

苏眉说：去死，姐也是瞎猜的。

亭子旁边的草地是大学生情侣的约会场所，他们旁若无人地接吻。

鲁提辖推着梁教授，将轮椅停在岸边，梁教授看着湖里的荷花出神。画龙去一个报亭买香烟，报亭居然还卖避孕套，有个大学生只顾低头发短信，差点和画龙撞到一起。

那大学生按着手机说：宝贝，等我啊，我先买几个小雨衣，三个够不够？

苏眉对包斩说：他在聊微信。

这使得特案组灵机闪现，经过询问同学证实，三名女孩都使用微信。鲁提辖通过电信部门复制了三名女孩的手机卡，尽管微信聊天记录丢失，但是细心查看就能发现一个共同点，三名女孩的微信好友几乎都是通过查看"附近的人"而相识的。

第二十二章
约人神器

经过细致调查，走访询问百余人，特案组勾勒出三位女孩失踪当天的行踪。

爱喜从大四下学期就频繁地面试，她对家人声称自己找到了工作，然后搬出学校，租住在大学城的一个公寓楼里。四个月前，她回学校参加学生会的党员会议，当时她穿着一条白裙子，留着波浪长发，戴墨镜，拎着手袋，此后再也没有人见过她。她租住的公寓楼前贴着几张电费催款单，房间里衣物都在，没有远行的迹象。

飘莲失踪时身穿绿色长裙，化过妆，刻意打扮了一番。室友开玩笑问她是不是去见网友，她不置可否。室友证实，失踪前，飘莲正和男友小武闹分手。小武非常痴情，与飘莲青梅竹马。小武高考时已过一本分数线，却自愿放弃重点院校，和她同上这所师范大学。

小蔷薇上大一，失踪那天是周末，她穿着校服，只带了手机。她的人际关系很简单，平时的爱好就是用手机玩微信，小蔷薇就是她微信的名字。除此之外，还喜欢看总裁文。总裁文是很流行的一种言情小说类型，男主角多是身世显赫、年轻帅气的富豪总裁，女主角一般出身平凡，单纯柔弱，却机缘巧合地受到男主角的垂青。

爱喜穿白裙，飘莲穿绿裙，小蔷薇穿着校服。三位女孩可能是去见什么人，或者赴什么约会，爱喜和飘莲还刻意化了妆。

特案组分析，凶犯可能是通过微信接触三名女孩，把她们约出去，使用诈骗、暴力、麻醉等方式将其控制。从三起案件类型来看，背后也许隐藏着一个拐卖妇女的犯罪团伙，其手段专业、先进，专门瞄准女大学生。飘莲已死，另外两名女孩——爱喜和小蔷薇下落不明，可能被强制卖淫，或者已在某个偏远的山区嫁为人妻。

近年来，拐卖犯罪呈几大特点：犯罪团伙化趋势明显，犯罪网络错综复杂，涉及地域广泛，犯罪手段也由单一的诱拐、诈骗向采取绑架、麻醉、抢夺等手段转变；拐卖盗抢幼女犯罪突出，犯罪恶性程度加剧，拐卖女大学生、都市白领案件明显增多；跨国、跨境拐卖妇女儿童案件屡有发生；强迫被拐卖妇女从事卖淫等色情活动增多。

画龙说：爱喜身高一米八，同学说她做过形体训练，白裙飘飘，气质优雅，走路跟模特儿似的，很难想象，这么一个大美女被一个山村老光棍儿抱在怀里是什么情景。

鲁提辖说：据我们调查，小蔷薇刚满十八岁，以前没有谈过恋爱，可能还是处女。不管她是被强制卖淫,还是给人当老婆,都太可惜了啊。"

苏眉说:三个女孩,都好漂亮,在学校里也是女神级别的。女神身边爱慕者众多,一般不会和人随便约炮,而且她们是大学生,具备起码的防范意识,不会轻易和陌生人约会。

梁教授说:除非对方特别帅,特别有钱。

苏眉说:人贩子可能伪装成帅哥、富二代什么的。

包斩问道:小眉姐,什么是约炮?

画龙说:就是一夜情。

苏眉说:微信就是约炮神器啊。

凶犯通过微信选择受害者,特案组对三名女孩的手机进行了技术定位。飘莲使用的小米手机在湖中被打捞出来,通话记录中没有发现可疑人员;爱喜使用iPhone 4手机,最后一次通话是几个月前,警方没有找到这部手机的下落;小蔷薇的最后一个电话是在该市下辖的一个县城汽车站附近拨打的,苏眉追踪到了最近的信号塔,通过三角定位,警方找到了她的HTC手机——在一个下水井里。

小蔷薇可能被人骗到了这个县城,就此失踪。

鲁提辖抽调几名女网警给苏眉当助手,从三位女孩的通话记录和微信联系人中寻找蛛丝马迹,列出嫌疑人名单。梁教授特意叮嘱苏眉,要用技术手段恢复三个女孩手机里已经删掉的联系人,凶手有可能隐藏其中。

特案组发现,爱喜的微信黑名单中有很多人,经过接触那些人,确定了爱喜的另一个身份,她是一名酒托!

爱喜对家人声称自己找到了工作,其实是兼职酒托。她以一夜情等理由为诱饵,诱骗网友到酒吧高消费,从中牟取暴利。

大多数被酒托骗过的受害者不愿意与警方接触,他们的态度一般是自认倒霉,有的人甚至矢口否认自己上当受骗。苏眉挨个儿联系那些受害者,有几个人在电话里表示愿意配合警方的调查,其中一名叫刘岩的大学生说:都怪我太单纯,我以为滚床单呢,谁知道被骗了好几千元,你们是不是已经逮住了那女的?我可以去法庭上做证。

另一名受害者说:她在微信里甜蜜蜜地叫我老公,我们浪漫约会,埋单的时候,我傻眼了,还差点被酒吧打手揍一顿,我以后还怎么敢相信女人啊!

苏眉和一名小女警去学校调查飘莲和小蔷薇有没有做过兼职,忙碌了一整天,没有发现什么线索。她们把警车停在学校门口,去附近一家小甜品店稍做休息。

苏眉点了双皮奶,小女警要了一份焦糖布丁,两个人百无聊赖,一边玩弄手机一边闲聊。

苏眉开着微信,很多人加,她选了几个头像是帅哥的人通过了身份验证,其中一人很直接,上来就问:美女,一夜情吗?

苏眉回复:不。

那人不依不饶地追问:试试怎么样?

苏眉说:不怎么样。

那人说:妹子身材很火爆,头像是你吗?是你的话,我可以出钱,陪我一晚上多少钱?

苏眉开玩笑说:一百万。

那人说:×,你镶钻了啊?

苏眉说:不好意思啊,其实,我是男的。

那人说:我们搞基好了,做个基友,发张你照片看看,你是攻还是受啊?

苏眉哆哆嗦嗦地回复了两个字:走你。

苏眉将这人拉进了黑名单，另一个叫"厮守"的男孩已经发来了很多问候，从天气预报到嘘寒问暖，不断地套近乎，他自言自语，极力展示自己温柔体贴的形象。

苏眉回复了两个字：呵呵。

这个叫"厮守"的男孩更来劲了，说了一句特装×的话：我们现在只有一百米的距离，我没有刻意寻找你，而是仰望夜空，数不清的流星划过我们所在的城，我现在唯一的愿望，就是期待与你的相逢，而不是擦肩而过……

苏眉冷笑两声。

小女警在旁边看着，她对苏眉说：苏姐，我有时也玩微信，摇一摇，漂流瓶什么的，认识的都是正常人，大家聊聊人生，谈艺术，唠家常，蛮不错的，有的已经成为好朋友。

苏眉说：妹子，你刚参加工作不久，我告诉你——男人玩微信的目的，就是约炮。

小女警说：还有一个微信网友要来给我过生日，还给我寄了礼物，我超感动。

苏眉说：他送你花儿，送你生日礼物，就是想上你。他说想和你雨中散步，一起旅行，就是想上你。他和你谈电影，给你发诗情画意的短信，也是想上你。他喝醉了打电话，哭着说自己很孤独，还是想上你……

小女警说：苏姐，你懂得真多。

苏眉说：所以，姐现在还是单身。

小女警说：你们特案组，画龙和包斩好像都喜欢你呢。

苏眉说：妹子，我们才来了几天啊，你这都看出来了，要是你，你选择哪一个呢？

小女警说：画龙大哥好帅啊，肌肉男人，霸气，有安全感；包斩老实，傻得可爱，他会死心塌地对人好，是个适合居家过日子的好男人……我都喜欢，好难选择啊。

　　苏眉说：你真是小花痴，我回去就告诉他们哦。

　　几天后，飘莲所在的学校组织了一次烛光悼念活动，她宿舍楼下的空地上点燃了很多蜡烛，生前的同学和好友还买了鲜花祭奠她的离去。男友小武独自坐到深夜，这个痴情的男孩深爱着飘莲，他高考时放弃了重点大学，只为了和她在一起。

　　夜已经很深，一阵阴风卷着地上的树叶吹过，仅剩的几根蜡烛熄灭了。

　　黑暗之中，坐在地上的小武隐约觉得背后站着一个人，他没有回头，问：飘莲，是你吗？

　　身后并没有人，他的手机响了。

　　那天夜里，小武收到一条恐怖短信，发短信的人就是死去的飘莲。出于怀念，小武并没有删除飘莲的号码，一直将她的号码保存在自己的手机里。

　　飘莲发来的那则手机短信显示的全是乱码。

第二十三章
拍卖少女

　　警方始终没有搞清这则短信是怎么回事，用电信故障、号码串线等理由来解释也很牵强。

　　小武固执地认为这灵异短信是飘莲发来的，尽管她死了，但是还有话要说，无奈阴阳两隔，来自另一个世界的短信显示的全是乱码。小武对着手机发呆，冥思苦想了好几天，他找到特案组，声称自己读懂了这些乱码。

　　苏眉说：我用乱码修正软件也没有破译出正确的字符，你是怎么读懂的？

　　小武说：我用心想。

　　梁教授说：哦，这样啊，那短信写的什么？

　　小武说：飘莲向我道歉，说对不起，她说湖里很冷，还说自己已经从湖里爬出来了，她能看见我，只是在我看不到的地方，有一条小路可以通向那里，她在等我。

苏眉说：那她有没有说杀死她的凶手是谁？

小武说：没有，这已经不重要了，重要的是她现在很冷，身上湿淋淋的，我要去找她。

画龙和包斩面面相觑，鲁提辖安慰小武，要他节哀顺变，振作起来。小武走后，鲁提辖给学校打电话，要求校方对小武严加看管，小武精神恍惚，可能有自杀倾向。

几天过去了，案情毫无进展，梁教授批评苏眉工作不力，他说：人贩子用微信接触受害人，那么三名受害人的手机中肯定有蛛丝马迹。小眉，你要从手机中打开案件的突破口，要有紧迫性，这都什么时候了？你居然还有闲心和陌生人聊微信。

苏眉噘嘴说：我哪有闲聊嘛，我也是为了破案。

梁教授说：你觉得人贩子碰巧加你微信的可能性有多大？踏踏实实把你的工作做好。

包斩说：小眉姐已经很努力了，三个女孩的手机，现在已经找到了两部。

苏眉说：我又不是修手机的，那两部手机被水浸泡那么长时间，都报废了，数据丢失。

梁教授说：还有一部手机呢。小眉，你少顶嘴，你要尽快找到这部手机。

苏眉赌气说：我不吃饭，也不睡觉了。

苏眉和几名女警加班加点，她们首先想到的是要找到受害人爱喜使用的iPhone手机的序列号。序列号在手机的设置菜单中，打开"通用"，再打开"关于本机"，就可以看到序列号。然而，爱喜的手机下落不明，无法通过手机找到序列号。苏眉和几名女警对爱喜租住的房间进行了细致的检查，她们不放过任何一个角落，终于在阳台的一堆杂物中找到了爱喜购买的iPhone 4手机的包装盒。

包装盒的背面也有这部手机的序列号。

获得序列号之后，利用苹果手机上的"果粉保修查询软件"可以查出iccid。iccid是集成电路卡识别码，固化在手机SIM卡中，为IC卡的唯一识别号码，共由二十位数字组成。

查出iccid，就可以去移动或者联通查询正在使用这部手机的机主信息。

这个过程很烦琐，换句简单的话说，任何一部苹果手机丢失了，只要提供序列号，警察就能够找回来，唯一的问题是警察是否愿意去找。

苏眉通过电信部门的配合，取得了目前正在使用爱喜手机的机主号码和身份信息。爱喜失踪，她的手机正在被这人使用，此人具有重大作案嫌疑！

国内很多大案中，手机都成为破案的关键线索。

王冷明流窜五省，蒙面抢劫加油站，一年作案四十余起，杀死六名加油站工作人员，重伤三人。这名胆大妄为的凶犯焚烧一加油站后，竟然拨打火警，然后围观消防人员救火。警方锁定了他的电话，随之将其抓捕归案。

石京红曾和哥哥一起杀人作案，哥哥被警方枪毙后，他杀死九名无辜女子报复警方，被通缉一年后，他使用了其中一名受害人的手机，从而被警方发现了行踪。

邹克华系列抢劫银行案轰动全国，警方声称，破案的关键是通过对邹克华遗留的大便做DNA分析，从而确定了他的真实身份。其实，我们从全国的媒体上可以得知，邹克华的落网是因为手机暴露了行踪。警方排查了案发区域所有的手机通话记录，核实机主身份，窃听可疑号码，从中找到了邹克华。此前，反侦查能力极强的邹克华从来不用手机，为了联络女友才买了手机。他的落网，并不是因为大便，而是在手机上栽了跟头。

受害人爱喜的手机有了下落，这是一个振奋人心的消息。

梁教授令苏眉对这部手机进行定位和监听，包斩对这部手机接收和拨打过的所有电话号码进行逐一排查，落实身份，先从外围掌握此人的基本信息。很快，警方查到此人是谷县平川镇一个家电维修店的老板，来往电话多是修理洗衣机、电视机的业务。

谷县汽车站即是小蔷薇失踪的地方。平川镇位于偏远的山脚下，几年来，山区的一些村子发生过十几起拐卖妇女的案件，当地公安局为此成立了打拐办公室。

鲁提辖亲自率领一队干警奔赴谷县，梁教授派画龙一同前往，在谷县公安局打拐办主任的协助下，他们找到了那个家电维修店的老板。

维修店老板声称，这部手机是一个亲戚送给他的。

那名亲戚叫老何，是个牲口贩子；老何媳妇是个媒婆，十里八乡都小有名气。前段时间，夫妇二人赶着一群羊到镇上贩卖，把这部手机送给了维修店老板，用来偿还以前的一笔借款。

打拐办主任说：这个老何有案底，蹲过十年大狱，就是因拐卖妇女进去的；他老婆也是个人贩子，打着说媒的名义，其实就是买卖媳妇。看来，现在他们是重操旧业了啊。

维修店老板说：何婶不是人贩子。

鲁提辖说：你帮忙打个电话，把老何，还有你何婶叫来。

维修店老板说：我才不打哩。

画龙说：那你就是包庇人贩子，把他铐起来，抓局里去。

维修店老板迫于压力只好答应,在警方的授意下,他给老何夫妇打了个电话。警方守株待兔,安排好诱捕工作。第二天,涉嫌拐卖妇女的两名主要犯罪嫌疑人老何夫妇落入法网,经过审讯得知,老何夫妇属于二道贩子,他们从一个叫雷老飞的人手中买了两名女大学生。辨认照片后,确认这两个女孩就是爱喜和小蔷薇。

小蔷薇和爱喜分别被卖到了山区的两个小村子里,两个村子经济落后,都不通公路。

画龙问道:卖了多少钱?

老何说:穿白裙子的卖了三万五,那个穿校服的小囡囡卖了四万三,还加了一群羊。

打拐办主任说:我看过你的案卷,你以前卖的妇女便宜的八百元,最贵的也就上万元。

鲁提辖说:钱不少呢,你老实讲怎么卖的?

老何说:拍卖。

随着案件的深入,犯罪轮廓逐渐清晰,下面就是拍卖小蔷薇的整个过程。

巍峨的群山,柔弱的百草,一条蜿蜒的茶马古道通向山坳里的村落。这是一个只有几十户人家的小村子,村中多是泥瓦房,鸡鸭散养在房前,屋后一般是猪圈,空气中有着粪便的味道。这一天,村中比过年还要热闹,光棍儿们聚集在一个茅草屋里,土炕上有一名穿校服的美少女。他们争先恐后喊道:我买,我买媳妇。

光棍儿甲说:这个小囡囡我要了,啧啧,长得可真俊。

光棍儿乙说:卖给我,我先来的。

光棍儿丙说：多少钱？开价吧，砸锅卖铁也得买。

光棍儿丁说：我先上个茅房，等我回来。

光棍儿甲说：你裤裆里鼓了一个包，看见这小囡囡你就想尿啊。

大家哄笑起来。小蔷薇手脚被绑，嘴巴里塞着毛巾，缩在土炕角落，一脸的惊恐。

老何说：我是她舅，这是我外甥女，她爹妈死了，家里过不下去了，没办法才卖孩子。

小蔷薇摇摇头，塞着毛巾的嘴巴里发出呜呜的声音，眼中流出绝望的泪水。

何婶说：最低三万，谁出钱最多，就卖给谁。

光棍儿乙说：三万，啊乖乖，忒贵了。

何婶说：先不说外甥女长得俊，外甥女十六岁，是个雏儿，是黄花大闺女。

光棍儿丙说：看样子是没多大，十六岁，我信，三万我买不起，能贱卖点不？

老何说：你不买，有人买，攒够钱再说吧。

光棍儿丁撒尿回来，手上有些鼻涕似的浓稠液体，他在鞋帮子上抹干净，说道：脱光看看。

老何按住小蔷薇，解开脚上的绳子，小蔷薇挣扎了几下，老何挥手欲打，小蔷薇可能是被打怕了，吓得浑身哆嗦，她闭上眼睛，一动不动。

小蔷薇坐在炕上，校服裤子被脱了下来，内裤也扯掉了。

何婶说：只准看，不准摸，你们手上都是灰。

老何脱掉小蔷薇的校服，向后翻到手腕处，又解下胸罩，小蔷薇发育得不错。老何拎起小蔷薇，让她站起来，尽情展示少女绝美的裸体。

这时，突然停电了，可能是大风吹断了电线，或是山石滑坡砸倒了电线杆。

等到煤油灯点亮，小蔷薇修长光洁的大腿上，以及屁股上、乳房上多出来几个脏手印。

何婶怒骂道：谁摸的，哪个小歪屌？摸我外甥女。

老何说道：甭问了，开始拍卖，再说一遍，最低是三万块钱，谁出价最高就卖给谁。

竞拍的都是村里的光棍儿，一些成家的男人色心顿起，遗憾自己有老婆，不能买媳妇。

光棍儿甲说：我出三万五。

光棍儿乙说：加一百，我和你杠上了，你出多少，我都加一百。

光棍儿丙说：三万九，我刚才摸了一把，这个小囡囡身上真滑溜，值了。

光棍儿丁说：我出四万，再加一头猪。

老何说：还有比这更高的不？没有的话，就卖了啊。

光棍儿乙说：四万，加两头猪，我还得借钱，我认了。

老何说：还有比四万加两头猪更高的吗？我喊三声。

光棍儿们沉默不语，四万元已经是他们所能承受的最高价格了，老何开始报数。光棍儿乙欣喜若狂，眼前的这个裸体美少女马上就要被他抱在怀里了。

这时，一个放羊晚归的老光棍儿挤进来，看了一眼小蔷薇，他说：我出四万三，加一群羊。

第二十四章
山村囚禁

第二天，老光棍儿和小蔷薇按照农村风俗举行了隆重的婚礼。

老光棍儿借钱买了一只猪，在院子里杀掉。亲友们前来帮忙置办酒席，妇女刷锅洗碗，男人炒菜炖肉；窗户上贴着喜字，有人爬到房顶放鞭炮，随后撒下喜糖，引得一群孩子哄抢。

拜天地的时候，村民围着看，热闹非凡。

小蔷薇极不情愿，她小声哀求道：叔叔阿姨，求求你们了，放我走吧。

村干部主持婚礼，喊道：一拜天地——

老光棍儿搓着手，笑眯眯地问道：磕头吗?

村干部说：新事新办，鞠躬就行。

老光棍儿鞠躬，一个妇女强按着小蔷薇的头，也让这女孩鞠躬。

村干部喊：二拜高堂——

小蔷薇哭着说：叔叔，我是被人拐卖的，我还得回去上学呢！

妇女再次按下小蔷薇的头，悄悄掐了她一下，埋怨道：哭啥？你这是弄啥哩，多不吉利。

村干部喊道：夫妻对拜——

众人起哄，向前拥挤，故意让老光棍儿和小蔷薇的头碰到一起；有人拿出花生用线系住，站在板凳上，让老光棍儿和小蔷薇来咬吊在空中的花生。老光棍儿背着手，撅起屁股，噘着嘴，姿势非常滑稽，引得众人哈哈大笑。村干部笑骂道：狗日的，焉巴屁臭，好命有福，娶了这么一个俊俏的小囡囡。两个妇女架着哭哭啼啼的小蔷薇，强行推她的头。花生被人向上拎起，老光棍儿和小蔷薇的嘴唇亲到了一起，围观者哄笑起来。闹了一会儿，老光棍儿和小蔷薇被送入洞房。

这是多么奇异多么荒诞的结合！

一个是在山上放羊的糟老头子，一个是在校园漫步的花季少女，他们结为夫妻。

一个爱听地方戏曲——傩戏和地戏，一个爱看言情小说——总裁文，他们一起生活。

老光棍儿的皮肤粗糙肮脏，像是风干的癞蛤蟆；小蔷薇的皮肤光滑细腻，恰似温香软玉，他们拥抱接吻。

老光棍儿的内裤从买来就没脱下过，屁股上烂了两个洞；小蔷薇的内裤有卡通图案，还有蕾丝花边，他们同床共枕。

洞房之夜，小蔷薇怯怯地说自己来了例假，老光棍儿听不懂，迫不及待脱光了小蔷薇。小蔷薇说例假就是月经，老光棍儿说，明天给你缝个月经带。他扑上去，糟蹋了这个年轻貌美的少女。小蔷薇咬着嘴唇，泪流满面，经血和处女血染红了床单。

第二天，老光棍儿拿来一个东西——一块长方形的红布，两头缝着带子。

老光棍儿说：你用这个。

小蔷薇怯生生地问道：这是什么呀？

老光棍儿说：月经带！

卫生巾没有流行之前，女性来月经时，都要使用月经带，也叫卫生带。这是20世纪80年代之前流行的妇女用品，如今已成文物。月经带可以反复使用，以细布缝制而成，将卫生纸折叠成长方形固定在月经带中间，骑于胯下以细绳系于腰间。80后和90后女孩对此一无所知，但在一些偏远贫穷的农村，至今还有不少女性使用月经带。

小蔷薇正值例假，没有卫生巾，迫于无奈，只好使用月经带。

老光棍儿家徒四壁，一贫如洗，尽管羊卖了，破房子里依旧充满了羊粪的味道。他抱着小蔷薇睡了整整三天，才出去干活儿，每天出门前，都让本家亲戚看护小蔷薇，寸步不离。即使上个厕所，也要把房门紧锁，还用钉子固定了门槛，防止小蔷薇逃跑，也防止村里的光棍儿前来骚扰小蔷薇。

每个被拐卖的女孩最初都逃跑过，有些女孩甚至用自杀来结束这暗无天日的生活。

然而，她们想死也死不了，因为她们是村民花了大笔的钱从人贩子手中买来的，只有两件事最为重要：做爱和生娃。在村民眼里，被拐女孩是传宗接代的工具，无论何时何地，都有人寸步不离地看护着她们。

村民非常团结，他们同姓同宗，村里只有一条山路通往外界，逃跑时一旦被发现，全村的人都会来追。

小蔷薇生性懦弱，不敢自杀，白天被一个妇女看护着，晚上被老光棍儿搂抱着，也没有机会自杀。她想过装病，想过几种逃跑的方式，但都觉得不太可行。

老光棍儿从乡下小贩那里买来几个气球，用这种廉价的哄孩子的礼物讨好小蔷薇，希望她能安心和自己过日子。三个气球使得小蔷薇灵机一动，她想到一个求救的办法。没有纸笔，她趁老光棍儿睡着时偷了几块钱，用火柴梗蘸着经血在纸币上写下求救的话，拴在气球上，从窗棂里放飞。

她在纸币上留下了家人的电话号码，求救内容如下：

救救我！我被拐卖了！本人是贵州贵阳人，现在被关在谷县平川镇双坑村（村名为读音，可能是错的），我被拐卖到这里当媳妇！希望捡到字条的好心人帮我报警，帮我联系家人，让我早日和家人团聚！到时候一定重重酬谢！求求您了！

三个气球，系着三张纸币，载着小蔷薇美好的愿望，飘飘摇摇，飞离了这个贫穷落后的小村子。

后来，红色的气球落在水田里，一个割稻子的农民捡到了纸币，他没有细看，就据为己有；蓝色的气球落在电线上，被一个巡视线路的电工发现，他也没有看到纸币上的求救信息，只是感到奇怪，干瘪的气球上为什么还拴着一元钱；黄色的气球不知所踪，也许飞到了月亮上，也许还在浩瀚的宇宙中飘飘荡荡，寻找着仁慈的上帝。

两张纸币在社会上流传，也许有一天，就会辗转到我们手中。

小蔷薇每天都盼望着有人捡到求救纸币，将她从这个村子里解救出去。然而，每天都在失望和煎熬中度过。有一天傍晚，村子里来了三个收购山药材的人，他们牵着驴，驴背上放着两个柳条大筐，挨家挨户上门收购。因为价格偏低，村民大多不愿出售。老光棍儿缺钱，卖了一些山上挖来的天麻和茯苓，帮忙装车的时候，小蔷薇对一名药材贩子说：叔叔，我是被拐卖的，救救我。

药材贩子小声说：我们是警察。

三名药材贩子正是画龙、鲁提辖、打拐办主任乔装假扮的，他们本来想秘密侦查一下，获取更多的信息后，再制订周密的解救方案。然而，三人看到这名花季少女被折磨的惨状，心怀不忍，当即决定强行解救。

三人把老光棍儿捆绑起来，嘴巴堵上，塞到被窝里。

小蔷薇哭着说：我跟你们走，会被村里人看到的。

画龙说：孩子，你别怕，也别哭，我们把你装筐里，你可千万别发出一点声音。

整个解救过程惊心动魄，画龙三人将小蔷薇装进筐里，上面盖了一些草药，他们牵着驴，刚走出村子，就被发现了。全村的人都来追赶，手里举着火把，拿着各种农具，气势汹汹，拦住画龙三人。

鲁提辖亮出警察证件，掏出枪，警告村民不要乱来。

一个抱孩子的妇女一头撞在鲁提辖胸部，哭喊道：你们不能抢人，抢人啦！

一个村民指着自己的头说：开枪，你往这里打！打死我。

画龙悄声对打拐办主任说：你牵着驴，快走，别管我们。

打拐办主任说：你们怎么办？

画龙对鲁提辖说：就是死，也要拖住他们，我教你的功夫还没忘干净吧？

鲁提辖说：教官，能和你并肩作战，是我的荣幸。

画龙和鲁提辖大吼一声，一阵拳打脚踢，村民纷纷后退，打拐办主任借机牵着驴载着小蔷薇快速离开。几个村民急忙追赶，画龙和鲁提辖将其拦住，三两下就打倒在地。

画龙和鲁提辖堵住路口，阻止村民，两个人威风凛凛，村民一时不敢上前。

一些村民跃跃欲试，手持农具冲了上来，画龙一脚踹飞一个，鲁提辖双手举起一名身材瘦小的农民，向人堆里摔了过去。村民继续往前冲，画龙和鲁提辖捡起地上的铁锹，拼命死守，不断地有村民被打倒，画龙和鲁提辖也受了伤。

然而，更多的村民前仆后继地拥了上来……

混乱之中，一个老人跌倒了，顺势抱住画龙的大腿，画龙挥拳欲打，却又硬生生停住。

双拳难敌四手，村民中还有一些妇女和孩子，画龙和鲁提辖不忍下手，这次解救以失败告终。鲁提辖被打得奄奄一息，画龙身负重伤，村民将他们丢弃在路边，顺着山路追赶，截住了打拐办主任，强行把小蔷薇带回了村里。

第二天，梁教授拍桌震怒，苏眉向公安部紧急汇报，白景玉做出重要批示，将这系列拐卖妇女案列为部级督办大案。省公安厅副厅长赶赴谷县，就落实"打拐"专项行动进行指导，要求对暴力阻碍解救收买被拐卖妇女的行为加大打击力度，对首要、骨干分子坚决打击。

市县两级公安机关派出武警近百人包围了这个村子，然而，老光棍儿已经将小蔷薇秘密转移到别处，去向不明。

画龙说：唉，是我害了这女孩子啊，我不该冲动。

苏眉说：不怪你，画龙哥哥，你都被打成猪头了，好心疼，鲁提辖现在还在医院躺着呢！

包斩说：小蔷薇总会找到的，当务之急是尽快把另一名受害人爱喜解救出来。

通过审讯人贩子老何与何婶，警方查明，爱喜被拐卖到山区另一个偏僻闭塞的村子。

该村"买媳妇"现象十分普遍。因为贫穷，村里女孩都往外嫁，外面的女孩又不愿嫁到村里，这个村子如果不买媳妇，就是名副其实的光棍儿村。

被拐卖到村里的女孩，有的已经生下孩子，成为在田间劳作的村妇。她们与孩子有了亲情，不愿意抛弃，这种亲情是在长期的强迫中产生的。

一名被拐妇女跑出了村子，再也没有回来，留下了一个五岁的男孩。

警方问男孩：你妈妈呢？

男孩不回答，将头深深地埋进奶奶怀里。

奶奶说：跑了，不要孩子了，造孽哟，娃儿多想她。

男孩的泪水一直在眼里打转儿，却始终没有掉下一滴眼泪，他太小，不明白妈妈为什么一去就不回头。

这个村子里，从人贩子手中买了爱喜的是兄弟二人，他们凑钱买了一个媳妇，轮流把爱喜带回自己家中，每人过一个星期的夫妻生活。警方解救的时候，爱喜被关在狗笼子里，已经有了三个月的身孕。

第二十五章
微信深渊

特案组顺藤摸瓜,根据爱喜的供述,很快就搞清楚了此案的来龙去脉。

这个拐卖妇女的犯罪团伙共有五人:刘岩、雷老飞、雷老飞的马仔、老何、何婶。

刘岩是一名大学生,警方此前曾与他进行过接触,但是并没有把他列入嫌疑人名单,只是把他当成被酒托女爱喜诈骗过的受害人之一。

刘岩平时爱玩微信,此前有过几次艳遇,自诩为猎艳老手。

有一次,他加上了一个绝色美女,就是爱喜。爱喜的微信相册有很多照片,其中一张穿白裙子戴墨镜的照片美艳性感。他和爱喜聊了两个小时,爱喜居然主动约他见面。刘岩心花怒放,觉得桃花运来了。

刘岩穿上从地摊上买来的假名牌服装,还洒了室友的古龙香水,出门到了约定的地点，一个白裙飘飘身材高挑儿的美女已经等在那里了。

刘岩心猿意马，蠢蠢欲动，他鼓起勇气，用英语提出一起去开房共度良宵。

爱喜用英语回答，说先找个安静的地方坐会儿，喝杯东西。

刘岩面对这个美女，心想：这是高素质妞啊，我可不能太着急，别弄巧成拙。

两个人一起逛街，刘岩厚颜无耻，拉着爱喜的手，爱喜微微一笑，也不挣脱。走了没多久，爱喜把刘岩带到一家名叫左岸的酒吧里。刘岩出于礼貌，让爱喜点单，爱喜也不客气，点了一盘水果、几碟点心、两瓶冰锐。一会儿，东西送上来，服务员说先埋单。刘岩心里纳闷儿，这还没吃呢，怎么就要结账？一看账单，傻眼了，几片破西瓜、两瓶饮料、两块小蛋糕，居然要498元。刘岩面对美色难以抗拒，不想在美女面前丢了面子，只好付款。两个人谈笑风生，刘岩若无其事，强颜欢笑，爱喜点燃一支烟，幽幽说道：我失恋了。

刘岩说：一个萝卜一个坑，你早晚会遇到自己的那个大萝卜，也许已经来了。

爱喜说：哦，你在暗示什么？那大萝卜是你吗？

刘岩说：萍水相逢，两个人相逢时只有感觉。

爱喜说：也许，我们只是属于这简单的渐渐归于流水的生活阶段，我们现在还是陌生人。

刘岩说：陌生人也不错，你可以无拘无束，享受这种陌生的感觉。

爱喜说：没错，其实我酒量不好，很想放纵一晚。

刘岩说：我陪你。

爱喜说：我们喝点酒吧，我喝醉了，你可不许欺负我。

刘岩说：好啊，我很温柔的。

爱喜叫来服务员，点了一瓶干红葡萄酒，一瓶喝完，爱喜并没有醉，但脸色绯红，更加娇艳动人，她又要了一瓶红酒，刘岩想入非非，也没有阻止。红酒打开之后，刚喝了半杯，服务员进来要求埋单。账单显示，一瓶红酒998元，两瓶就是1996元。刘岩借口肚子疼说去趟厕所，他在酒吧厕所里抽了一支烟，扇了自己两个嘴巴子，想想自己真他妈傻×，这是遇到酒托了啊，被人当猪宰了。回去时，他心存侥幸，以为爱喜埋完单了。结果刚坐下，服务员就跟了进来，没办法只好刷卡埋单。爱喜声称刚接到电话，男友自杀住院了，让服务员帮忙叫了辆出租车，随后匆匆离开。

刘岩本想泡妞，却被酒托女爱喜骗了近两千五百元，这是他几个月的生活费。

回去后，刘岩越想越郁闷，他在街上偶遇一个老乡。老乡叫雷老飞，刚刚刑满释放，手头很紧。雷老飞听完刘岩的遭遇，打抱不平，答应帮他出口恶气，把钱要回来。

刘岩说：雷哥，那钱不好要，干脆就把那家黑酒吧砸了，其实他们都是一伙的。

雷老飞说：怎么要钱，你别管，你只把那女的钓出来就行。

爱喜已将刘岩从微信上删除，刘岩注册了新的微信账号，再次加上了爱喜。时机成熟后，两个人约好地点见面，刘岩通知了雷老飞。爱喜毫无戒备，本以为这次又钓上一个傻乎乎的色狼，能狠狠地宰一笔钱，却在约会地点被两个人强行架上了一辆面包车。

几天后，雷老飞和一个马仔找到刘岩，给了他五千元。

刘岩说：我只要骗我的那两千五百元，多了不能要。

雷老飞说：给你，你就拿着。

刘岩收起钱说：还是雷哥有本事，你们把那女骗子怎么样了，打了一顿？

雷老飞嘿嘿一笑，说道：我们把她卖了！

雷老飞和人贩子老何是狱友，出狱后，同流合污，干起了这无本万利的生意：人口买卖。

雷老飞将爱喜卖给了人贩子老何，老何的媳妇何婶多方寻找买主，最终以拍卖的形式卖给了某山村的兄弟二人。

兄弟二人姓马，当天晚上，他们为谁先和爱喜睡觉而发生了争执。

马老二说：我出的钱多，我可不能等着。

马老大说：我是老大，我说了算。

老母亲说：唉，娘的脸丢尽了，恁弟兄俩娶了一个媳妇，这算什么事唉！

马老二说：让咱娘评评理。

马老大说：行，咱娘说了算。

老母亲说：今天，老大睡上半夜，老二下半夜，明天开始，一人轮七天吧。

第一次拐卖，他们使用暴力手段，强行把爱喜带走。

第二次，犯罪手法升级，雷老飞的马仔不知道从什么地方弄来了一些迷药。

刘岩并不想参与犯罪，雷老飞一再威逼利诱，刘岩骑虎难下，不得不从，被迫加入这个犯罪团伙。他假扮成富家公子，PS了一些照片发在微信相册里。照片中，他坐着豪华跑车，戴着名表和钻戒，甚至还有海钓和冲浪的照片，俨然一个阳光帅气的公子哥。他用微信查找附近的人，只加那些头像是美女的女孩，然后聊天吹牛，轻而易举地约出女孩，在酒中下药。第一次使用迷药，他没有掌握好剂量，误杀飘莲，只好将其抛尸湖中。刘岩为了掩盖犯罪事实，用飘莲的手机给她爸爸发了条短信，伪造成跳湖自杀的假象。

刘岩负责拐，雷老飞与马仔负责卖与运输，老何与何婶属于二道贩子。此后，他们疯狂作案。刘岩一天之中拐骗了两名受害人，除了小蔷薇之外，还有一个身份不明的女孩，警方解救的时候，这名女孩已经精神失常，形如痴呆。

老光棍儿把小蔷薇带到深山里躲藏，他们过着洞居生活，直到一个月后，小蔷薇才被解救。

官方数据显示，2011年，全国共破获拐卖妇女案件5360起，共打掉3195个犯罪团伙，解救被拐妇女15458人。这些被拐女孩中有些是大学生，有些是都市白领，她们往往能卖出更高的价格。

警方发布通缉令，把雷老飞和刘岩列进网络追逃名单。一个月后，雷老飞和其马仔在省城火车站被铁路公安抓捕归案。

刘岩的落网有些偶然，案发后，他仓皇逃窜，漫无目的，这个大学生竟沦落到在工地上打工。落网那天，街边有人卖切糕，刘岩本想买十元钱切糕尝尝，没想到摊贩切出一百元切糕。刘岩拒绝购买，摊贩持刀要挟，围观群众出于义愤掀翻切糕车子，随后发生打斗，巡警偶然路过，正好将负罪在逃的刘岩抓获。

这个利用微信拐卖妇女的犯罪团伙被警方打掉几个月后，鲁提辖向特案组汇报了一条消息：飘莲的男友小武跳楼自杀了！

飘莲爱慕虚荣，以为自己结识了一个富二代，从此能够过上幸福美满的生活，却不知道刘岩是个拐卖妇女的骗子。约会前，她和小武提出分手，还刻意打扮了一番，化了妆，穿上一条绿色长裙。这个寒酸的女孩衣服不多，绿裙子是她最贵的衣服。

飘莲死后，小武没有丝毫抱怨，他一直在给死去的女朋友发短信。

那些短信写得非常痴情，摘录如下：

我相信还有另一个世界的存在，我相信，我死后，我们会永远地在一起。

冥冥之中，你在看着我，对吗？

我把手机挂在胸口，不想错过你的信息，每天给你发短信，这是我保持了多年的习惯。从我有第一部手机，从上初中，到现在，好多年了，每天都给你发短信，道声晚安，这个习惯永远不会改变。

我们深深相爱，身无分文的我努力打拼，即将毕业的时候，你却走了，这个世界黯然失色。我不知道该信东方的轮回还是西方基督，怎样才能找到你？我不舍得你，我对你的爱太深了，我知道，你也放不下我。

爱一个人，短，不过昙花一现；长，不过地老天荒。

想你的时候，我会笑，也会哭。

想你的时候，笑容总是自然浮现，泪水也是情不自禁。

我知道你在那里等我，这个信念我不会动摇，就像插在心上的刀子一样，丝毫动摇都会给我带来剧烈的痛苦。只有死，才能见到你，是吗？这辈子，我都不会爱上别人，我很希望你能回应我的思念，希望你和我说几句话。

室友证实，小武跳楼自杀前，接到了一条短信，然后张开双臂从六楼宿舍跳了下去。

手机并没有摔坏，短信是飘莲发来的，内容只有三个字：我爱你。

第六卷
慕残者说

永远年轻,永远热泪盈眶。

——凯鲁亚克

一

　　电梯最多能乘坐十人，你正好是第十个，走进电梯后却超重了，你只好走出电梯，门关上后，你想到了一件恐怖的事情，立即报警。请问，怎么回事？提示1：当时是夏天，电梯里九人有男有女，没有孕妇，没有胖子，没有宠物。提示2：电梯顶部没有尸体。提示3：无人携带拉杆箱之类的可抛尸的包裹物。

第二十六章
解剖女尸

钱唐市西杭区110指挥中心接到群众报警称：运河码头附近的天女广场有一具尸体。接到报警后，西杭警方赶到现场，一具年轻女性尸体坐卧在路边的花丛中，背靠着一株垂柳，上身穿一件白色紧身T恤，露着小蛮腰，下身是百褶长裙和帆布鞋。死者眼睛微闭，头部有个血窟窿，系他杀。技术人员现场勘查认为，此处为抛尸现场，并不是第一作案现场。

女尸头发里有烟灰，上半身有被殴打的痕迹。警方判断，凶手是用折叠凳殴打死者，又用方形玻璃烟灰缸猛砸死者头部，造成致命伤害的。

女尸百褶裙上浸有血迹。当时出现场的有两名法医，一名实习女法医名叫小桃子，另一名是位姓曹的老法医。小桃子对老法医说：曹师傅，我猜，这是一起强奸杀人案。

曹师傅摇了摇头说：没这么简单。

曹师傅经验丰富，担任法医二十年，解剖的尸体保守估计有三千多具。曹师傅用镊子小心翼翼地掀起女尸裙子，惊讶地发现，女尸没有穿内裤，下阴处竟然用麻线缝上了！

凶手杀死这名女孩，又用麻线缝合阴部，抱着尸体放置在公共场所。

凶手的残忍和变态震惊了在场公安干警。为了广泛寻找线索，公安局投入了大量警力，对现场周边进行大范围走访与勘查，寻找血迹、足迹以及凶器，印制张贴了近千份悬赏通告。市局警察公共关系科还第一时间通过官方微博发布通告，寻找此案的突破口。

一个遛狗的妇女看到路边张贴的告示，走进派出所，自称是该市银座商城的主管，她说死者曾经在银座商城做过收银员和导购小姐。

警方很快搞清了死者身份，这名女孩姓蔡，名叫蝶舞，二十四岁，身高一百七十五厘米，体重一百零八斤。

蝶舞的家在一个青石小巷深处，她住的房间临街，衣物都在，没有远行迹象。

警方找到蝶舞的父母，两位老人信佛，平时吃斋，属于在家修行的居士，长得慈眉善目，他们对女儿的遇害感到震惊和悲痛。据父母讲述，蝶舞是个文静乖巧的女孩子，受父母影响，她也是一名虔诚的佛教徒，常年吃素，不食荤腥，有时用毛笔抄写佛经。蝶舞大专学历，毕业后在一家影楼做过婚纱摄影助理，在超市做过导购小姐，卖过保险，跑过销售。虽然交际广泛，但朋友不多，相亲过几次，却始终没有找到男朋友。

案发时，蝶舞待业在家，她吃过晚饭，对父母说去运河边散步，此后再也没有回来。

这个女孩，几天前还在河边漫步，哼着歌，采摘野花，此刻却躺在公安局尸检室冰冷的解剖台上，赤身裸体，一动不动。

尸检包括四部分：拍照固定、取样、解剖和实验室化验。

曹师傅主刀，小桃子做助手，还有两名警察负责摄像和拍照。尸检刚刚开始，曹师傅先检查尸体的外伤，小桃子戴橡胶手套时把手套拽破了。法医戴手套前有时会在自己手上打上滑石粉，这样就很容易戴上橡胶手套。

小桃子用手碰了一下女尸的下阴，私处被麻线缝合，看上去非常古怪。

曹师傅检查尸体，似乎发现了什么，他像见了鬼似的喊道：别动，大家别动！

两名刑警和小桃子都吓住了，不明白曹师傅为何突然叫喊。

曹师傅用颤抖的声音说道：千万别碰尸体，什么都别动，立刻离开这里，脚步要慢……

法医最恐惧的是什么？

法医并不害怕腐烂的尸体、血腥的现场，以及鬼神灵异之说，其实对法医最大的威胁而是那些传染性疾病，例如艾滋病。解剖尸体时，一旦被感染，法医也死定了。

蝶舞的肛门糜烂，口腔溃疡，腹股沟淋巴结肿大，身上有数处皮疹，这些都符合艾滋病患者的症状。此后，警方在该市疾控中心得到了核实，这个在父母眼中的乖乖女患有艾滋病！

钱唐市西杭区公安分局将此案上升到前所未有的高度，公安局宋政委为了稳定军心，把所有接触过尸体以及出过现场的民警都做隔离消毒，避免被艾滋病感染，同时向公安部紧急汇报，白景玉派出特案组协助侦破此案。

死者患有艾滋病！

死者的阴部被凶手缝上了！

画龙说：这个案子太他妈重口味了。

苏眉说：为什么要把她下面缝上啊？

包斩说：凶手可能极度仇恨女性阴道，照片上来看，使用的很像是缝麻袋的针和线。

苏眉说：这针线活儿干得不错，技巧娴熟，针眼儿密集。

梁教授说：大家都小心谨慎点，这具尸体感染了艾滋病毒，不同寻常。

宋政委说：咱们还是等验尸报告吧，挺危险的，我们想过几天再解剖尸体。

梁教授说：案情紧急，为什么还要等几天？

宋政委说：为了安全起见，我们想等这女孩体内的艾滋病毒死亡后，再进行尸检。

梁教授说：荒唐，立即进行尸检！

最近几年，涉及吸毒的刑事案件增多，在法医学尸体检验中，有时会遇到艾滋病人的尸体。南方沿海城市，对于无名倒卧街头死亡者或疑似吸毒死亡者，警察现场勘查时都身穿隔离服，戴特殊面具。如果发现针头或染血物品，就像处理炸弹或生化武器一样，倍加小心。

西杭警方改造了专用的解剖室，重新配备了污水处理系统，解剖使用的特殊隔离服和器皿、器具都有醒目标志，就连消毒液和固定液也是从省公安厅空运而来。宋政委还派专人站岗，严防闲杂人等靠近解剖室，为尸检人员提供一切安全保障。

特案组四人身穿隔离服，戴着眼镜和口罩，站在一旁围观。

宋政委也亲临尸检现场，给法医人员一些心理安慰。

曹师傅对小桃子说：你戴两层手套，里面是橡胶手套，外面戴纱布手套，千万小心谨慎。解剖尸体时，动作要轻巧，避免被血喷溅，被骨碴儿刺伤，不要让手术刀划破自己的皮肤。一滴血溅到眼睛里，一根针扎破手掌，你就有可能感染艾滋病毒……

曹师傅和小桃子戴上防毒面具，解剖开始了。

尸检操作中，他们不可避免地会接触到死者的血液、体液、分泌物和内脏组织，这些都含有艾滋病毒。曹师傅集中精力，万分谨慎，先拍击女尸头部，让凝结的血块掉落下来，小桃子拿着一个铝盒在下面接。

曹师傅接着给女尸剃头。蝶舞的头发被剃光了，像个小尼姑。

蝶舞赤身裸体躺着，像是睡着了，身材匀称，嘴唇呈淡紫色。

曹师傅锯开了头盖骨，小心翼翼取出大脑，放在托盘上。

曹师傅把女尸下颚和脖子的皮肤剖开，让两名刑警拍照。女尸的头盖骨已经锯下来，头颅中没有大脑，脸上有些紫青斑点，看上去非常怪异瘆人。

拍照完毕，曹师傅开始割肋骨，直接把女尸乳房部位的皮肤肌肉切下，暴露出一条条肋骨。曹师傅用又小又薄的解剖刀在肋骨上使劲地按了几下，肋骨就断开了，随后将胸盖骨放在女尸的大腿边，胸腔敞开，内脏一览无遗。

摘取了心肺之后，曹师傅剪下了死者的胃，放在一个塑料盆里。蝶舞死前吃饱了东西，她的胃有些鼓胀，曹师傅剪开胃的一刹那，一股酸臭味弥漫开来，两名警察屏住呼吸拍照完毕后躲避到一边。

胃里流出红色的浓稠液体，曹师傅看了一下说：西瓜，吃的是西瓜，看看还有什么?

小桃子强忍着恶心，皱着眉说道：还有芝麻，不对，是火龙果的籽。

曹师傅让小桃子拿个试管过来，伸手从塑料盆里抓了几把，将胃里的食物装到试管里。

小桃子歪着头，不敢直视。

接着是腹腔剖检，可以看到黄绿色黏稠液体，曹师傅用解剖刀割了几下，将一只手伸进女尸下腹摸索。他的动作突然停止了，脸色大变，全身僵持不动，一会儿，他从女尸肚子里缓缓地拽出一个细长的瓶子！

特案组四人和宋政委都惊呆了，变态的凶手不仅缝合了死者下阴，在此之前还将一个瓶子塞了进去。

第二十七章
倩女色魔

这个瓶子很像是观音菩萨手里拿的玉净瓶，瓶身细长，白瓷如玉。血淋淋的瓶子从女尸体内拽出来，曹师傅简单擦拭了几下，让两名警察拍照摄像。小桃子测量瓶身的时候，心慌手颤，将瓶子碰到地上摔碎了。

小桃子慌忙去拾，哎哟一声，倒吸一口凉气，碎片扎破了她的手指。

大家急忙走过去，查看伤情，宋政委要小桃子立即进行紧急消毒。小桃子哭起来，害怕感染艾滋病。特案组纷纷安慰，伤口不大，即使碎片沾有艾滋病毒血液，扎破手指，是否感染也存在一定概率。

宋政委说：小桃子，这三个月，你多检查几次，别担心，肯定没事的。

曹师傅说：有些药，例如齐多拉米双夫定片、洛匹那韦利托那韦片，都有很好的预防阻断效果，在事发二十四小时内服用，对艾滋病毒的阻断成功率接近100%。

　　小桃子一屁股坐在地上，沮丧地说：要说90%我还信，这100%可能吗？我可怎么办……

　　这次意外事件使得每个人心头都蒙上了一层阴影，死者体内的瓶子虽然摔碎了，但已经拍照取证，仍有刑侦价值。宋政委召集警员开会，在会议上，梁教授做出部署安排：此案性质恶劣，刻不容缓，接下来要围绕三点做细致的工作。

　　一、凶手把一个瓶子塞进蝶舞下阴，这个瓶子来源何处，是古董还是普通的陶瓷摆件，是新的还是旧的，需要找专家搞清楚。

　　二、死者阴部被凶手缝合，麻线是什么材质？一般做什么用途？使用的是什么样的针？

　　三、摸排死者的人际关系是工作重点，必须投入大量警力，蝶舞工作过的每一个单位、生前读过书的学校，都要逐一走访，做出详细的笔录，了解蝶舞是怎么患上的艾滋病。

　　包斩说：案发地点是一个广场，距离运河较近，河边肯定有码头，码头工人以及仓库保管也会用麻线缝合麻袋。据我所知，缝麻袋的针比较大，这也符合死者阴部的针眼儿特点。

　　宋政委说：没错，我们应该对运河沿岸的几个码头做重点调查，寻找知情者或目击者。

　　苏眉说：蝶舞有艾滋病，法医尸检时都谨慎万分，生怕感染，凶手却用烟灰缸砸死了蝶舞，还用针线把她下面缝上了，根本不怕沾上血液，这说明凶手很可能不知道蝶舞是一名艾滋病患者。

　　梁教授说：也许，凶手就是一名艾滋病人，所以不怕被感染。

画龙说：我觉得，这个案子很简单，蝶舞将艾滋病毒传染给了别人，别人杀死了她。然后，塞瓶子、缝上，这些作案手法也反映了凶手非常仇恨蝶舞，杀死她，免得她再害人。

梁教授说：现在下结论还太早，但我们可以肯定的是，凶手为青壮年男性，极有可能与死者发生过性关系。我倾向于熟人作案，凶手为一人，作案动机是仇杀或情杀。当然，也不能排除陌生人随机作案的可能，国外也有类似的案例。

据蝶舞的父母所说，蝶舞从未交过男友，没有谈过恋爱。

然而，警方调查的结果却令人目瞪口呆，这个女孩与多名男人发生过性关系。

警方做了大量的询问笔录，几乎走访了与蝶舞相熟的每一个人，甚至包括当年的老师和同学。从中可以看出，这个父母眼中的乖乖女，非常不乖，简直是个女色魔。

蝶舞曾在银座商城做过收银员和导购小姐，很多同事对她印象深刻，一名同事对警方说：这女孩，乱搞男女关系，跟公交车似的，谁上都行，私生活不检点啊！我们超市很多同事都上过她。不过，她心眼儿不坏，是个好人，看到残疾人都帮忙搀扶，年纪轻轻怎么死了呢？

蝶舞还在一家影楼工作过，有位化妆师对警方说：蝶舞是个超级花痴，色眯眯的，脑子有问题。很多来我们这里拍婚纱照的新郎，都被她勾引过，其中一个男的还和她在换衣间胡闹，你说这叫什么事儿啊？那男的过几天就结婚了……

有位小学老师反映，蝶舞性早熟，小学三年级就来了初潮。五年级时，她大约十岁，老师注意到，这个小朋友会在凳子上放一枚硬币，有时放橡皮或笔，然后骑在凳子上蹭……

老师说：她那么小就自慰啊，还是以这么怪异的方式，所以我记得她的名字。我和别人讲，别人都当成一个可怕的故事，从那以后，我再也不相信小朋友都是天真可爱的了。

同学声称，蝶舞在读大专期间，只要看上学校里的哪个帅哥，就能成功地将其拖入石榴裙底。她还和宿舍里的室友津津乐道地传授技巧，室友私下里都叫她女色魔。

室友甲说：她欲望超强，晚上睡觉夹着被子，都能哆嗦。

室友乙说：女色魔一般都喜欢女上位，蝶舞的绝招儿是：电动马达臀！

室友丙说：我们都好羡慕她的，她长得一般，才貌并不出众，却能成功地搞定那些帅哥。

室友丁说：世界上有两种极品女人，一种是男人想强奸的女人，另一种是想强奸男人的女人。男人想强奸的女人，到处可见，大街上、电视上，美女如云；想强奸男人的女人，却是人间罕见。蝶舞强奸男人，不使用暴力，而是使用"伟哥"。她总能找到理由和那些帅哥单独坐在一起喝酒，然后就把"伟哥"悄悄放在酒中，这种壮阳药物可以使阳痿男人勃起，更何况是正常男人，吃药以后，用不了半小时就浑身发热，身体有了反应，蝶舞只需要稍微挑逗一下，就能激发男人心中的原始兽性，最终完成交配。

做笔录的警察疑惑地问道：她从哪儿买的药？这不算是强奸吧？

室友丁说：从药店啊，虽然是处方药，但给钱就卖，一百多块钱一粒，其实对正常人来说，半粒就足够了。这也得算是强奸，从法律层面上讲，当被害人因为酒精或药物的影响，而无法拒绝进行性行为时，与其发生性行为也被视为强奸。只是，我们国家，女人强奸男人并不违法，再说也没有哪个男性受害人哭哭啼啼地去报案过……

当年的室友已经毕业，各奔东西，她们对蝶舞的故事还记忆犹新，滔滔不绝地向警方讲述蝶舞的那些旧日新闻。当听到死讯时，几位室友感慨万千，黯然神伤。

经过大量的走访调查，特案组列出了一个名单，上面全是与蝶舞发生过性关系的人，足足有五十三个男人。

苏眉吐舌说道：这么多，不愧是女色魔啊！

画龙说：肯定还有我们没查到的，她玩过的男人肯定比这还多。

包斩说：我注意到，其中有些是残疾人。

苏眉说：这女孩真是来者不拒，饥不择食啊，口味太重了！

梁教授说：蝶舞患上艾滋病已有半年，根据交往时间来看，半年前与她发生过性关系的都是健全人，半年后几乎全是残疾人。艾滋病是一个分水岭，这说明了什么问题？

画龙说：我×，这个坏女孩故意传染艾滋病毒给残疾人？

包斩说：调查中，我觉得她心眼儿没这么坏，还是个善良的女孩。

梁教授说：蝶舞是一名慕残者！

慕残是一种性取向，指一个人迷恋残疾人或热衷于变为残疾人，一般分为慕残者、扮残者和自残者。慕残者通常在少年时便出现对残疾人感兴趣的倾向，大多数人在十五岁左右便能意识到自己的这种倾向。有的慕残者会故意结识残疾人，约会交往，甚至发生性关系。

慕残者通常会在互联网大量搜寻残疾人的图片、视频和文字资料，网上就有许多慕残者开设的论坛，慕残者在里面交流自己所收集的图片和视频资料，发布自己所撰写的慕残小说。多数的慕残者同时也是扮残者和自残者，他们常常幻想成为截肢者。

这是一个隐秘的群体。有关慕残者的术语多用英文缩写，表示残疾的种类，久而久之，成了这个群体的"专用名词"。慕残者常用一个字母来自称和互相称呼，如：

D: devotee，慕残者。

P: pretender，扮残者。

W: wannabe，自残者。

A: amputee，截肢者。

PPS: post-poliomyelitis syndrome，脊髓灰质炎后综合征。

P: poliomyelitis，脊髓灰质炎，小儿麻痹症。

AP: apotemnophilia，通过幻想成为截肢者而获得性满足的人。

AC: acrotomophilia，寻求真实或假想的截肢伴侣以获得性满足的人。

苏眉登陆了一些慕残网站和论坛，对慕残者有了更多的了解，蝶舞是一个DMM，也就是慕残者女孩。在这个群体中，WCGG和WCMM很受欢迎，WCGG是轮椅哥哥，WCMM专指轮椅妹妹。

画龙说：变态啊。

苏眉说：梁叔，您是轮椅叔叔，有没有遇到过慕残者？

包斩说：小眉，不要开这种玩笑。

梁教授说：目前，没有证据表明，慕残是一种心理疾病。断臂女神维纳斯，正是因为残缺的魅力才给人美的感受。日本涩谷街头曾一度出现过很多戴着眼罩的时尚少女，其实她们不是盲人，而是扮残者。清末，扬州妓馆里面有些盲妓，嫖娼者众多。

警方在蝶舞家中找到了一把轮椅，还有石膏托以及铝合金拐杖。很显然，这个女孩曾经多次扮演过残疾人，父母对于这些东西的解释是：蝶舞做过残疾人训练中心的义工，这些东西都是从训练中心带回来，临时放在家里的。

蝶舞的母亲向警方反映了一件事：半年前，蝶舞变得精神萎靡，似乎得了重病，心事重重的样子，但她对此缄口不言。有天夜里，母亲到蝶舞房间探望。

母亲俯下身，摸了摸蝶舞的额头，问道：怎么了？小舞，还不睡啊？

蝶舞说：妈，我做了一个奇怪的梦。

母亲说：梦见什么了？

蝶舞说：有个老和尚，坐在寺庙里，院里长着几棵银杏树，树叶飘着，还有敲钟的声音传来。

母亲说：后来呢？

蝶舞说：妈，我不敢说，可能对佛祖不敬。

母亲说：你心地善良，爸妈都一心向佛，说吧，没事的，佛祖不会怪罪你。

蝶舞说：老和尚竟然向我行礼，说我是什么观音菩萨下凡……

第二十八章
强奸男人

蝶舞是一个艾滋病人。

蝶舞是一名慕残者。

蝶舞被人杀死,凶手把一个瓶子塞入她下阴,又用麻线缝合阴部。

蝶舞的身份变得扑朔迷离。特案组分析,无论是学校的教育、家庭的教育,还是蝶舞父母信奉的佛教的清规戒律,都是让她听话,让她向善,这可能使她从小就产生了强烈的逆反心理,但一直在压抑着。石头下的小草畸形地生长,直到性意识过早地到来,以此为缺口一发而不可收,性欲就像泄闸的洪水,将她吞噬。

警方通过多方调查,统计出一份性爱名单,上面有五十三个男人与蝶舞发生过性关系。宋政委先在外围对名单上的人进行逐一摸排，掌握背景信息。梁教授要求从中重点寻找艾滋病患者，然后突击审讯，进行正面接触。

宋政委开具了五十三张传唤证，其中七人在外地，四人拒绝到公安机关接受讯问，警方不得不采取强制拘传措施。根据讯问笔录，警方掌握了更多的信息。这五十三人来自各行各业，几乎全部都是蝶舞主动献身，有的人否认和蝶舞发生性关系，有的人已经想不起蝶舞是谁了。警方尽到了告知义务，他们听说蝶舞是一名艾滋病人，深感震惊，大多数人在第二天就去体检，担心自己感染艾滋病。

五十多个犯罪嫌疑人中没有发现凶手，没有发现艾滋病患者，讯问工作接近尾声，只剩下最后一个人。案情的最后一丝曙光寄托在他身上，此人是一个独臂少年，只有十七岁，在父母的陪同下，他来到西杭分局接受讯问。

独臂少年紧张地说：你们不会打我吧？

梁教授说道：孩子，你不要怕，我们需要你的帮助。

画龙说：我们警察的名声有这么坏吗？你只要老实回答问题，就没人打你。

苏眉说：我们就是聊天，你认识照片上这人吗？

苏眉拿出蝶舞的照片，独臂少年点点头说：她叫蝶舞，我和她是在训练基地认识的。

钱唐市有一个残奥会备战训练基地，一些残疾人运动员在此进行集训，有游泳、举重、击剑、乒乓球、轮椅篮球、盲人柔道等项目。他们在此进行强化训练，争取进入国家队参加残奥会。

蝶舞患上艾滋病后，辞去了工作，在残疾人训练中心做了一名志愿者。

蝶舞性爱名单上的残疾人都是在这里相识的，其中就有这名独臂少年。

包斩说：我们需要知道你和她交往的过程，每一个细节，每一句对话，你要好好想想。

苏眉说：你和她住过旅店，你别不好意思，全部说出来，越详细越好。

独臂少年说：那是半年前了，天还有点冷，是一个周末，那是我的第一次……

独臂少年因一场意外事故失去了左臂，心灰意冷，索性退学。他从小爱打乒乓球，父母送他到残疾人训练基地，希望他能振作起来，争取一个好的名次进入国家队。在这个陌生的环境里，他感觉很好，不用学习，每天只有一个目标：参加残奥会。

当时，蝶舞是一名志愿者，主要负责田径、游泳等项目的助残服务。

蝶舞问一个青年盲人：你参加的是什么项目？是盲人柔道吗？

盲人回答：跑步。

蝶舞说：这可真是太神奇了，你看不见，却想跑步，我希望你获得冠军。

盲人说：我从小就看不见东西，走路都困难，我很想跑一次。

这名盲人也在蝶舞的名单里，他曾对警方说，蝶舞是他这辈子认识的最美丽的女孩。

在残奥会中，盲人可以参加赛跑，由志愿者或者教练担任引导员，通过手腕上的系带引导盲人运动员在跑道上参加比赛。在训练中，志愿者分担了教练员更多的工作。

蝶舞已经患上不治之症，她白天陪残疾人训练，晚上陪他们睡觉。

独臂少年讲述了他与蝶舞的一夜激情——

我打乒乓球，她为我捡球，加油助威，就这么认识了。她很好，从她的眼神中可以看出来，没有歧视，没有那种异样的感觉。她比我大，我和她的交往没有任何目的，我总是找不到话题，口才不好，她说我太单纯，天真。认识的当天晚上，她带我去外面吃饭。我们去吃烧烤，她说要喝点酒，我就陪她喝，因为我觉得我不喝酒是件很丢脸的事。

包斩问道：你们那天喝了多少？

苏眉补充说：还有，你们那天穿的什么衣服？

独臂少年说：我穿的羽绒服，她穿的一件戴帽子的外套，下身是黑丝袜，我不知道具体叫什么，就是像丝袜一样，冬天穿的，里面是棉的，把腿勒得很紧，曲线玲珑，看上去腿很直很长，有一种想摸的冲动。其实我隐隐约约觉得她和我喝酒是对我有意思，但是我不敢想。我们喝了四瓶啤酒，冷得牙齿打战，她还想继续喝，我打断她说别喝了。

画龙说：离开烧烤摊，你们去了哪里？

独臂少年说：我当时贼无奈，她说找个旅店住，附近就有一家，她登记的。我去买了一瓶脉动，我本来想借口买东西悄悄离开的，可她出来找我，带我到房间里，我说我得回训练基地的宿舍，要不教练就急疯了。我真的可矛盾了，觉得和一个女孩住旅店不好。屋里有暖气，很热，她就把外套脱了，只穿着保暖内衣，这可是我第一次看到女孩的身体，尽管还穿着内衣，可是内衣是紧身的啊，在我眼里和没穿一样。

包斩问道：后来呢？

独臂少年说：她装喝醉，我看得出来，她还和我撒娇，说去厕所，让我陪着她去。她故意躺床上，一副站不起来的样子，让我架着她的胳膊去厕所。她说，你扶着我，我要尿尿。我把她扶到卫生间门口，我在做思想斗争，她搂着我的脖子，让我脱她裤子。我当时犟不过她，就脱了她穿的冬天的丝袜，白白的屁股，刺激我的眼啊。我彻底震惊了，这样的场面让我面红耳赤，不知道怎么做。

苏眉说：继续说，别停，越详细越好。

独臂少年说：我说我走啦，她哭了起来，她说你过来，我说姐姐干什么啊？她猛地用两条腿夹住了我的脖子，我大喊了一声。

画龙好奇地问道：喊的什么？

独臂少年说：有味儿，我当时就这么喊的。

苏眉说：哈哈，你们没洗澡。接着说。

独臂少年说：我脸通红，使劲挣扎，我那时有点生气了，气呼呼地大喘气，真想走开。可她坐起来，一把抱住了我。在我脸上一顿乱亲，我都愣了，她就亲我的嘴，舌头都进来了，我跟木头似的，不知道该不该推开她，或者闭上眼睛。她一边亲我，一边脱我衣服。

画龙笑了，说：你这小孩没有自制力啊。

包斩问道：当时戴上安全套了没？

独臂少年说：一晚上用了六个，我也不知道她从哪儿弄来的，可能是提前买好的避孕套。那天晚上好色情，我第一次知道怎么回事。我感觉自己长大了，完事后，她问我是不是第一次，我说不是，其实，我是处男。

梁教授说：她有没有和你谈论到别人？

独臂少年想了想说：那天晚上我们几乎没睡觉，折腾了一宿。我想起来了。

当时，蝶舞问独臂少年：哎，我问你啊，你最想和谁做爱？

独臂少年犹犹豫豫地说了一个台湾女星的名字。

蝶舞问：你知道我最想和谁吗？

独臂少年一连说了几个明星的名字，其中有东方神起、周杰伦、罗志祥、武艺、林宥嘉，都被她否定了。

蝶舞说：他是一个侏儒，叫石磊。

独臂少年有个同学就叫石磊，所以他对这个名字印象深刻。

警方通过户籍管理部门查询到该市名叫石磊的有数十人，经过排查，警方最终找到了这个叫石磊的侏儒。多年前，石磊和蝶舞是邻居，他们一起上学、放学。石磊患有骨骼系统疾病，身材矮小，虽然年过二十，但看上去还是个小孩子。搬家后，两人再无联系。

蝶舞是他的初恋，那时，他和她都只有十岁。

当警方告诉他蝶舞不幸遇害的消息时，这个小孩子，这个已经二十四岁却拥有孩童般的身体、永远长不大的人，哭了起来，哭得那么伤心，那么难过，肆无忌惮，毫不在意别人的目光。

包斩试探着问他：你能否抱得动一个大人？

石磊回答：我抱过她，十多年前的事情了。

画龙说：那你近期见过她吗？

石磊说：前段时间见过她一次，在公交车上，我只是隔着车窗看到了她，没有和她说话。

苏眉问：然后呢？

石磊回答：擦肩而过。

第二十九章
艾滋病人

石磊在一家星级酒店担任门童,每天的工作就是为进出酒店的客人开门、叫车,对他们说"欢迎光临"。他平时就住在酒店的员工宿舍,同住一屋的还有酒店的后厨。

石磊说:我想看看她,再看她最后一眼!

特案组以此案正在调查为由拒绝了他的要求,石磊表情沮丧,从身上摸出香烟来抽。他坐在酒店的台阶上,不再说话,任何人看到一个儿童抽着烟,背影那么孤单落寞,都会感到很怪异。他拥有着十岁孩童的身体、二十多岁青年的内心,他的情感还停留在初恋的阶段。

石磊起身离开,脸上还挂着未干的泪水。

很显然,他这一生不可能再有第二次恋爱,如果非要找出一个原因,就是因为他是残疾人。

包斩捡起石磊扔掉的烟头,小心翼翼地放到一个塑料袋里,打算回去做进一步检验。死者被烟灰缸砸死,头发上落有烟灰,这条线索也不容忽视。

画龙说:你怀疑这小矮人是凶手?

苏眉说:他长得跟小孩似的,杀死一个大人不太可能吧?蝶舞一只手就能把他推倒。

包斩说:我总感觉他隐瞒了什么事情。

经过警方调查,蝶舞没有害人之心,与她发生过性关系的五十三人,包括那名独臂少年,都没有患上艾滋病。她主动献身给那些残疾人时,做好了防范措施,给他们戴上了安全套。她知道自己活不了几年,在青春之时,在临死之前,她以这种独特的方式来做善事。

那些残疾人都未婚,有的苍老,有的肮脏,也许一生之中都不会有男女之情。

梁教授问道:一个人得了艾滋病会怎么样?

苏眉说:不敢告诉家人,绝望,自暴自弃,每天都在浑浑噩噩中度过,慢慢等死。

小桃子说:我会自杀,肯定的,我现在就想好了,如果我感染了艾滋病,就自杀。

曹师傅说:不要胡说八道。

画龙说:如果有未了的心愿,肯定会努力实现,反正快死了,还有什么话不能说,什么事不能做?

包斩说:多年前,蝶舞和石磊是邻居,每天都一起上学、放学,那时他们只有十岁，不知道什么是爱，但这种懵懂的感情、最初的依恋，可能会铭记一生。蝶舞患上艾滋病，临死前的心愿就是找到石磊，然后献身给他。

梁教授说：石磊可能撒谎，我们得好好调查一下。

专家的鉴定结果出来了，蝶舞体内发现的瓶子是普通的瓷器，市场售价非常低廉，落在头发上的烟灰，经过反复比对和化验，证实是红塔山香烟的烟灰。凶手抽七元一盒的软包红塔山，石磊抽的正是这种香烟，他上升为头号犯罪嫌疑人。

梁教授重新做出工作部署，接下来围绕石磊展开重点调查。在案发当天，此人都去过哪里，是否具有作案时间，是否与死者蝶舞有过接触，这些都必须搞清楚。

警方对石磊进行秘密监控，第二天，侦查员向特案组汇报，石磊失踪了。

他突然不辞而别，悄悄地离开了工作的酒店，连工资都没要。

同住一屋的酒店后厨向警方反映，石磊买了一桶汽油，临走之前，还带走了后厨的刀。

宋政委大发雷霆，批评监控人员工作疏忽，居然让犯罪嫌疑人在眼皮底下溜了。特案组分析，石磊购买汽油很显然是要纵火，或者烧毁什么。一连几天，该市都没有发生火灾事故，梁教授命令消防部门不要掉以轻心，随时做好准备，加强公共场所的消防安全措施。警方对石磊可能出现的落脚点进行布控，然而，这个小小侏儒就像人间蒸发了一样，不知所踪。

特案组召开紧急会议，重新推理分析案情。

宋政委说：犯罪嫌疑人石磊究竟是逃跑了，还是躲了起来？

梁教授说：石磊要么是凶手，要么就是知情者。

包斩说：如果石磊是凶手，那么可能还有一名帮凶，只靠他自己杀人很困难。他买汽油,还拿了把刀子,也许是要杀死帮凶,毁尸灭迹。当然,也可能狗急跳墙,报复社会纵火杀人。

苏眉说:我倾向于认为石磊是知情者,他知道谁是凶手,他想亲手杀死这名凶手。

画龙说:小眉说得对,石磊为什么要杀死蝶舞呢?没有合理的杀人动机,他知道谁杀死了蝶舞,他要替蝶舞报仇。

宋政委说:不管怎样,此案距离破获不远了,可是我们接下来怎么办?就这么等着?

梁教授说:蝶舞的下身被缝上了,还塞了个瓶子。瓷瓶随处可见,我们要果断放弃这个线索,不要浪费警力。凶手有娴熟的缝纫技术,长针和麻线并不常见,哪些地方有这种东西?麻纺厂、粮食仓库、种子站、饲料厂家和销售点、车站和码头等场所是我们重点布控的地方。

梁教授料事如神,过了两天,中午时分,运河码头附近的一艘木船突然起火,市消防大队立即出动,紧急奔赴火灾现场。经过初步勘查,这是一起人为纵火案件,有目击者称,纵火者是一个小孩,经过辨认,正是石磊。他使用汽油作为助燃物,点燃了木船,火势凶猛,尽管消防车来得及时,但是船身已被烧毁。

这艘船往来于江浙两地,平时多用来运输黄豆、马铃薯、粗盐等货物。

船主是一个瘸子,名叫庹无尺,全身大面积烧伤,被紧急送往医院。

此人进入警方视线,宋政委欣喜若狂,立即派出一队警员奔赴医院做笔录,同时对这个瘸子展开外围调查。通过市疾病预防控制中心得知,瘸子是一名艾滋病患者。疾控中心是免费检查艾滋病的部门,掌握着全市艾滋病人的名单。

码头附近一座桥下有个套圈的小贩,警方走访询问时,他提供了一条很有价值的线索。

蝶舞和瘸子有过接触,当时,小贩偷听到了他们的对话。

因为这段对话非常露骨,令人记忆深刻,所以小贩对蝶舞和瘸子还有印象。

当时,蝶舞散步到桥上,瘸子在后面跟着,一边走一边喊。

瘸子说:听说,你浪死了,专门和残疾人弄,还不要钱,和我也弄一回呗。

蝶舞瞪着他,瘸子脏兮兮的,不怀好意地笑着。

蝶舞说:你听谁说的,你滚远一些,别缠着我,你都缠了我好几天了。

瘸子恼羞成怒,说道:我听一个瞎子说的,你和他弄过,凭啥不能和我弄一回?

蝶舞想了一会儿说:我知道是谁了。

瘸子说:就是他跟我介绍的你。

蝶舞说:对不起,我不该骂你。

瘸子说:你要不和我弄,我就告诉你爹娘,瞎子说你爹娘都信佛。

蝶舞不理他,走到桥下,路边有个套圈的小贩,正在躺椅上眯着眼睛休息,地上摆着几排廉价的瓷器,还有些石膏做的小塑像以及玩具。街头巷尾常常能看到这种娱乐游戏,只需花一块钱就能买到两个竹圈,站在指定的位置,套中什么东西,就可以作为奖品拿走。

瘸子买了十个竹圈,递给蝶舞几个,蝶舞犹豫了一下,就接了过来。

蝶舞套中了一个细长的瓶子,她高兴地说:哈哈,我的玉净瓶。

瘸子说:行不行啊,回个话啊。

蝶舞从小贩手中接过瓶子,对瘸子说:我不是怕你,是可怜你,就当我上辈子欠你的。

瘸子喜得抓耳挠腮,说道:我的船就在那边。

蝶舞说：你保证以后不缠着我了，你那里有那东西吗？

瘌子说：啥东西？

蝶舞小声说：避孕套。

玉净瓶的来源终于找到了，案情到了这里变得明朗起来：瘌子纠缠蝶舞，意外感染了艾滋病，瘌子行凶，杀死了蝶舞，抛尸在不远处的广场。石磊是知情者，为蝶舞报仇，放火烧了瘌子的船。

瘌子全身着火，跳进水里才幸免于难。他被送进医院紧急救治，烧伤科位于十楼，就在警察到达医院的时候，瘌子在病房中被杀害！

当时，场面非常混乱，重症监护室里传来护士的几声尖叫，接着是药剂车稀里哗啦倒地的声音，一个孩子鬼鬼祟祟地跑了出来。护士在后面喊道：杀人啦，快来人！几名警察正在医生值班室询问瘌子伤情，闻声赶来，护士慌里慌张地说了事情经过。

护士刚给瘌子打了一针杜冷丁，突然闯进来一个小孩，两手握着刀，朝瘌子胸部狠狠扎了几下。护士都愣住了，不敢相信眼前的一幕，有人居然在病房里杀人，凶手还是一个小孩子。护士眼睁睁地看着小孩跑走，才反应过来大声呼叫。

这个小孩子就是石磊。

警察立即追赶，石磊跑进了电梯，只差一步就抓住他了。

电梯从十楼向下，警察用对讲机通知一楼的民警进行堵截，同时封锁楼梯防止凶手逃跑。

然而，一楼民警把守着电梯，电梯里却没有发现石磊的身影，循着楼梯向上，也没有找到他，警方搜遍了整座医院大楼，最终一无所获，石磊竟然不翼而飞了。

第三十章
锁骨菩萨

佛教有轮回之说，所有的相逢都是重逢，所有的离开都是归来。

从小到大，石磊只有过一个朋友，死在上学的路上。

那天清晨，雾气弥漫，石磊和小伙伴一起去学校。人行道绿灯亮起，石磊蹲下系鞋带，小伙伴先行一步，有辆桑塔纳轿车违规闯红灯撞倒了小伙伴，向前拖行十几米才停下来。车轱辘压着一只胳膊，路面有一道鲜红的血迹，触目惊心。刚才还有说有笑的小伙伴，突然惨死在眼前，石磊目瞪口呆，完全被吓傻了。

小伙伴对他说的最后一句话是：我在路那边等你。

从此，石磊每天晚上都做噩梦，一次次地梦见小伙伴的笑脸，他很想说：

停下,不要走。

从此,过马路成了他最害怕的事情,车如猛虎,似乎随时都会冲过来把他撞倒、嚼碎。

那时,石磊只有十岁,每次过马路都要随着人流一起走,如果周围没有人,他会站在人行道的斑马线前踌躇等待,即使上学迟到,他也止步不前,始终无法鼓起勇气独自穿过街道。有一次,他跟着一个女孩过马路,人行道的绿灯闪了几下,变成红灯,前面那个女孩快速跑了过去,留下他在路中间,车水马龙将他包围。

石磊站在原地不敢动,因为过于恐惧而失声大哭起来。

女孩回头看了一眼,又跑回来,牵着他的手,引领着他走过这条街。

女孩就是蝶舞,那一年,她也是十岁。蝶舞和石磊是邻居,上同一所小学,但不在一个班级。蝶舞发育较早,个子很高,看上去像初中女生。

街道是一条河,人如浮萍,他们就这样相识。

她没有问他哭什么、怕什么,她什么都没有说,只是牵着他的手走过一条街,走过人生的旅途,这似乎是两个人分别了很多年又重逢后才有的默契。他们第一次见面,就好像已经认识了一百年。从此,每天上学和放学,他都跟着她一起走。

早晨,太阳初升,天边布满彩霞,他总是在一家音像店门前悄悄等她一起过马路,他躲藏在电线杆后面,然后突然在她身后出现。

中午,他的手滑过公园的铁护栏,花坛里的月季花静悄悄地开放,他回头看她有没有来。

下午,他踩着她的影子,保持着若即若离的距离,走过斑马线,走过那人生的楚河汉界。

石磊和蝶舞从不说话，似乎互不相识，直到一年以后的一个阴天，雨水打湿了路边公园里的花朵，打湿了行人的头发和衣服，麻雀落在电线上，所有的屋檐都滴着水，两个小孩子走在雨中。他咳嗽了几下，鼓起勇气，小心翼翼地问道：你叫什么？

蝶舞说：哈哈，我也不知道你的名字呢！

他觉得她的名字很美，似乎带有某种香味。他在纸上写她的名字，写满一页，悄悄扔掉，感觉自己做了坏事，以至于第二天见到她时，他很不自然，心跳得厉害，脸红到耳根处。他不知道自己为什么会这样。

如果你有过初恋，你就知道脸红所包含的全部意义！

最初的相恋是那么美丽，有些字带有香味，例如"初恋"。在懵懂的年少时光，不了解喜欢一个人的心情，那是注定无法启齿的爱。直到多年以后，我们在往事的层峦叠嶂里，在一去不复返的日子里，突然想起，一声叹息还停在那年暑假的夏天，一个身影还留在最美丽的时光深处，从未走远。

小学毕业后，石磊和蝶舞上了同一所中学，他们已经习惯了对方的存在，两个人，一起走过风雨，一起走过四季。学校里开始有些流言蜚语，认为他们在搞对象，老师为此还找蝶舞谈话，问她为什么每天都和石磊一起上学和放学。蝶舞根本不在乎，她对老师说，你不懂。有个坏男生造谣说看到石磊和蝶舞在楼道拐角亲嘴，石磊和这个男生吵了起来，随后，石磊被打哭了。他一边抵挡坏男生的拳头，一边哭着辩解自己和蝶舞的清白。

蝶舞将石磊拉开，瞪着那个打人的男生，男生带着挑衅的目光，根本不害怕。

蝶舞做出了一个惊人的动作，她没有动拳头，也没有骂人，而是上前抱了一下那个男生。

男生愣住了，随即吓坏了，以后再也没欺负过石磊，毕竟早恋的名声传出去很丢人。

她用拥抱来对抗仇恨，用慈悲来化解矛盾。

那天晚上，据说有百年一遇的流星雨，石磊和蝶舞晚自习放学后没有回家，两个人坐在公园的一棵樱花树下仰望夜空，等待着流星雨。星空璀璨，柔风吹拂，月光照耀着漫天飞舞的樱花，简直就是一个如梦似幻的童话世界。

然而，流星雨始终没有出现，只有樱花一片片飘落。

蝶舞说：流星雨可能是骗人的吧。

石磊说：再等等，我刚才好像看见一颗流星。

蝶舞说：那你要赶紧许愿啊。

石磊说：我不知道……怎么许愿啊？

蝶舞说：在心里想。

石磊说：不用说出来吗？

蝶舞说：我们可以把愿望写下来，装到瓶子里，埋在这里。

他们在樱花树下用树枝挖了一个洞，将愿望写在字条上，塞进一个瓶子里，然后埋了起来。他们不知道对方写的什么，只是天真地想，若是流星雨出现，就能实现自己的愿望。

他们回家时，夜晚的街道空无一人，她拉住了他的手，走过马路。

他们在一个小巷口微笑着道别。

如果知道这是离别时刻，她怎么会松开他的手，他怎么会微笑着说再见？

多年以后,他才知道,原来十岁的时候他就已经爱上了她,而且会用一生的时间来回忆。

第二天,石磊没有来上学,熟悉的路口也没有看到他的身影。一连几天,都是这样。蝶舞向别人打听,得知了一个消息,石磊以后不能来上学了。
蝶舞问:为什么?
回答是——因为,他是个残疾人。

尽管石磊已经十四岁了,但是身体还停留在十岁儿童的阶段,他患有侏儒症。也许,从他认识蝶舞的那一天,他就没有再长大,一切都停留在那条车水马龙的街道上,她转身,走过来,牵着他的手穿过汹涌的车流。
父母带着石磊去了外地一家医院治病,几个月过去了,没能把病治好。
那段时间,蝶舞搬家了。她初中毕业后,上了一所中专,残疾人三个字烙印在蝶舞心中。

人生的许多离别都在咫尺之间,一转身就是永别,一回头已隔万水千山,再难相见。
他们从此分开,再也没有见过对方。十年时光,一晃而过……

那些年,蝶舞和石磊都发生了很多事。石磊家拆迁了,蝶舞曾经找过石磊,但没有找到。他还是当年的那个胆小的不敢过马路的小男孩,蝶舞已经长大。石磊跟着妈妈学习缝制窗帘,他几乎足不出户,因为每次出现在街上,都会有人喊他"小人龟""小矮人""武大郎"。

我们必须承认,从某个笑星模仿残疾人引来的观众笑声中,从一些骂人的脏字里，我们就能感觉到这个社会对残疾人的歧视是普遍存在的。

一个长得很丑的哑巴，只要从十八岁开始，善待他人，用宽容和理解的心面对世界，如此坚持三十年，就可以成为一个长得很丑的中年哑巴。

石磊平时不爱说话，变得沉默寡言。父母为了让他适应这个社会，给他找了一份酒店门童的工作。他站在门前，穿着有些滑稽的红色制服，对每个宾客说：欢迎光临。

他有时会想起蝶舞，这是他的初恋，很显然，也是最后一次恋爱。

石磊有时乘坐公交车回家，他已经能够独自穿过马路，但在公交车上，却需要勇气来承受别人异样的目光。所有人像看待怪物似的看着这个长得像小孩子的大人。

有一次，在一个十字路口，石磊有一种似曾相识的感觉，他和蝶舞曾在这里走过。

路边的音响店传来一首名叫《河流》的歌：

  这应该就是缘分吧，

  生命足迹步步与你结伴，

  多少次笑中的泪，

  已汇成了海洋，装进记忆行囊。

  这应该就叫人生吧，

  来不及保留又变了个样，

  多少次在泪中的笑，交错的时光，

  梦中又回味又不禁要感叹，

  在匆匆人生的河流上……

我们都会遇到生命中最初的那个人，他或她陪伴着你走过一段路，然后消失在光阴里。多年后回忆才发觉，那朦朦胧胧的恋情，是一种从未正式开始的爱。情不知从何而起，又不知所终，就像那些花、那些水、那些往事中的过客。

石磊就这么安静地生活着，隔了十年之久，在那个车水马龙人流穿梭的路口，他透过公交车的玻璃突然看到了一个熟悉的身影，他从走路的姿势认出了蝶舞。他心跳突然加速，他想大喊着让司机停车，他想跑到她的面前，他想穿过隔开他们的这个冷漠而又现实的世界。他的胸部因呼吸急促而起伏，他激动得快要哭了……然而，他并没有下车，只是呆坐着，静静地看着她走出视线，渐渐远去，消失在茫茫人海。

石磊对自己说：是她吗？

也许，认错了人。

也许，她只能在生命的长河中陪伴着他走过那么一段路。

如果相见，又能怎样，他们走在一起，会被路人当作母子，他很自卑，宁可不见。

然而，几天后，蝶舞几经打听，终于找到了石磊。

在一个路口，她牵着他的手，走过周围蔑视的人群，走过汹涌的车流。

他们去了公园，坐在那棵樱花树下，安静地说着话，讲述这些年的遭遇。

石磊说：前几天，我在街上见到你了……

蝶舞说：那你怎么不叫住我？

石磊说：我不敢。

蝶舞说：你已经不是那个害怕过马路的小孩子了。

石磊说：蝶舞，我想娶你，如果不是因为你得了治不好的病，我也不敢对你说这句话。

蝶舞说：我都告诉你了，我得了艾滋病了。

石磊说：就是这样，我才敢要你。

蝶舞说：你可真傻，不过我没看错你，我知道这个世界上只有你最在乎我。

石磊说：是啊，全世界的人都不要你，我要。

蝶舞说：我做了一个梦，梦见自己是菩萨下凡拯救众生的。

石磊说：你死了，我就去当和尚，我愿意用一生的时间来陪你。

蝶舞说：缘分自由天定。

石磊说：我还是不敢相信。你怎么得的病？

蝶舞说：现在说这个已经不重要了，我怎么得的艾滋病，都是命中注定，我不想追究什么。

石磊说：我知道你信佛，心眼儿好。

蝶舞说：但是有一个人我必须找到他，我传染给了他艾滋病，我必须告诉他，道个歉。

石磊说：那你肯定不是故意的，是谁啊？

蝶舞说：就是在码头开船的瘸子，他可能会杀了我。

石磊说：我陪你一起去。

蝶舞说：我自己的事，自己了结，我要死了，会托梦给你的。

石磊说：我还是想娶你，哪怕你得了艾滋病，哪怕只有几天，哪怕我们什么都不做。

蝶舞说：我还记得，我们在这棵树下埋了一个瓶子，里面有咱俩许下的愿望。

石磊说：瓶子不知道还在不在。

蝶舞说：你的愿望是什么？

石磊说：我喜欢和你一起走路，我希望一直走下去，这就是我当年许下的愿望……

石磊说完这句话，泪如泉涌，一阵心痛。蝶舞给他交代了一些事情，独自去了码头，再也没有回来。瘸子听闻自己被蝶舞传染了艾滋病，怒火中烧，用折叠凳殴打完蝶舞还不解气，又用烟灰缸照着蝶舞的头部猛砸了几下。蝶舞死后，瘸子将一个瓶子塞入蝶舞下身，用针线缝合，并恶狠狠地说：让你再害人！

石磊安静地等待着蝶舞，却从警方那里得知蝶舞遇害的消息。

这个当年连马路都不敢过的小男孩，蝶舞的死给了他巨大的勇气。他买了汽油，放火烧掉瘸子的船，瘸子被烧伤，送进了医院，他又追进医院，用刀杀死了瘸子。

逃跑的时候，石磊拿着一把血淋淋的刀子闯进电梯，两名警察只差一步就抓到他了。

电梯里有一个穿长裙的女人，石磊意识到警方会在一楼堵截，他先按下了负一层地下停车场的按键，然后威胁女人说：这把刀上有艾滋病毒，沾上就没命，你帮个忙，让我躲起来。

女人说：别杀我，求你了，你躲哪里啊？

石磊钻进了女人的裙子，他蹲下来，用刀顶着女人的下体。

电梯从十楼向下，九楼和八楼陆续上来了一些人，电梯里人满为患，女人靠边站着不敢动，也不敢呼救，吓得提心吊胆，害怕裙子底下的这个侏儒会用刀捅她。电梯下到七楼的时候，有个人走进来，电梯超重了，只好走出去。这人无意中看到一个女人靠边站着，脸色煞白，裙子下面还有一双脚，他果断地拨打110报警。

下到一楼，人群从电梯里向外走，负责堵截的警察疏忽大意，看到电梯里并没有侏儒，扭头直奔楼梯。

石磊从负一层地下停车场逃了出去，他对那女人说对不起，转而又说，谢谢你。

女人说：你是杀了人吗，我劝你还是投案自首吧。

石磊说：我会赎罪的，但不是在监狱里。

尽管警方发布了通缉令，在车站紧急布控，防止凶手外逃，然而始终没有将石磊抓获。

过了一段时间，蝶舞的尸体被送到殡仪馆火化了，在她的骨灰中竟然发现了一些结晶体，晶莹如珠，五光十色。殡仪馆工人啧啧称奇，蝶舞父母虔诚信佛，见状齐声念了句"阿弥陀佛"。

苏眉说：不可思议，这些珠子很像舍利子啊！

包斩说：我听说，只有得道高僧才能烧出舍利子。

画龙说：石磊爱上了一个女菩萨，不知道他会去哪里赎罪。

梁教授说：除了监狱，应该就是寺庙，可是全国有那么多寺庙，佛门净地，警察也不可能挨个儿搜查。

画龙说：难道石磊去当和尚了？

苏眉说：蝶舞觉得自己是观音菩萨下凡来普度众生的呢。

梁教授说：我想起了《续玄怪录》中记载的锁骨菩萨。

昔延州有妇女，白皙颇有姿貌，年可二十四五。孤行城市，年少之子，悉与之游，狎昵荐枕，一无所却。数年而殁。州人莫不悲惜，共醵丧具为之葬焉。以其无家，瘗于道左。

大历中，忽有胡僧自西域来。见墓，遂趺坐具，敬礼焚香，围绕赞叹数日。人见谓曰："此一淫纵女子，人尽夫也，以其无属，故瘗于此。和尚何敬耶?"僧曰:"非檀越所知。斯乃大圣,慈悲喜舍,世俗之欲,无不狥焉。此即锁骨菩萨。顺缘已尽,圣者云耳。不信即启以验之。"众人即开墓,视遍身之骨,钩结皆如锁状,果如僧言。州人异之,为设大斋,起塔焉。

第七卷
食肉恶魔

欣赏吧，就像躺在崭新的棺材里。
——希区柯克

一

一本美国杂志评选出了四条最为恐怖的道路，每一条路都因闹鬼和凶杀案而闻名于世。

在夜间，当孤身一人行走在黑暗又偏僻的道路上，即使无神论者也会害怕。除了鬼神之外，拦路抢劫、强奸、杀人的恶魔也可能藏身于此。这种路总是充满着潜在的凶险，即使虚惊一场，什么都没有发生，在心里也已经历尽劫难，九死一生。

这四条路分别是：苏格兰安南道、新泽西州克林顿路、得州布拉格路、纽约州巴克特路。

苏格兰安南道—自20世纪50年代，这条路经常出现一些奇怪的幽灵。兄弟俩夜间驾车经过这里，当时旅途很平静，毫无预兆，一只白色大鸟撞向车窗，然后出现了一个歇斯底里的老女人，还有一个同样疯狂的老男人，他们向着汽车走来。车子碾过去之后，地上却没有尸体，只有一连串令人头皮发麻的冷笑声传来。

新泽西州克林顿路—这条路的两边都是茂密的树木，周围没有人烟，十英里长的道路充满了大量的邪教杀戮事件。当地的青少年经常来这里寻求刺激，他们想亲眼看到邪教的献祭仪式，其中还有想主动献身于撒旦的年轻人。

得州布拉格路—几十年来，不断地有人来这里自杀，这条由农村通往得州的乡间小路已经赢得了著名的绰号——"鬼路"。经过这条道路时,黑暗和内心的孤独使人恐惧万分,行人只要知道有很多人曾在路边自杀,就会联想到一些灵异的东西,难以分辨什么是幻觉,什么是真实。

纽约州巴克特路—这条路历史悠久,有个恐怖传说流传了几百年:人们相信有个无头的人骑着马奔驰在这条路上,他在寻找自己的脑袋。小说《睡谷的传说》以及电影《断头谷》都来源于此。

第三十一章
黄泉之路

乌有镇有一条黄色的土路，路边的草丛中丢弃着垃圾，附近土坡上是一片小树林。

这条路简直令人闻风丧胆，没有人敢在夜间独自经过。

土路通向章合村，以前，村民都是从这里出入，后来，新修了一条石子路，这条土路就基本废弃了。即便如此，由于接近车流穿梭的省道，小树林附近还有高架桥以及一处冷库，这里并不偏僻，也不是人迹罕至。

几年来，先后有九名青少年在这条路附近神秘失踪，生不见人，死不见尸。

他们都是在大白天失踪的，时间集中在上午。失踪名单为：叶润亮、刘浩鹏、章汉成、韦关、林安澜、杨宗勇、李成峰、李畅、杨喆。

早在几年前，就有失踪少年的家长到县公安局报案，最初的报案并没有引起警方的重视，警方只是做了笔录，连现场都没有勘查。一周之后，心急如焚的家长再去询问，得到的是一个不耐烦的回答：我们没有那么多警力帮你找人。

十六岁的少年叶润亮在冷库打工，有一天，他走出冷库大门后消失，其父当晚报案，警察来了后连车都没下，建议去县城网吧寻找，父亲极为愤懑——自己的孩子根本不懂电脑。

隔了不久，在高架桥附近玩耍的男孩刘浩鹏失踪。他身上带有手机，其父母要求警方查一下通话记录，得到的回复是：不出人命不能查。

又过了一段时间，同样在冷库打工的林安澜在这条土路上离奇失踪。他的哥哥去报案，警方说：这么大的人了，能去哪儿？这是走失，不能立案。

这些失踪少年的父母都是老实巴交的农民，无权无势，只能自己寻找，寻人启事贴满了附近的电线杆。直到一名大学生突然失踪，警方才开始重视。

大学生叫韦关，有一个当官的叔叔。

韦关大学还没有毕业，做实习勘探工作。失踪当天，早晨八点半左右，有人看见他步行到那条土路，抄近路回工地，然而，工地的同事却没有见到他。家人得到失踪消息后，立即赶来，他们沿着这条土路寻找，找遍了垃圾堆和小树林，包括附近的高架桥，一无所获。

此后数天，家人不断地寻找，在周边村庄得知一个意外的消息，就在这条土路上，已经先后失踪了九个孩子。韦关家人上门寻访，和其他失踪者家属联名上书，反馈给警方，同时寻求媒体曝光，在多方压力下，警方终于立案，并向公安部汇报案情。

白景玉感到案情重大，立即派出特案组奔赴当地予以协助侦查。

梁教授说：没有绑架勒索迹象，这些孩子很可能遇害了，也许当地隐藏着一个杀人恶魔。

包斩说：第一起失踪案是几年前了，到现在才立案，唉。

画龙说：系列失踪案上升为系列杀人案，历时几年，当地警方真是吃屎长大的啊。

苏眉说：这些人不配做警察，家长寻子心切，他们漠不关心！养大一个孩子需要付出多少心血啊！

乌有镇隶属吉坝县，位于边陲。吉坝警方联合特案组成立失踪人员专案，对此展开侦查。吉坝县公安局局长姓毛，为人精明，别人都称他毛警官。特案组在吉坝县毛警官的陪同下来到案发地点——这条已有九名少年失踪的土路。

天下着雨，路两边的土坡上有一些群众冒雨围观，数名警察维持现场秩序，让群众往后站。

毛警官对负责拍照的警察小声说：多拍几张我和特案组的合影，注意别拍到无关人员。

负责拍照的警察心领神会——与领导合影，有助于升迁。

毛警官俯下身，对梁教授关心地说：下着雨，咱们看看现场就回去吧。

梁教授说：我们也走一趟这黄泉之路。

画龙推着轮椅上的梁教授，细雨霏霏，路面泥泞，毛警官的大皮鞋都弄脏了。一行人沿着土路向前走，进行实地勘查。包斩和苏眉画出简易的现场图，并且记下失踪区域的一些关键词：土路、冷库、厕所、小树林、菜地、高架桥、村子。

冷库的后门有个露天的简易厕所，包斩去男厕，苏眉去女厕，查看厕所墙壁是否有血迹等异常迹象。

走到小树林附近的时候，路边一阵喧闹，很多人纷纷举起手中贴着照片的寻人启事，这些人都是失踪者的家属，他们看到特案组走近，情绪有些失控，几名警察拉起人墙拦住他们。一名农村妇女拼命想冲过来，两名警察急忙拽住她。

毛警官说道：你们都回去等通知，别闹事。

梁教授招了招手，示意那名妇女过来。她跌跌撞撞跑过来，扑通一声跪下了。

画龙慌忙将她扶起，安慰了几句，这名妇女哭着陈述案情。

一年前，她的儿子李畅在这条路上失踪，父母便踏上了艰辛的寻子之路，周围附近的村庄他们都走遍了，先后花费数万元，几乎倾家荡产。尽管时隔一年，这位母亲仍未放弃寻找，每天都怀揣着寻人启事和儿子的照片。母亲在儿子失踪后，经常从夜晚哭到天亮，有几次因心痛过度而昏厥，人也消瘦憔悴了。

李畅失踪后，一家人怀疑孩子被抓到黑砖厂做了劳工，他们找遍了周边县市的砖厂。同样去砖厂找过孩子的家长有很多，都没有找到孩子的踪迹。一些家长这样想，孩子要是被抓去黑砖厂还好，万一有什么不测那该怎么办。

这名妇女哭着说，我孩子学习多好，又老实又听话，怎么就没了呢。

梁教授表示警方会全力以赴帮忙寻找。一行人默默地走到土路尽头，前方就是章合村。这个村子里，有一名叫章汉成的少年失踪。

村口有个臭水塘，岸边长着一株老柳树，树下坐着一位白发苍苍的老婆婆。

毛警官介绍说，第一个失踪少年就是该村的章汉成，只有十三岁，几年前突然不见了。这位老婆婆是最后一个见到章汉成的人，老婆婆平时没有别的爱好，一天到晚佝偻着身子坐在树下发呆。

那天早晨九点左右，章汉成跟着父母到地里干活儿，大约十点半的时候，父母让儿子回家做饭。孩子做好饭，装在提篮里给父母送去，离开村子走上这条土路，就此神秘失踪。

最后一个看见章汉成的就是这位整天呆坐在村口的老婆婆，当时路两边种的玉米已经长得很高了，孩子走了一段路，钻进玉米地，老婆婆无法看见玉米地里发生的事情。

警方在此之前已经对老婆婆进行过几次询问，老婆婆有些木讷，无法提供有用的信息。

特案组决定回局里召开会议。他们原路返回，章合村的村主任追了上来，想设宴款待特案组和毛警官。毛警官身为县公安局局长，村主任借此机会想要巴结他。特案组谢绝了村主任的挽留，寒暄时，村主任提供了一条线索。

村主任说：你们人都来了，为啥不在我们村吃饭，又不是请你们吃人肉。

毛警官说：好意心领了，这段时间少不了麻烦你，有什么事，还需要你配合我们的工作。

村主任说：说起这个，我想起来，我们村里有人吃过人。

毛警官说：谁？

村主任压低声音说：就是你们刚才看见的那位老婆婆。

第三十二章
树林鬼影

老婆婆呆坐在树下,双手扶着一根黄竹手杖,风吹乱满头白发,脸上的皱纹像是风干了的橘子皮。她没有名字,户口本儿上写的是章田氏,中国的很多老人都没有名字。

村主任说:章田氏,交代你的历史问题,你以前是不是吃过人。

老婆婆说:胡说个啥。

村主任说:你想想,1960年闹饥荒,你吃过人。

老婆婆说:五十多年……都忘了,想不起来了,我家……八辈贫农,敢把我咋样。

这位老人的思维还停留在过去的时代,她絮絮叨叨地向村主任和特案组表示自己家成分好。1949年到1979年,整整三十年,中国人以贫穷为荣。老婆婆扶着拐杖缓缓地站起来，她步履蹒跚，走一步，身体摇晃一下，随时都可能摔倒。大家看着这位老人的背影，很显然，她走路都困难，不可能是连环失踪案的凶手。

回到吉坝县公安局，梁教授召开案情分析会议。

第一起失踪案已是几年前，警方排查难度很大，只能以近期失踪人员为主要调查方向。此案与其他几起案件有很多共同点，九名失踪少年都是年轻男性，失踪时间集中在上午或中午，失踪地点在章合村土路附近。警方认同家属的猜测，该系列失踪案可能是同一人或同一团伙所为。

梁教授说：这些孩子都没有离家出走和被绑架的迹象，他们很可能已经遭遇不测。

苏眉说：如果是一系列凶杀案，动机又是什么呢？

包斩说：我们必须上升到杀人案的高度，不能当成普通的失踪案。

毛警官说：杀人会不会是割器官来卖？

画龙说：你傻啊，真不知道你怎么当上局长的。卖器官不可能，器官移植需要配型，事先体检，器官的切除、保存、运输，任何一个环节都非常复杂和专业，不是普通人能做到的。

包斩说：如果是嗜杀，报复社会，应该不择目标。

苏眉说：失踪者都是青少年男子，我觉得很可能有性动机，同性恋动机。

梁教授说：动机不明，我想起韩国著名的青蛙少年失踪案！

韩国一直未侦破的三大悬案：青蛙少年失踪案、李亨浩诱拐杀害案件、华城连环杀人案。三起案件都使整个韩国社会陷入恐慌，多次荣获大奖的电影《杀人回忆》就是根据华城连环杀人案改编的。

青蛙少年失踪案非常诡异离奇，令人匪夷所思，也曾经改编成电影《孩子们……》。

1991年3月26日，韩国五名小学生假日结伴去抓蜥蜴（被媒体误报为青蛙），此后神秘失踪。家人找遍了整个韩国，甚至还惊动了当时的韩国总统，警方及军队约三十二万人一起寻找，但搜查毫无进展。直到2002年9月25日，距离案发时间正好十一年零六个月，尸体在卧龙山被发现。

五具尸体已经白骨化，以叠罗汉的状态相互压在一起，在最高层之上还压着一块大石头。

五个少年有很明显的他杀痕迹，他们的衣服以一种独特的形态系住，专家称这是一种前所未有的系法。具体系法警方并未公开，可以试想系成圈状，或是被凶手集体捆绑为一叠。

韩国警方早期公布的死因是"低温致死"，后经法医小组鉴定，三名死者的头骨上有被钝器击伤的痕迹，现场还散落着一些子弹壳。令人感到奇怪的是，尸体没有头发，牙齿大量缺失。众所周知，肌肉、脂肪等组织会腐烂，但是牙齿、头发及骨头则很难被氧化，能保存很多年。

凶手始终没有落网……

梁教授部署安排工作，毛警官负责调查九名失踪少年的最后联系人，列出名单逐一排查。

案发地点是一条土路，在那里出没的人员除了章合村村民之外，就是附近冷库的员工，章合村和冷库是重点排查范围，凶手很可能就藏身在这两个地方。包斩、画龙、苏眉三人集中全力在当地政府的配合下展开详细调查。正面接触冷库的每一名员工，包括有业务往来的运输司机等相关人员。对于章合村村民，应以人口普查的方式，进村挨家挨户地走访，记录下每一名有犯罪前科、曾被警方打击处理过的人员。

特案组分析认为，凶手单身，居住在案发土路附近，具备犯罪条件，很可能是刑满释放人员。

中国刑事侦查的特点是人海战术，虽然笨拙，但常常是无往不胜。白景玉派出一个督察组进驻吉坝县，毛警官不敢怠慢，调集众多警力，全力以赴。

苏眉和包斩安装了监控设备—两个摄像头，一个固定在冷库公共厕所的外墙上，另一个放置在章合村村口，安排值班警员二十四小时监控案发的那条土路。

到了夜晚，监控画面非常恐怖。那条土路并没有路灯，黑暗之中，一点风吹草动都能令人提心吊胆，尤其是那个小树林。值班人员看的时间长了，精神极度紧张。

其实，只要注意观察，即便是在城市里，也有类似的阴森森的道路。

走夜路的时候，总觉得有个黑影跟着你，你走得快，他也跟得快，你跑他也跑，当你停下，回头却看不到人，只有万籁俱寂的黑夜包围着你。

苏眉和包斩假扮成计生委工作人员，在当地政府和村主任的配合下，挨家挨户走访，试图找到犯罪嫌疑人。这一天，两人工作到很晚，在村主任家吃完饭已是晚上十一点，恰好车辆坏了，两人决定步行返回县公安局。

章合村距离县城并不是很远，途经那条土路的时候，发生了一件令人毛骨悚然的怪事。

当时，月亮隐藏在云层中，漆黑的夜晚，伸手不见五指，周围非常寂静，路边的草丛给人阴森诡异的感觉。九名少年在这条路上失踪，很可能已经遇害，或许他们的冤魂还在此徘徊……苏眉想到这些，不禁有些害怕。

两个人并肩前行，苏眉看了一下四周，说：小包，你带枪了吗？

包斩说：没有，画龙大哥常常带枪，我们现在是计生干部，带枪干吗？

苏眉说：我有点冷。

包斩说：不是吧，这里可是四季如春。

苏眉说：你讨厌。

包斩说：啊……小眉，你害怕是吗？

苏眉说：才不是呢，我要你拉着我的手。

包斩犹豫了一下，说：这条路有监控，会被人看到的。

苏眉说：不管，这么黑，别人看不到，你要听我的话。

包斩拉着苏眉的手，走到小树林附近的时候，隐约听到树林里传来声响。

包斩说：嘘！

苏眉说：你浑蛋，别吓我。

包斩说：好像……有人说话。

两个人站住不动。小树林看上去阴森恐怖，这一片都是桉树，树干并不粗壮，树冠形状如塔，林间空地上长着一些当地人称为"飞机草"的低矮灌木。黑暗之中，隐隐约约看到有个人站在树后偷看着土路，空中悬浮着两个红点，似乎是什么鬼怪的眼睛。

苏眉有些紧张，紧紧握着包斩的手。包斩喊了一声：谁在那里？

寂静之中，云破月出，突然传来令人毛发悚立的尖叫声，两个鬼影从树林里奔跑出来，姿势非常怪异，双手大幅度地前后摆动，脚却像是被什么东西束缚着，只能小步慢跑。包斩和苏眉都被眼前的一幕吓傻了，两个鬼影变得像僵尸一样，直挺挺地跳过林边的土沟。包斩和苏眉手拉手呆立在路中间，两个鬼影看到他们扭头就跑，一边跑一边发出拖着长音的鬼哭狼嚎似的尖叫。

包斩视觉敏锐，认出这两个人是村主任的儿子，曾经在村主任家见过。

他们原路返回章合村，村主任的两个儿子讲述了在树林里遇鬼的恐怖事件。

兄弟俩在县城和同学聚会，很晚才回家，因为那条路发生多起失踪案件，他们结伴而行。途经小树林的时候，哥哥拉肚子，他对弟弟说：哎哟，肚子难受，晚上吃的麻辣烫是臭的。你带纸了吗？

弟弟说：没纸，我有烟，可以用香烟盒擦屁股，我刚才……好像看到树林里有个老太婆。

哥哥说：都啥时候了，还开玩笑，我快憋不住了，快屙到裤裆里了。

兄弟俩去树林里方便，为了壮胆，他们点着了香烟。包斩和苏眉看到的那两个红点，正是他们手中的香烟头。兄弟俩蹲在树林里，哥哥在地上捡了几片树叶，准备当手纸。此时，月亮在云层中时隐时现，弟弟看着哥哥的影子，见到哥哥的肩膀处突然多出一个人头。弟弟吓得毛骨悚然，悄悄地用手指着地上多出来的人头影子，月光消失，黑暗一片，哥哥什么也没有看到。

这时，一阵凉风卷着灰尘从后背袭来。当地气温如春，哥哥很奇怪为什么会有凉风，兄弟俩回头看，禁不住吓出一身冷汗。

他们身后，靠近一棵树的位置，有个人直挺挺地站着，穿的衣服类似于古装的戏服，袖子向下垂着。令人头皮发麻的是，那人的脚悬浮在地面上，头低垂着，看不见脸，接下来是令人难以置信的一幕：那人的身体竟然缓缓地向他们飘了过来。

第三十三章
易子而食

三更半夜，谁会穿着古装的戏服出现在小树林里？

一个人怎么可能悬浮在空中？

又怎么会飘过来？

带着这一连串的疑问，村主任拿着手电筒，招呼了几个青壮年村民，和包斩、苏眉一起去了小树林。画龙接到苏眉的电话，也带着一队刑警驱车赶到。

车灯照着小树林，如同白昼。刑警展开了搜寻，很快在林中发现了一具尸体。

一个人穿着寿衣吊死在树林里。

经过村主任辨认，死者是那位叫章田氏的老太婆，她拄着手杖，挎着凳子，还带了寿衣和一卷麻绳，在夜间来到这个小树林上吊。老太婆穿好了寿衣，这说明她心里抱着必死的决心。现场勘验显示，她是自杀。上吊的方式非常怪异，确切地说，她是吊死在晾衣绳上的。

章田氏将麻绳系在两根树上，看上去像一根晾衣绳。她穿上寿衣，把裤腰带搭在晾衣绳的一端并绾了个死结，站在凳子上，把头伸进绳圈里。吊死自己后，她的身体被树枝阻挡，月光将头部的阴影投射到地上。随后，风吹动树枝，老太婆的尸体从晾衣绳的一端渐渐滑向中间。她双手下垂，歪着脑袋，无声无息地"飘"了过去。

村主任的两个儿子在林间方便，偶然看到这一幕，惊骇万分，顾不上提起裤子就跑。苏眉和包斩正好路过，听到尖叫声，在土路上呆立不动，双方都吓了一跳。

一个人如果抱着必死的决心，有时就会非常有创意。这最后的灵感来源于死神，只为了结束自己的生命。

老太婆章田氏虽是自杀，但事有蹊跷，特案组猜测她可能知道少年连环失踪案的隐情。

包斩说：在农村，一些老人做好寿衣，为自己准备好后事的情况并不少见。

苏眉说：老婆婆那么大岁数了，为什么要自杀呢？活了一辈子，怎么突然想不开了？

画龙说：我觉得她可能真的吃过人肉。

梁教授说：如果是这样，村主任的话可能刺激了她，让她勾起了一些痛苦的记忆。

包斩说：那些失踪的少年，活不见人，死不见尸，哪儿去了？

苏眉说：不是绑架，不是报复，也不可能是拐卖，如果都遇害了，杀人动机是什么？

画龙说：除了性动机之外，还有一种。

梁教授说：食人，也是一种杀人动机。

特案组决定彻底查清章田氏是否吃过人。第二天一早，特案组来到章合村，村主任召集了一些老人，坐在村口的老柳树下。为了避免老人们产生排斥心理，梁教授假装大学老师，声称要写县志，以闲聊的方式询问起当年的事情。

1960年，章田氏二十七岁，生有两个女儿，大妮六岁，小妮只有一岁。

当时正值"三年困难"时期，几个老人证实，章田氏的小妮在那一年饿死了。

梁教授问道：那时都有啥自然灾害，旱还是涝？

一个老人回忆说：没有，那几年风调雨顺，我们这儿没有什么灾。

梁教授说：那怎么还有饿死人的事情发生？

老人们打开了话匣子，滔滔不绝地讲起那个并不遥远的年代，村子里饿死人的事情时有发生。那几年，在河边、田野里，有很多提着篮子寻寻觅觅的身影。野菜吃光了，人们就开始吃草根和树皮。据一些老人回忆，榆树叶最好吃，香甜，可做成榆树叶窝头，榆树皮可晒干磨成面，当年为剥榆树皮而大打出手的人很多。槐花也很好吃，但花期短，不够吃。杨树很难吃，味苦，处理不好会毒死人。

老人甲用手拍打着老柳树说道：这棵树，当时就被扒皮了，吃了。

老人乙说：我还吃过土哩。那时候，我饿得躺在床上，肚子就剩下一张皮，眼睛都睁不开了，我的袖子口，都让我咬烂了。我饿急了，拿着个大泥罐子装了点观音土，当炒面吃。

老人丙指着一种质地松酥的石头说：我吃过石头面，把这石头拍碎，磨成面，搅点树叶，在烙饼的鏊子上炕干吃。这个不能吃多，吃多了解不下手。

老人丁说：那年头，饿得受不了啦，还有吃人的哩，我就亲眼见过……

老人自知失言，其他一些老人对这个话题也选择沉默，纷纷离开。梁教授留下那位老人，老人叫章右民，近花甲之年，1960年，还是个五岁的孩子。他支支吾吾，找了一些借口，声称自己当时年龄小记不得，不肯再讲下去。

村主任曾听老父亲讲过章田氏吃人的事，梁教授登门拜访。

村主任的老父亲讲述了那个年代里的一些骇人听闻的事情。1960年，很多人饿得受不了，就吃人，饿死的尸体刚埋进地里，就有人在夜间刨开坟头，割下死人的肉。有的村民，孩子饿死了，不忍心吃自己的孩子，就和邻居交换，易子而食。章田氏和邻居李老汉就是交换各自的孩子来吃。章田氏的小妮饿死了，李老汉的幼子也饿死了，他们商议了一下，决定让对方帮忙掩埋，两人心知肚明，交换掩埋其实是送给对方吃掉。当时，大队干部召集社员开会，章田氏刚刚把李老汉的幼子在锅里煮熟，她掰断一条小腿，揣在怀里就去开会了。

油灯昏黄，大队干部正在宣讲最高指示，就是念一条关于"亩产万斤"的新闻，社员们听得昏昏欲睡。章田氏坐在角落里，从怀里摸出来一个小脚丫，藏在袖子里，悄悄地啃食。

大家闻到肉香，纷纷回头，章田氏正一边吃，一边默默地流泪。

这件事在当时传得沸沸扬扬，可谓是家喻户晓，然而大队干部担心上边怪罪下来，警告村民，吃人是谣传，谁也不许乱说，否则就是诋毁人民公社。

很多年过去了，当时的人们选择了遗忘，这段痛苦的记忆却一直保留在章田氏的心中。

最终，她上吊自杀。

画龙、包斩、苏眉三人去了李老汉家，这是一个典型的农村人家，院里有猪圈和狗窝，堂屋里还挂着毛主席画像，墙角遍布蛛网，一切家具都摇摇欲坠，一切都那么破旧。画像前的八仙桌上有个香炉，还有个掉瓷的茶缸子，里面插着一把塑料花，茶缸子上残存的"为人民服务"字迹模糊可辨。

画龙三人亮出警察身份，说明来意。

李老汉称，他和章田氏虽然是一墙之隔的邻居，但是从不来往，即使见面也不说话。

苏眉问道：她死了，听说了吗？

李老汉说：这个老嬷子，死就死，和我没啥关系。

包斩试探着问道：老伯伯，您以前是不是有个小儿子，1960年饿死了？

李老汉脸色铁青，一言不发，过了许久才说道：没有。

气氛有点尴尬，李老汉家的电视机开着，正好在播放《甄嬛传》，电视剧里的太后说道："这次你没有了的只是个孩子，下一回便是你自己。"

画龙三人又问了几句，李老汉突然火冒三丈，将三人赶出门外。他端起一盆洗脸水，骂骂咧咧想要往画龙三人身上泼去。

李老汉咬牙切齿地说：滚滚滚，你们是公安，老汉我也不怕，再敢胡问，我就和你们几个拼了，我有脑溢血、心脏病，我讹死你们！

画龙三人急忙向外走,这时,李老汉家的狗跑回来了,它放下嘴里叼着的一根骨头,汪汪地叫了起来。大家看到,那是一根胫骨,白森森的骨头一端还残存着脚掌的皮肉。

第三十四章
瓶装汤圆

那只恶狗龇牙咧嘴，发出威胁的低吼声，它从外面叼回来一根人骨头，还连着半个粘泥的脚后跟。包斩壮着胆子去捡骨头，恶狗猛地蹿过来咬住了包斩的裤脚，不停地扭头撕咬。苏眉吓得叫起来，画龙瞅准时机，飞起一脚，踢在狗头上，那狗负痛嗷嗷叫着跑出了院门。

苏眉关切地问：包子，你没事吧，要不要去打针？

包斩没有受伤，只是裤腿被狗撕扯烂了，他摆手说不用。

大家一起查看地上的人骨头，脾气暴躁的李老汉冷静下来，嘟囔着说：晦气，狗爪子从哪个坟头里刨出来的死人骨头。

当地实行火化已经多年，有人去世，装在棺材里的一般是骨灰盒，很少会将遗体埋入地下。狗叼回来的人骨还连着尚未腐烂的皮肉，这说明死亡日期并不太久，结合近期发生的一系列少年失踪案，两者之间很可能有所关联。

画龙等人将李老汉带回警察局，几名干警在李老汉家进行了搜查，但一无所获。

李老汉脾气倔，毛警官审讯时老汉突然中风，幸好抢救及时，并无大碍。

画龙问毛警官：你吓他干吗？老头儿那么大岁数了。

毛警官讨好地递上一根烟，说道：就算他不是犯罪嫌疑人，他家狗还咬了包斩同志呢。

李老汉无法说出自家的狗从哪里叼来的人骨头，警方在他家也没有发现可疑之处。老汉供述了几十年前和邻居章田氏"易子而食"的事，说到最后，老泪纵横。

因为饥饿，他们的孩子饿死了，吃自己孩子于心不忍，就互相交换着吃。

梁教授下令将人骨与失踪者家属进行DNA比对，案情很快有了重大突破。鉴定结果显示，李老汉家的狗叼回来的那根骨头来自失踪者韦关！

那只恶狗自从被画龙踢了一脚后，就不知去向。

梁教授调集警力，以章合村为中心，在周边区域寻找埋尸地点。

近百名公安干警在田间地头和桥下河边进行了广泛搜寻，特案组四人也加入了队伍。梁教授指示说：大家重点找找新近的填埋痕迹，还要看看哪里被狗刨挖过，下面可能埋着尸体。

画龙和苏眉都拿着木棍，一边说笑一边在菜地里搜寻。

画龙说：有蛇！

苏眉说：哪有嘛，讨厌，你吓唬人，我可拿着武器呢。

画龙说：小样儿，揍不哭你，你还穿高跟鞋，走在菜地里，不怕崴脚啊！

苏眉说：没有来得及换鞋子，再说，高跟鞋可以试探土层硬度，便于寻找埋尸地点。

画龙说：小眉，你踩到狗屎了。

苏眉低头看，鞋跟上有一截黑乎乎的狗屎，她厌恶地用棍子戳了下来。两个人突然想到，踩到狗屎，说明有狗出没，李老汉家的狗可能就是从这菜地附近挖出来的尸骨。他们向梁教授进行了汇报，包斩带着几名干警过来了。

包斩第一个找到了埋尸之处。

他站在菜地边一株高大的野草前面，长得这么高的草很罕见。草有一人多高，叶片大如蒲扇，根茎粗壮，周围丛生着一些同样的野草，只是很低矮，不如这株草高大、吓人。他看着地面说：挖吧。

这株草长在尸体上，须根从眼眶里伸进去，从嘴巴里出来，侧根穿过肋骨深入地下，白色的根系密密地缠绕着一具尸骨。

尸体成为这株草的养分，所以它生长得粗壮高大。

几名干警费了半天劲，终于把尸骨连同上面的草一起挖了出来。人们发现，尸骨下面，还有一条青色的秋裤。

梁教授觉得这条秋裤有点眼熟，似乎在哪里见过，但一时想不起来。

毛警官问道：菜地是谁家的？

村主任说：这是村里章右民的菜地。

梁教授想起，他曾在章合村村口和几个老人闲聊，其中就有这个叫章右民的人。当时，章右民穿着一件长袖上衣，前胸有鸽子绕树飞翔的图案。上衣和尸骨下面发现的秋裤颜色一致，都是青色。

毛警官问道：章右民多大岁数？

村主任想了一会儿说：他是1955年出生的，快六十岁了。

毛警官说：会不会是别人把尸体埋在菜地边的？他都快六十岁了，有能力杀死小青年吗？

村主任介绍，章右民年轻时就杀过人。1978年，章右民在瓦窑厂干活儿，跟外村一个十多岁的小孩玩得很好，那个孩子就跟他回家里住。他半夜把人杀了，四肢折断，尸体扔到了河埂上。章右民被判了死刑，缓期两年执行，他坐了十九年的牢，1997年刑满释放回到村里，至今也不清楚他杀人动机是什么。

章右民无儿无女，在牢里的时候，父母就死了。

他回到村里，家里的老房子早就坍塌，他用木头搭建了一个房子住。

梁教授当即做出三点部署：

一、章右民具有犯罪嫌疑，由便衣刑警对章右民进行秘密监控。

二、尽快确认菜地里发掘出的尸骨的身份，让失踪者家属辨认那条青色秋裤。

三、扩大搜寻范围，找到其他的埋尸地点。

发掘出的尸体已经白骨化，有的家属因为时隔久远，已经想不起孩子失踪时的衣着了。

失踪少年杨喆的父亲向特案组提供了一条线索，这条线索也和章右民有关。

杨喆父亲是最早怀疑章右民的人。2007年，他的儿子就是在章右民的小屋处失踪的。他一直苦苦寻找了三年，儿子依然是下落不明。2010年12月的一天晚上，有个男孩下晚自习回家，章右民在背后用皮带勒住了男孩的脖子。男孩挣脱开，跟章右民厮打，另一个孩子听到声音跑出来帮忙，两个人一起把章右民按在地上。报警后，章右民辩称是跟孩子闹着玩，此后没有受到处理。杨喆父亲听闻此事，再次到公安机关反映情况，得到的答复是：这老头儿有点神经病，喝醉了。

这条线索引起了特案组的高度重视，梁教授当即派出包斩、画龙、苏眉三人到章右民家进行调查。与此同时，警方在章合村附近一枯井及一圆形水坑内，又找到了几名被害人的部分尸骸、衣物及随身物品。

案情令人极度震惊，当地村民纷纷跑出家门观看。为了防止群众拍照，警方不得不拉上警戒线，用布遮挡发掘现场。

章右民并不在村里，而是在镇上文化公园的凉亭里下棋，负责监控的便衣刑警注意到，他的脸色有些反常。

章右民的家就是用破木头搭起的黑棚子，上面盖着石棉瓦，四处漏风，还挂着几块破布，与周围邻居的漂亮楼房对比鲜明。

一辆警车停在门前，村主任、画龙、包斩、苏眉四人从车上下来。

大家忙碌了一天，没有顾得上吃饭，案情紧急，村主任只好买了几杯热豆浆。

包斩说：家里没人，我们没有搜查证啊，怎么进去？

画龙一脚踹开摇摇欲坠的木门，说道：哪儿那么多事呢。

苏眉对村主任说：你可以做个见证人。

院里放着一辆板车，土质地面坑坑洼洼。一个土坯小屋是厨房，泥皮剥落在地。厨房和堂屋的露天夹道有个空的狗窝，狗窝后的院墙角落放着一些啤酒瓶，有的瓶子里积了水，生了绿苔。透过墙缝，可以看到堂屋里有张木板床，上面的被子肮脏得难以辨认颜色，一些破烂衣服也堆在床上，屋里最值钱的是一台破旧的电视机。

大家先到厨房查看，里面光线很暗，气味难闻。苏眉皱着眉，将豆浆杯放在木头案板上。

村主任说，章右民经常推着一辆板车，从老宅到菜地。他平时喜欢养小狗，有时候在半夜里，会把电视音量调得很大，狗叫声也随之传开，也许是想遮掩什么。还有村民发现，有一天夜里，章右民在村口幽幽地坐着，一声不吭，令人毛骨悚然。

苏眉拿起豆浆继续喝，觉得味道有点怪怪的，喝着喝着，吸管就堵住了，打开杯盖，看到吸管上插着一颗圆形的东西，都被她吸得有点干瘪了。

画龙说：奇怪，你的豆浆里怎么还有个汤圆？

苏眉看了一眼，哇的一声吐了，那圆形的东西是一颗人的眼球！

经过搜查，厨房的窗台上放着个酒坛子，坛子里用酒浸泡着枸杞、盘成圆形的小黄蛇、草参，还在里面赫然发现了十几颗眼珠。苏眉放下豆浆时，杯盖滑脱，她就将杯盖和吸管拿在手中转着把玩，可能是老鼠将酒坛子里的眼珠叼到房梁上，刚巧又落到豆浆杯里……

这些年，从来就没有人去过章右民的家，村民与他没有往来。

泡着眼球的药酒坛子就堂而皇之地放在窗台上，碗橱的板壁上挂着一条腌好风干的人腿。

第三十五章
鸵鸟的肉

百年之后，有个话题能引起我们谈论的兴趣—大家说说自己是怎么死的？

在战场上被杀死的人鄙视在刑场上被枪毙的人，撑死的人和饿死的人彼此嘲笑，跳楼自杀者和车祸遇难者互相安慰，巨人观拥抱着焦炭人，有的人则苦笑着说：我死于凶杀。

特案组在章右民家发现了失踪少年韦关的相关证件和随身物品，秘密监视章右民的刑警立即对其实施抓捕。警方随后对章家老宅进行挖掘，当时，章右民家门口拉上了警戒线，外面围得人山人海。村民看到，警察用十公斤规格的塑料袋往外拎东西，最开始拎出来的两袋是衣服，后来挖出来的东西都是用毛巾包着，或者装在黑色的旅行袋里。

警察在章右民家里挖了四天，菜地里又挖了三天，用筛子把土筛掉后，剩下的就是骨头。

章右民在院子里只埋了一具尸体，死亡时间在三年前，其余尸体埋在水坑、井和菜地里。

梁教授和毛警官对章右民进行了审讯，各级领导隔着审讯室的单向玻璃站着旁听，苏眉做笔录，画龙和包斩将手机、衣服、盆罐、锤子、菜刀、斧子等物证一件件摆在桌上，然后站在章右民身后。

章右民是位头发斑白的老人，坐在审讯椅上，表情木讷，似乎眼前的一切都与他无关。

毛警官说：你是刑满释放人员，应该知道这些物证足以治你的罪，咱们聊聊吧？

章右民眼神涣散，看着一处发呆，他没有回答。

梁教授说：给他一根烟。

画龙点着一根烟，塞到章右民嘴巴里。

梁教授问道：你杀了几个人？

章右民歪着头，抽着烟说：我不记得杀了多少人，去我家数一下衣服、内裤和鞋子，有多少套，就说明杀了几个人。我现在不想说了，我不说连判决书都不好写。

梁教授拿出一名受害人的照片，问道：你怎么杀死他的？

章右民看了一眼照片，说道：他在树林里解手，我迎着他的正面走过去，走到他一侧后，我也装作解手，把系在腰上的皮带解下来，套到他脖子上，接着又绕了一圈，使劲勒。他刚被勒住的时候，还用手来掰我的手和皮带，后来就不动了。

毛警官又拿出一张照片，问道：李畅是怎么被你杀死的？

章右民说：我还真不知道这孩子叫李畅。当时他上坡，我下坡，我伸手去捏他的脖子，然后按在地上，捏了三到五分钟，人就死了。

梁教授用手指着桌子上的盆罐，问道：这罐子是做什么用的？

章右民说：放血。

毛警官问：你为什么把被害者的衣服剥了？

章右民回答：人死了还穿啥衣服哩。

毛警官问：我们在你家发现了一些头发，为什么把死者头发剪了？

章右民回答：我听人说过，人死了啥都化，就头发化不了。如果连头发一起埋了，将来你们能从头发里检查出来都是谁。

毛警官说：你把头发留着，不是等于留着罪证吗？

章右民答：我想等攒多了卖钱。

毛警官问：你把死人埋在自己家院子里，就不怕吗？

章右民答：怕啥，死人嘛。

梁教授说：你也怕，所以你只在院子里埋了一具尸体，其他的都埋在外面。

章右民答：要说不害怕那是假的。有一次我在菜地里杀了一个，用架子车拉回家……那孩子劲可大了，我怕他不死，又用刀在他脖子上割了几下，累了，就睡了。睡到后半夜听到屋里有响声，扑通扑通响。我心想，这是咋了，闹鬼啊。我爬起来拉开灯，手直抖，我一看，你猜咋回事，原来地上有一块烂塑料布，那死鬼的血滴下来，砸塑料布砸出的响声，吓死我了，我就把塑料袋踢到一边，找了个盆接流下的血。我心里说：淌去！

梁教授说：那些人都和你无冤无仇，你挖下眼珠泡酒，把人腿做成腊肉，听说你还在菜市场卖过"鸵鸟的肉"，你就没有一点人性吗，你心里就没有一点后悔吗？

章右民说：我平时爱喝点酒，弄几个下酒菜。我不后悔。

章右民供认了六名受害人的遇害详情，其中，在章合村附近的小树林，他杀害四人，有几名受害者的情况，他称自己没有印象了。后来，为了让他不断地交代犯罪事实，毛警官买了烧鸡鼓励他好好回忆，他吃一只烧鸡，交代一起案子，最终警方公布了接报的失踪人数达十七人。当地公安对碎尸与吃人的说法，不置可否。

十七个人，十七只烧鸡。

最大的恐怖莫过于此——你好端端走在路上，有个陌生男人在背后悄悄地靠近，他和你无冤无仇，却将一根腰带突然套在你的脖子上，迅速收紧，你呼吸困难，两手试图抓住脖颈处的腰带，想要询问他是否认错了人，他却加大力度，两手攥着腰带，转过身，弯下腰，用背部力量让你身体凌空，最终勒死你。

人们对老年人往往放松警惕。犯罪统计数据表明，老年人犯罪现象正呈逐年上升的态势。

杨宗勇是个品学兼优的男孩，遇害当天经过章右民的菜地，章右民谎称让杨宗勇帮忙抬树，趁其不备从身后突然勒住杨宗勇的脖子，杨宗勇的腿在地上蹬了几下，很快就不动了。

当时，一辆面包车驶过来，章右民有些慌乱，心想，糟了，这条路平时连人都没有，怎么会开过来一辆车？车越来越近，章右民急中生智，坐在地上，揽着已经死去的男孩的脖子，张开嘴巴，假装做人工呼吸。

他的牙齿是黑的，舌苔黄腻腻的，不断地将嘴巴里的臭气吹进男尸嘴里。

面包车减速，司机探出头问道：咋了？

章右民说：没事，羊角风，亲戚这就来，你不用管。

面包车开走了，司机一开始还担心这老头儿会提出帮忙送医院的要求，已经想好了怎么拒绝。

章右民的菜地旁有个小屋，菜地距离他所在的章合村很近，搭建这么一个简陋的小屋很显然不是为了方便种菜，而是藏尸所用。菜地边还有一些颜色鲜艳的编织布，也起到了遮挡的作用。天黑之后，章右民用平板车将尸体从小屋运回家。

他把尸体放在床上，脱下衣服。此时，夜幕降临，星光惨淡。

他拉亮灯，咳出一口痰，含在嘴里，快步走到门外吐在地上。十五瓦的灯泡发出昏黄的光，他蹲下来，平息自己因杀人而激动的情绪，灯光照着他泛白的头发，照着门前的空地。

那是从来没有过欢声笑语的院子，只有村里的狗到过他的家。

那是从来没有落过鞭炮屑的地面，对他来说，也许杀人才能带给他过年的喜悦。

从来没有蒲公英飘过的屋脊，从来没有猫走过的矮房，从来没有过光明和温暖的内心。

围墙上已经长了许多草，红色的大月亮升了起来，夹道里放着一些酒瓶，在那地面之下，埋着他出狱后杀死的第一个男孩。对于穷凶极恶丧尽天良的他来说，杀人不是因为愤怒，而是出于刺激。他蹲着抽完烟，把火红的烟头按灭在自己的痰里，站起身，进了屋子。

警方没有公布章右民的犯罪动机和杀人目的。

我们燃起火把，走进他扭曲的内心，可以看到尽头有两个词：性欲和食欲。

这个从未结婚的老汉，在监狱中度过了十八年，那是一个没有女人的封闭世界。出狱后，如果他是因为对社会不满而泄愤杀人，那么不会有意识地选择目标，而是不分男女老少，滥杀无辜。尽管他是随机杀人，但选择的都是少年男孩，杀人动机中有性的成分。

他五岁那年，正值"三年困难"时期，他在童年目睹了吃人惨案。

那时，他还是个小孩子，跟随父母在生产队开会，大队干部在油灯下念报纸，村民围着倾听。一个坐在角落里的妇女不断地低头去闻自己的袖子，小孩子感到很奇怪，随后，小孩子惊讶地看到，那名妇女在悄悄地啃食藏在袖子里的小脚丫。

妇女看到一个小孩子正盯着她，对小孩子露出凄惨的一笑。

那是他一生中最早的记忆，那一笑，他想了很多年。

章右民站在法庭上接受审判时，成为焦点，很多媒体刊登了他的照片。有个细节并没有引起大家的注意，一个细心的村民指出，章右民当时穿的可能是受害人的衣服。一件青色圆领长袖上衣，前胸有鸽子绕树飞翔的图案。很显然，这颜色和图案都与他的年龄不太相符，警方忽略了这个无关紧要的细节。

在法庭上，被告人章右民没有表示丝毫愧疚和后悔，并拒绝向被害人家属表达歉意。

至今，章合村还在流传杀人恶魔章右民卖鸵鸟肉的事情，版本各有不同，但每个版本都有一个共同点—鸵鸟肉就是人肉！

村民甲说：他吃人，眼睛泡酒，腿做成腊肉，还做过泡椒手掌。买一瓶泡椒倒在盆子里，把手掌煮熟也倒在盆子里，泡上一天一夜，入味后就可以吃了。

村民乙说：那他为啥卖人肉呢？靠这个挣钱吗？

村民丙说：卖肉挣钱也不是目的，有这个狠劲，来钱的路子多了，哪有靠卖人肉赚钱的？

村民丁说：他卖人肉，不是为了赚钱，是他想要别人和他一样。

第八卷 (一)
公路人饼

> 我已经对他说出了我们相见的时间,却永远无法说出相见的地点。
>
> ——赫塔·米勒

一

一个人，怎么变成一张饼？

浦江市郊区有一条偏僻的公路，路面坑坑洼洼，施工部门在夜间修复了道路，给每一个坑洼填补沥青混凝土，然后铺盖草毡子进行养护。第二天清晨，有个司机发现其中一个草毡子是红色的，他停下车，小心翼翼掀开草毡子，赫然发现，沥青路面上平躺着一具尸体，已经被过往车辆碾压扁了，就像是一张大饼。

第三十六章
绑架少年

经过现场勘查，浦江市赤北区警方认定这不是交通事故，而是一个抛尸现场。

有人在夜间将尸体抛在公路上，又把草毡子盖在尸体上，该路段常有大型卡车通行，经过一整夜的碾压，车轮像是擀面杖一样，将尸体压成了饼状。几个刑侦人员用小铲子把饼状尸体从沥青路面分离开来，这张"大饼"的颜色令人触目惊心，黑色的头发、红色的血迹……有些骨骼已经呈粉末状，有些坚硬的骨骼还完好无损。

法医用镊子拨开碎了的头盖骨，软塌塌的头皮还连着头发。

一个叫阿紫的小女警，四处张望，突然，她退后两步，发现了什么。有个眼珠就在她的脚下，已经被碾压扁了。

阿紫捂着嘴巴冲到路边的草丛边，吐了起来。

尽管尸体遭到严重损坏，法医鉴定部门还是通过技术手段得出了精确的验尸结果，死者是一个男孩，十二岁，生前遭到疑似铁锤的钝器重创，致命伤在太阳穴位置。凶手在夜间将裸尸抛弃于公路上，用草毡子遮掩。该路段没有监控探头，几个路灯也坏掉了。

赤北区公安分局组织警力对案发当晚的公路施工方进行了调查，没有发现什么线索，在距离抛尸现场不远的路边，找到了受害者的衣服和书包，书包里有红领巾和课本，课本上写着班级和名字，警方很快搞清了死者的身份。

这名十二岁的男孩叫王佳，是一名小学生，在赤北区实验小学上六年级。

一个星期前，王佳放学后失踪，当天晚上，王佳的父母接到了绑匪的电话，勒索赎金五十万元人民币。王佳父母心急如焚，悄悄报案，赤北区公安分局成立了专案组，然而警方介入此案后，绑匪再也没有打来勒索电话……直到孩子的尸体在公路上被发现。

特案组办公室，白景玉正在召开一个总结会议，画龙昏昏欲睡，苏眉的电话突然响了。

苏眉去会议室外接完电话，脸色变得凝重起来。

包斩问道：小眉姐，谁的电话？

苏眉说：我妈打来的。

梁教授说：是不是你家出什么事了？

苏眉说：老大，我想走个后门……我妈说，邻居家一个小女孩被人绑架了，咱们特案组能不能去帮帮忙啊。那女孩叫小希，好可爱，好漂亮，才十三岁。她喊我小姑，你要是不批准，我就请假。

白景玉说：不行，我们特案组只接手特大凶杀案，绑架案还是交给当地警方吧！

苏眉气愤地说：老大，你真是铁石心肠，我妈都找我求情呢，那是我邻居家孩子。

画龙说：小眉，我也请假，我陪你一起去。

白景玉说：不准，都没死人，我们特案组不管这种小案子，这不符合程序。

梁教授说：大多数绑架案的特点就是绑匪拿到赎金后会杀死被绑架人。

包斩联系了当地警方，了解到浦江市赤北区已经接连发生两起绑架案。第一起绑架案，绑匪杀害了一名叫王佳的男孩。两起案子手法相同，很可能是同一犯罪分子所为，当地警方已经决定并案侦查，他们对特案组的协助表示出求之不得的欢迎态度。

包斩说：现在已经符合程序了。

白景玉说：好吧，那你们还等什么，立即出发！

苏眉兴奋地说：老大，你真是英明！

白景玉说：少拍马屁，你们必须成功解救出被绑架的孩子，还有，替我向你妈问个好。

苏眉平时忙于工作，已经很久没有回家了，她给妈妈买了很多东西，梁教授、画龙、包斩三人也备了礼物。苏眉的爸爸是个外交官，常年在国外，家里只有妈妈和一个小保姆。

寒暄过后，小保姆去买菜准备午饭，梁教授在电话里向赤北区公安局叶局长了解案情。

画龙和包斩坐在客厅沙发上，一时无话，有些拘谨。

苏妈把苏眉悄悄拉到一边，神神秘秘地问道：这两个，哪个是你男朋友？

苏眉说：妈，你说什么呀？

苏妈说：眉眉，你上次可是说，下次回家的时候，就把男朋友带家来给我看。

苏眉说：他们都是同事。

梁教授送的是一个精美相册，里面是苏眉加入特案组后的各种照片；画龙特地买了一对玉镯作为礼物；包斩送给苏眉妈妈的是一些补品。

苏妈絮絮叨叨地说：这对玉镯挺值钱的，眉眉呀，你要找老公就得找个肯为你花钱的，这才是真正对你好。年龄大的男人倒是知道疼人，就得找个能管得住你的。不过，听你说，这个画龙离婚过一次，孩子归前妻，他脾气也不好，结婚后，说不定会打你呢。

苏眉说：他敢！妈，我们是来办案的，你在这节骨眼儿上挑女婿呢？

苏妈指着包斩，对着苏眉说：这孩子有心啊，就是人长得不帅，这些补品虽不值钱，但都是我需要的，估计是你平时说起我有高血压、气管炎，这孩子都记心里了。

苏眉说：那你觉得，我应该选哪一个啊？

苏妈说：两个你都喜欢啊？

苏眉说：都不喜欢，我可讨厌他们俩了。

苏妈说：我还不了解你吗，那你就是都喜欢喽。如果喜欢两个人就选择第二个，因为你真正喜欢第一个就不会喜欢上第二个。

苏眉说：妈，你也太心急了吧，我还能嫁不出去啊。

苏妈说：你这样，我让小阿姨收拾出几间客房，让他们都住咱们家，我得好好观察，这可是你的终身大事！

苏眉家和被绑架的小希家是邻居，两家都住六楼，阳台和阁楼都紧挨着。叶局长按照梁教授的要求换上便装来到苏眉家。小保姆买菜回来，包斩主动帮忙做饭。案情虽然紧急，但是绑匪没有再次打来电话，警方除了等待并无良策。

画龙走进苏眉的卧室，拿起床边的一个轻松熊，苏眉尖叫一声：啊，别碰我的大果子！

画龙放下，又拿起书架上的毛茸茸的玩具狗，苏眉再次叫道：放下那只糖怪。

苏眉小时候的玩具还一直保存着，她给自己的每个玩具都起了名字，那只狗就叫糖怪，轻松熊叫大果子。苏眉手忙脚乱地把玩具、影集、日记本等东西都藏了起来，抽屉也上了锁。

画龙说：怎么跟防贼似的，我会偷你东西啊？

苏眉说：不许看，不许动，这是少女的隐私你懂吗？

画龙把苏眉推到墙角，两手按着墙壁不让她跑掉。画龙说道：信不信，我在你家揍你？

苏眉说：你讨厌，我妈可是盯着呢，你最好表现好点。

饭菜上桌，非常丰盛，黄焖鸡、炖猪蹄、红烧鳜鱼、清炒虾仁、清氽丸子、茶花山药、松仁蕨菜、三鲜杂菌，八个菜香味浓郁，令人胃口大开，大家围坐在一起，赞不绝口。

苏眉妈问包斩：这些菜都是你做的？

包斩说：是的，伯母，我以前在饭馆做过学徒，也只会做一些家常菜。

苏妈点点头，意味深长地看了一眼苏眉。

叶局长简单讲述了案情，两起绑架案都是发生在下午五点，正值学生放学，没有目击者。王佳被绑架当晚，家属接到绑匪的电话，要求准备五十万赎金，奇怪的是此后再也没有联系王佳的家人，而是将其杀害、抛尸。第二个受害人叫小希，目前下落不明，生死未卜，绑匪要求小希的家人在三天之内准备好五十万元。目前为止，绑匪还没有再打来电话。

包斩问道：绑匪使用的电话号码查了吗？

叶局长说：打电话的是一个男的，声音比较年轻，用的是那种没有身份登记的电话卡，也没有别的通话记录，可能是在小超市买的。

包斩问道：绑匪在哪里打的勒索电话？

叶局长说：经过技术定位，就是在受害者家附近打的电话。

梁教授说：你们的工作做得有疏忽之处，绑匪很可能暗中观察过，了解到受害者家属已经报警，便杀人抛尸，果断放弃，再次绑架了一个孩子。这一次，我们可不能轻举妄动，打草惊蛇。

叶局长说：是是，这次我们听从特案组调遣。

画龙对叶局长说道：你们是干啥吃的，死了一个孩子，现在又绑架一个，一群废物，绑的要是你家孩子，你肯定没这么坦然，你们就盼着我们特案组来帮你们，是不是？要不是伯母求情，我们还不来呢，你这局长也别干了。

很显然，这段话让苏妈大有好感，她用那种赞许的目光看着画龙。

用饭完毕，苏眉帮忙收拾碗筷，苏妈对苏眉附耳说道：闺女，我想好了，你这俩同事都不错，他们谁先抓到坏蛋，把小希丫头救出来，你就嫁给谁。

第三十七章
天罗地网

绑架是一种高智商犯罪，大多数绑架案在实施之前都做了精心的策划。警方需要与犯罪分子斗智斗勇，除了使用高科技刑侦设备之外，还需要投入大量警力围捕攻坚。

绑架的过程一般如下：

一、选择目标，通常是富人或富人的子女。

二、藏匿人质，地点多数是偏僻的郊区、野外或是废旧的房屋。

三、联系家属，提出要求，勒索金钱。以前通信较不发达，勒索通常以书信方式进行，为了避免被认出字迹，有的犯罪分子会用报纸上的字拼凑成信，现代绑架案通常用电话通知家属。

四、收取赎金，这是整个绑架过程中最易暴露身份的环节。倘若家属报警，或找亲友帮助，绑匪很可能在收赎金时暴露行踪，这个环节最考验犯罪分子的智商。

五、释放人质或杀害人质。

梁教授在苏眉家的阳台上做了周密的部署，叶局长俯首听令，小女警阿紫记录下工作重点。按照梁教授的要求，浦江市公安局和赤北区分局抽调出精兵强将，分成了三个工作组。

包斩负责调查组，围绕两名受害人——王佳和小希——展开外围工作，重点调查两名受害人的家庭和社会关系。很多绑架案都是熟人所为，这点要排查清楚。

画龙指挥跟踪组。指挥车是一辆伪装的厢式货车，外表破烂，车厢上印着"奶制品"字样，停在小希家附近的一个隐蔽地点，一队经验丰富的侦查员和武警坐在车里随时待命。另外还配有自行车、摩托车，以便灵活跟踪，车上还有一个小型的化装室，侦查员随时可以改扮成送外卖者、骑行爱好者、小贩等身份，进行侦查。

苏眉和阿紫负责监控技术支持。绑匪用电话联系受害人家属，苏眉所做的工作就是进行监听和录音，在第一时间定位绑匪的活动区域，以及大概的人质藏匿地点，这对抓捕罪犯和成功解救人质起到关键的作用。

小希的父母是做生意的，女儿被绑架后，忧心如焚，他们按照绑匪的要求，处理了一批货，筹集了五十万元，他们只希望女儿平安，对于能否抓住绑匪并不关心。

梁教授表示，只有抓到绑匪，才能解救出小希，不要指望犯罪分子有什么仁慈之心。

小希的妈妈说：急死我了，孩子现在也不知道怎么样。

梁教授说：如果绑匪打来电话，你们一定要听听小希的声音，确认孩子是否活着。

小希的爸爸说：三天内拿出五十万，今天是最后一天了，钱准备好了，怎么还不来电话？

梁教授说：还有二十多个小时，耐心等着吧，警方会全力以赴抓住绑匪救出小希的。

苏眉给小希父母的手机都安装了监听软件，用电脑进行终端控制，让他们二十四小时保持开机状态，如果绑匪打来电话，尽量拖延时间，让警方做好准备。

苏眉说：这是世界上最强大的手机监控软件。

包斩问：为什么这么说？

苏眉说：因为这个软件是我开发制作的。

画龙说：吹吧你就，有多么强大啊？

苏眉说：除了具备监听功能外，还有地理定位的作用，更重要的是哪怕手机处于待机状态，周围的环境声也能被监听到，我们可以通过声音分析，找到绑匪的藏匿地点。

包斩说：绑匪肯定也想到这些了，他们肯定有更高明的办法。

包斩对两名受害人的家庭和学校进行了走访调查，王佳的遇害令全校师生感到震惊，这个小男孩上小学六年级，成绩一般，但活泼可爱，深受老师和同学的喜欢。他的书包里有红领巾、溜溜球，还有小孩子常常玩的那种圆形纸牌。人们无法相信，这么一个可爱的小男孩会被绑架杀害，然后在公路上被碾压成一张肉饼。

学校里流传的说法是——王佳放学后，被人用麻袋套着头，扛上车拉走了。王佳的爸爸是个公交车司机，妈妈在夜市摆地摊，家里并没有多少钱，绑匪很可能就是因为这点才果断杀害了小王佳，抛尸公路。

包斩排除了熟人作案的可能性，正如王佳父母所说的那样：我家里没钱，日子过得这么难，房子的贷款都没还上，亲戚邻居都知道，绑架我孩子有什么用？

浦江公安局法医鉴证中心对死者王佳再次尸检。因为尸体遭车辆多次碾压，想要从中找到凶手遗留下的蛛丝马迹难度很大。一个孩子变成一张饼，受到了多么大的外力，可想而知。第二次尸检，法医有了新的发现，王佳的头发和领口内有一些黄麻纤维，这似乎也证实了学校里流传的说法，王佳曾被麻袋套头。

包斩令校方召开全校动员大会，鼓励孩子们说出自己看到的事情，但是没有找到目击者。

特案组隐瞒了小希被绑架的信息，这样可以麻痹绑匪，争取更有利的侦破条件。

小希上初一，是个大眼睛女孩，长发齐刘海儿，喜欢看樱桃小丸子，超级迷恋东方神起，最喜欢允浩。小希被绑架时穿着校服，背着双肩包，下午放学后，对同学声称自己去买奶茶，结果一去不归。

包斩做出了推理分析：

绑匪有车，采用欺骗和胁迫的方式进行绑架，人数为两人或以上。绑匪胆小谨慎，其中一名可能为女性，他们不愿意或不敢和警方进行正面对抗。绑架后，先进行暗中观察，一旦知道家属报警，他们会果断放弃。他们选择的目标都是十岁以上的大孩子，家长和学校对这个年龄段的孩子一般放松了监管，而且孩子能够说出家庭地址和家人的电话号码。绑匪事先购买了多张电话卡，每张卡只用一次随即抛弃，多次变换打电话的地点，具有反侦查的能力。

特案组布下了天罗地网,只等绑匪打来电话。

这个案子充满了悬念,特案组猜测不到绑匪会让家属把钱放置在什么地点,又以什么样的方式拿到赎金。

收取赎金的方式可谓五花八门,有的绑匪要求把钱汇到银行的指定账户,这是最笨的方法,因为国内的ATM机有取款上限,一天之内只能取款两万元,没有哪个绑匪敢去柜台取款,等着警察来抓。即使在银行柜台取款,每天也只有五万元的限额。其他比较高明的拿到赎金的办法,例如火车扔钱,从下水道悄悄钻出来拿钱,在人流量大的场所拿钱等,都考验了警察的反应能力。绑架案的破获,大多是绑匪太愚蠢,而不是警察太聪明。

晚上十点的时候,绑匪终于打来了电话,小希的父母担忧女儿,几天都没睡好觉,一看是个陌生号码,立即接通,负责监控手机的苏眉也立即启动了紧急预案,进行录音和分析来电的地理位置。

下面就是绑匪和小希父母的对话——

小希爸爸:喂,喂喂,你是哪位,找谁?

对方沉默了五秒钟,一个阴沉的带有鼻音的声音说道:你把钱都准备好了吗?

小希爸爸:好了,弄好了,五十万,一分不少。

绑匪说:明天把钱给我,我就放人。

小希的妈妈接过电话说道:你能保证我女儿没事吗?没事才给你钱,五十万可不是小数目,家里贱价卖了一批货,不管怎样,让我听听小希的声音。你不就是图钱嘛,可别胡来,让我听听孩子……

绑匪说:放心,你家孩子感冒了,我给她吃了点药,睡着了。

小希妈妈说:你说,我女儿惹谁了?你没打她吧?你把小希叫醒,让我听听,我和她说几句话,让她别害怕……

绑匪打断道：你不要你孩子的命了啊，这样对孩子可不好，你家报警了是不是？

小希爸爸抢过电话说：没报警，绝对没有，有些事该咋办我知道。孩子妈就是心切，想听听孩子的声音，你得理解。

绑匪说：我会让你知道孩子没事的，先听我说。

小希爸爸说：好好好，听你的，你说。

绑匪说：明天，下午两点，你开着车，带着钱，在建设路工商银行等着就行。必须得按我说的做，只能是你一个人来，带着钱，带着手机，你和你老婆的手机都带着，也带点零钱。

小希爸爸说：下午两点，工商银行门口，是吧？行行行，你可千万别对我女儿……

绑匪说：你看看手指甲盖上的血就知道了。

小希爸爸说：什么？

绑匪说：你孩子没事，要是敢报警，耍花招儿，你下次看到的就不是这个了。

小希爸爸说：我不懂你说的什么意思。

绑匪说：再重复一遍，明天下午两点，建设路工商银行，你自己开车带钱来。另外，我给你送了点东西。

小希爸爸说：东西，什么东西，在哪里？

绑匪说：你开门，就看见了。

电话挂断了，小希的父母去开门，门外无人，地上有个塑料的文具盒，打开盒子，小希爸妈同时发出了一声尖叫……这文具盒是小希的，里面没有笔，只放着两枚血淋淋的指甲盖。

第三十八章
魔高一尺

  特案组没有想到，凶犯竟然这样胆大妄为、残忍无比，绑架了孩子，又在夜里悄悄地把孩子的文具盒送到家门口。文具盒内有两枚指甲盖，上面的血迹尚未凝固，从形状来看，应该是使用钳子之类的工具硬生生夹下来的。

  小希父母的心都碎了，两个人抱头痛哭。苏眉妈不忍多看，把头扭向一边说道：哎哟，心疼死我了，小希丫头……这得多疼啊！

  凶犯心狠手辣，冷静沉着，具有超强的反侦查意识。小希家养了一只拉布拉多狗，晚上九点半左右，这只狗冲着门外叫了几声，家人并未在意。凶犯此时应该就站在门外，仔细聆听屋里的动静，放下装有小希指甲的文具盒后匆忙离开。

  通过小区的监控录像发现了凶犯的身影，此人伪装成送水工，戴着帽子和手套，穿着一身绿色劳保服，因为天色黑暗，再加上他故意用肩膀上的矿泉水桶遮挡脸部，没有获得他的正面图像，只能判断出他的年龄在二十五到三十岁之间，身高约一百七十厘米，体重一百二十五斤左右。

他以这种冒险的方式威胁小希的家人，不要报警！

通过技术定位，凶犯打电话的地点是在二十公里外的一条乡村公路上，使用的依旧是一个没有身份登记的手机号码，只用一次就丢弃。

这个肩膀上扛着矿泉水桶的年轻男人，具有重大作案嫌疑！

苏眉家客厅里坐满了穿着便衣的警察，每个人都沉默不语，他们对犯罪分子的嚣张气焰义愤填膺，恨不得立刻就冲出去将绑匪绳之以法。

小女警阿紫说道：下命令吧，我们该怎么做？

梁教授说：除值班人员外，全部回家睡觉。

众人有些郁闷，感到很窝囊，每个人都憋着一肚子气。

画龙说：兄弟们，回去好好休息一下，明天才是重头戏！

第二天，特案组做了很多准备工作，梁教授要求小希的爸爸不要惊慌，等待绑匪发号施令并且毫不犹豫地执行。一百名公安干警分三个梯队、九个小组暗中监视和跟踪，确保在绑匪拿取赎金的那一刻，做到人赃俱获。

按照绑匪的要求，下午两点，小希爸爸将车停在建设路工商银行的门口。

车辆本身带有GPS定位系统，为了万无一失，苏眉又将一枚针孔摄像头和微型追踪定位仪安在装有五十万现金的拉杆箱中，现金都是连号的新钞。即使绑匪成功地拿到赎金，警方也能追踪到绑匪的逃窜路线，绑匪日后如果把这笔钱存进银行，也会引发自动报警。

包斩带领着一队侦查人员早已提前埋伏到位，下午两点十分，绑匪打来了电话。

绑匪下达了第一条指令，要求小希爸爸走进银行，把五十万现金买成投资金条，然后坐到车里，打开车辆的大灯。

梁教授坐镇指挥，心想，糟了。

现金容易做手脚，绑匪似乎早已料到了这点，所以要求把赎金换成金条，这样更方便携带。打开车灯，可以起到通知绑匪的作用。

包斩对侦查组所有成员说：绑匪可能就在附近，大家注意观察，不要暴露目标。

苏眉在第一时间对绑匪使用的电话号码进行了调查和定位，打电话的位置在五十公里之外，那里有个棉花收购站。

画龙负责指挥跟踪组，他请示梁教授派出一辆车前往那个棉花收购站。

梁教授说：不要中了调虎离山之计，你们去了，那家伙肯定早就转移了。

特案组分析，绑匪至少有两名，一名在银行附近负责观察，另一名在外围打电话遥控受害人家属。不出所料，小希爸爸把五十万现金买了投资金条，坐到车里，刚打开车辆的大灯，绑匪就打来了第二个电话，要求小希爸爸开车前往东郊大桥，一路上要开着车灯。

苏眉做出了精准的定位，这一次，绑匪打电话的地点是在西郊的一大片果园里。

半小时后，小希爸爸开车到了桥边，下车等待。画龙将伪装好的厢式货车停在大桥附近的一个加油站，车里藏着一队全副武装的警察，随时可以出动抓捕。

又过了半小时，绑匪没有和受害人家属接头，而是再次打来了电话。

小希爸爸说：钱都换成金条了，你什么时候过来拿？就我自己，咱这事赶紧解决了吧。

绑匪说：我都不急，你急什么。你别挂电话，看见桥下边的船了吧，桥下边还有个垃圾堆，垃圾堆上有个黄书包，那是你孩子的书包，你现在下去，把金子装书包里，然后坐船。

小希爸爸试图拖延时间，说道：我的车停这儿也不安全啊，我先换个地方停车吧。

绑匪威胁道：你要是不按照我说的做，我就杀了你孩子，我也不要钱了；你要是多一句废话，我就杀了你孩子，只能是你一个人，要是看到第二个人和你在一起，我就杀了你孩子。

小希爸爸说：别这样，好好好，我听你的。

绑匪说：下桥，把金子装到那个书包里，上船，只能带那个书包，别的东西不准带。

小希爸爸说：我也不会划船啊，往哪儿划啊？

绑匪说：顺着水流的方向往前划就行，划快点，别的不用管，我会再给你打电话的。

桥下停着几艘铁壳小船，江心竖着一些竹竿，竹竿间连着渔网和浮标，郊区的渔民在江心布网捕鱼，船就停在岸边，平时无人看管。小希爸爸在桥下的垃圾堆里找到了女儿的书包，解开缆绳，跳上船向前划水，只感到一阵心酸，小希爸爸已经不在乎财产损失和警方能否抓到绑匪了，心里只祈祷上天能让女儿平安归来。

梁教授心想，坏了，这下把警察给甩开了！

按照绑匪的要求，小希爸爸把金条装到了书包里，并没有带上那个装有针孔摄像头和微型追踪定位仪的拉杆箱。江的两岸地形复杂，不适合车辆尾随跟踪。警方乱作一团，计划全部被打乱，叶局长紧急联系了市渔政处、海警支队、航道管理部门，调用了一艘专门巡察水上事务的快艇，然而梁教授否决了这种水面跟踪方案。

　　受害人家属划着船沿江而行，如果后面跟着一艘快艇，很容易打草惊蛇，引起绑匪的警觉，绑匪藏在岸边的任何地点都能够观察到江面的情况。

　　如果绑匪要求把赎金扔到江里，然后使用潜水设备拿走赎金，怎么办？

　　如果绑匪在前方桥上或者岸边某处等待，指令受害人家属把赎金抛出去，怎么办？

　　梁教授的脑子飞速运转，他铺开地图，立即制订了第二套方案。

　　跟踪组距离受害人家属的位置最近，画龙和两名警员改扮成骑行爱好者，沿江而行，跟踪组其他队员到前方桥梁处蹲守，包斩指挥的侦查组全部分散到江的两岸，让目标始终保持在视线范围之内。

　　梁教授在江的两岸布置了大量警力，随时根据受害人家属的位置做出调整。

　　苏眉一直在监听小希爸爸的电话，然而一小时过去了，绑匪都没有再次打来电话。小希爸爸万分着急，他不停地划船，把手机放在贴胸的上衣口袋里，担心错过了绑匪的电话。夕阳西下，水面上波光闪闪，前方是一个风景优美的自然保护区，岸边有一大片茂密的树林。

　　这时，电话响了。

　　绑匪说：靠边，上岸，去那片树林里。

　　小希爸爸说：好，你能看见我？你在哪儿呢？

　　绑匪说：别多问，带上书包，按我说的做。

　　岸边的树林，深邃幽谧，人迹罕至。树林里有棵黄杉树，已经枯死了，叶子落了一地，粗壮的树干依旧屹立不倒，树冠高耸，干枯的枝杈横伸，有的地方还丛生着木耳，这株死去的树与这片绿色的树林形成了鲜明的对比。

小希爸爸上岸后，前行不久，一眼就看到了这棵死杉树。

按照绑匪的要求，小希爸爸把装有金条的书包放在死杉树的树杈上，随即离开了。

绑匪对小希爸爸说的最后一句话是：你回家等着，我拿到钱后，明天，你孩子就回家了。

这片树林属于浦江自然保护区，保护区面积很大，并没有对游客开放，平时很少有人会出现在这片树林。梁教授立即做出部署，安排警力布控，如果布控的范围太靠近放赎金的位置，有可能引起绑匪的警觉，那么他也就止步不前，不敢拿取赎金。所以警方在外围进行了严密的监视，包括附近河道也设立了堵截点，防止绑匪拿到赎金后乘船逃窜。

梁教授说：任何靠近树林的闲杂人等，都有可能是前来取钱的绑匪。

包斩汇报说：我们已经对树林形成了包围之势，每一条路都有人秘密监视。

画龙说：放心吧，只要有人走进树林，或者从树林走出来，我们肯定能发现。

暮色苍茫，天很快就黑了，一些警察埋伏在灌木丛里，还有的警察隐藏在树上，每个人都睁大眼睛，对这片树林严密布控，耐心等待着绑匪的出现。整整一夜过去了，他们没有看到任何人进入树林，也没有看到任何人从树林里出来，第二天早晨，那个装有金条的书包却不见了。

价值五十万元的金条在警方的眼皮底下不翼而飞了！

第三十九章
道高一丈

世界各国都发生过一些极为轰动影响深远的绑架案，其中有两起绑架案最为著名！

涉及金额最大的绑架案发生在中国香港。亡命之徒张子强绑架了李氏富商之子，李氏富商是亚洲首富。绑匪张子强单枪匹马闯进李家，张口就要二十亿，李氏富商客客气气请他坐下。据说，张子强当时身绑炸弹，经过谈判，张子强索要了十亿港币。花了三个多小时用编织袋把现金装上车，李氏富商并没有报警，张子强成功劫走了十亿港币，创造了世界绑架案值新纪录，犯罪所得金额录入吉尼斯世界纪录大全。

另一起绑架案发生在美国，至今仍被人津津乐道。一个穿黑色风衣戴墨镜的男子劫持了一架飞机，他叫D. B.库伯，携带炸弹向警方勒索二十万美元。美国警方满足了他的要求，库伯释放了所有乘客。飞机加满油后重新起飞，那是一个雨夜，他准备好降落伞，带着钱，在全美国最崎岖的地形上空跳了下去，跳入了黑暗中，跳入了冻雨中。有人认为他在跳伞中死了，有人认为他成功逃脱。随后，警方展开了大规模搜索，但是一无所获。库伯的尸体始终没有找到，他的降落伞也同样消失得无影无踪。

这两起绑架案都成功地得到了赎金。现在，特案组也遇到了这样一起匪夷所思的绑架案。

警察在放置赎金的树林外围严密监视，绑匪竟然神不知鬼不觉地悄悄拿走了赎金。警方对这片树林进行了地毯式搜索和勘验，诡异的是，除了小希爸爸留下的脚印之外，林中湿软的地面上并没有第二个人踩在上面的痕迹。包斩怀疑绑匪采用了某种轮滑索道类的机关装置，但搜寻后并没有发现什么线索。画龙带人在林中展开挖掘，很快也排除了绑匪从秘道中拿走赎金的可能。

梁教授亲自来到现场，观察了一下地形，让包斩爬到枯树上仔细寻找。

当时，装有价值五十万元金条的书包就放置在这株枯树的树杈上。

包斩在树上发现了一些细小的动物毛发，他端详着说：这是不是松鼠遗留下来的……

梁教授说道：绑匪可能利用动物拿走了赎金！

经过电子显微镜观察，这些毛发都是猴子的。

犯罪分子有时会利用动物进行作案。海南男子吴某，在债主家的卧室悄悄放置了多条金环蛇，制造了一起离奇命案。浙江一家手机店失窃，丢失二十多部手机，店门完好，只有一条人钻不进去的缝隙，现场没有留下明显的人的脚印，但在地面、柜台等处，却有很多像是猴子的爪印。训练猴子偷东西，在全国各地都曾经发生过。

这起绑架案，凶犯经过精心的准备，利用猴子拿走了赎金，猴子应该受过专门的训练。

叶局长要求,向市内各级公安机关发布协查通报,去动物园、马戏团进行走访调查,所有街道派出所和社区警务室都行动起来,联合居委会、小区物业管理单位,务必尽快找到这只猴子,毕竟很少有人饲养猴子做宠物,寻找的难度不大,找到只是时间问题。

小女警阿紫说:绑匪已经拿到了赎金,不知道把小希放回家了没?

苏眉打了个电话,摇头说道:没有。

画龙说:唉,估计凶多吉少。

梁教授说:绑匪杀害人质的时间通常有两种,一种是绑架后二十四小时内就把人质杀害,另一种是拿到赎金后的二十四小时内……

包斩说:我们的时间不多了,能不能缩小侦查范围?我觉得绑匪对这片树林应该很熟悉。

梁教授说:不妨让警犬碰碰运气吧!

案情紧急,刻不容缓,七位民警牵着警犬被召集到树林中,以猴子的毛发和小希的衣服作为嗅源,展开野外搜捕,小希妈妈也牵来了自己家的拉布拉多犬。

小希妈妈蹲下身,抚摸着拉布拉多犬的头说:贝贝,去找小希,靠你了。

叶局长说:这能行吗?它又不是警犬。

小希妈妈说:贝贝是我们家的一员,它和小希一起长大的。

正是这条叫贝贝的狗立下了大功,我们有必要来描述一下它。贝贝是条黄色大型犬,十一岁。小希对它的评价是:你可真丑,真难看,没有女朋友,你是最傻的狗。每当家里来了客人,贝贝就跑到人家面前又跪又舔,毫无风度。

小希叫它的时候，它却无动于衷，只翻个白眼。贝贝特别馋，有一次，小希牵着它散步，前边有个人拎着一袋小笼包，贝贝就一直跟随着那人，想吃包子，狗链子绷得笔直，拽着小希大步走，小希在后面生气地喊道：理智点！

小希去买了小笼包，自己吃一个，给贝贝一个。

小希被绑架后，贝贝就一直关在阳台上，它总是站起来把前爪搭在窗台上看着楼下……

七条警犬成了废物，因为猴子的行走路线是在树上，警犬只在树林中转了一会儿，就无法继续搜捕了。只有又丑又贱又馋的贝贝，一直追踪到树林外的山坡上，领着众人，绕过一条山谷，穿过一条溪流，前方的树林出现一间木屋，门窗紧闭着，看上去已经废弃很久了。

贝贝冲着林间木屋大叫了几声，小希妈妈和两名民警从后面跟了上来。

民警喊道：里面有人吗？我们是警察。

这间木屋非常可疑，里面没有动静，一名民警试图推门进去，画龙喊了一声：小心！

窗口的缝隙里探出来一根猎枪的枪管，砰的一声，枪口冒出一股烟，民警中枪倒地。

看来，这里就是绑匪关押小希的地方，几个武警冲了上去，想要强行闯入。

画龙拦住众人说道：都给我退后。

中枪的民警一动不动，已经死了。

大家退到猎枪的射程之外，苏眉也掩护着小希的妈妈退到安全地带。

小希妈妈哭喊着女儿的名字，木屋里面一片沉寂。

梁教授说道：你已经被包围了，我们谈谈吧！

木屋里面没有任何回答。

梁教授说：我们来做个交易怎么样，只要你放了孩子。

木屋里传来装子弹的声音，这也是一种回答。

包斩对梁教授悄悄说：屋里那人使用的是双管猎枪，开了一枪，又装了一发子弹，这说明小希就在屋里，还活着，屋里只有两个人，那人想要同归于尽。

梁教授点点头，对着木屋里的人喊道：我知道你不想杀害孩子，要不你早就动手了，我们谈谈，怎么样，你有什么要求吗？

叶局长说：喂，你放了孩子，我们就放了你，我们都撤走。

屋里传来小声说话的声音，那人似乎在打电话。

包斩对梁教授耳语：那人应该是在通知同伙，自己已被警方包围。

梁教授小声说：我们没有掌握这人的信息，谈判并不占优势，先拖住他，召集狙击手。

包斩说：我觉得，有一点可以确认，这人仇恨警察，所以他不愿意和我们多说什么。

梁教授向着木屋喊道：我有个交换条件，我们派一名警察，去替换孩子，你考虑一下吧。

木屋里传来一个男人的声音：可以。

几名英勇的民警跃跃欲试，画龙主动请缨，由自己去替换人质。

苏眉小声说：别逞强。

画龙用一种轻描淡写的语气说：我要是死了，小眉，你就嫁给小包吧！

包斩说：画龙大哥，你……这时候还开玩笑。

画龙脱掉衣服，赤裸着上身，这个肌肉发达的男人浑身透着霸气，身上的伤痕更显得威风凛凛，傲视天地。画龙把裤腿也卷上去一截，举着双手，慢慢地向木屋走过去。他说道：哥们儿，我可没带武器。

画龙身材高大，屋里那人非常聪明，说道：你戴上手铐，反铐双手。

画龙苦笑了一下，转身走回去，把自己的双手铐在背后。

梁教授目不斜视，冷冷地说道：杀了他，要不，你会死的！

门开了一条缝隙，画龙慢慢地走了进去。大家都非常紧张，木屋周围没有合适的制高点，梁教授让狙击手悄悄爬到树上去。他特意安排狙击手爬到木屋西南方的树上，因为此时正值下午，阳光从西南方照过来，木屋里的绑匪无法睁眼看到这个区域。

大家可以听到画龙和绑匪小声交谈的声音，画龙试图缓和绑匪的情绪。

一会儿，小希从木屋里缓缓地走了出来。这个女孩上半身被绳子紧缚着，脚上还拖着一截铁链，嘴巴里塞着个灯泡。她可能长时间被蒙着眼睛，所以感到阳光特别刺眼，习惯了光线之后，她看到了妈妈，看到了贝贝，她的眼泪涌了出来。

妈妈抱住小希的时候，木屋里传来了一声枪响。

包斩和苏眉惊呼了一声，两人和几名武警一起奋勇冲进木屋。一个男人靠墙站着，面无表情，手里端着一把猎枪，画龙倒在地上的血泊里。

第四十章
林中小屋

那是一个秋日黄昏，有个孤单的旅人，走在树林里。他站在林中木屋前抽着烟，风扫过地上的落叶，木屋板壁上的弹孔清晰可辨。对他来说，这里也是一个景点，这里是一个入口，可以直达地狱深处。

两个孩子，王佳和小希，绑架后就被藏匿在此处，王佳在这个木屋里被杀害。

两名绑匪，一个叫闫志洋，一个叫袁冰楠，他们是一对夫妻。

警方事后展开了全面的调查。闫志洋和袁冰楠毕业于同一所农业大学，在校期间表现优异，是一对人人羡慕的情侣，没有人会相信他们能干出这种伤天害理的事情。

究竟是什么使得他们穷凶极恶呢？

又是什么让这对夫妻成为凶手的呢?

他们和大多数情侣一样,在相遇之前,生活在不同的城市,有过初恋,有过毫无交集的生活。几乎想不起,他们究竟是在大学校园的什么地方第一次见到对方,又是什么时候,怦然心动,走到了一起。

有的路,必须一个人走;有的路,只能风雨同行。

毕业之后,两人在一个生物科技有限公司工作,月薪不多,每天都和动植物打交道。

那段时间,闫志洋和袁冰楠开始同居。在出租屋里,关了灯,月光照进来,树影婆娑,像是水草的影子在流动。他们觉得自己住在水底,像是两条相依为命的鱼,虽然居无定所,但是自由自在。

有一次,袁冰楠说:老公,我昨晚上做了一个梦。

闫志洋问道:梦到什么了?

袁冰楠说:我们买了个房子。

闫志洋大笑起来,袁冰楠也笑了,笑着笑着就哭了。

遥不可及的阳台,遥不可及的家。

中国的高房价,毁灭了年轻人的爱情,也毁灭了年轻人的生活。他们本可以吟诵诗歌、结伴旅行、花前月下。但现在,年轻人大学一毕业就成为中年人,像中年人那样为了柴米油盐精打细算。他们的生活,从一开始就是物质的、世故的,而不能体验一段浪漫的人生、一种面向心灵的生活方式。

因为国家政策和资金断裂等问题,他们所在的生物科技公司的境况恶化,减薪裁员。闫志洋和袁冰楠也失业了,那段时间他们刚刚结了婚,借钱和贷款买了一套房子,只交了首付,以后每月还款。房子六十七万,二十年还完。

他们决定下海经商，做药品生意，赔了；开了一家婴幼儿用品专卖店，又赔了。

为了生活，袁冰楠做了药品推销员，丈夫闫志洋会开车，找了一个送快递的工作。

就像很多大学毕业生一样，他们干着和自己的专业毫无关系的工作，只为谋生。

他们曾经以为自己是科学家，现在，一个是卖药的，一个是送快递的。

自从失业以后，确切地说，从买房子的那一天开始，他们就再也没有笑过。

他们没有要孩子，根本不敢要孩子，唯一的生活慰藉是一只小猴子。

他们工作过的生物科技公司喂养着一些动物，有猴子、小猪、小白鼠，这些都是做试验用的。一只母猴生下一只小猴后死去，袁冰楠出于一种母性的爱，给这只小猴起名叫小迷糊，当成自己的孩子一样精心喂养。

袁冰楠曾经问过：猴子是国家二级保护动物，用来做试验合适吗？

领导的答复是：我们是用来做科学研究，是合法的，大街上还有耍猴的呢，谁管过。

这只小猴本来要卖给动物园，但是袁冰楠已经对它有了感情，再加上对领导的不满，在离职的时候悄悄地把猴子带走了。小迷糊非常聪明，会用打火机给闫志洋点烟，自己会拿勺子吃饭，还会做简单的算术，并且非常听话，稍加训练后，可以让它到指定位置拿取东西。

小迷糊是一只马猴！

猴子的智商非常高。北京海淀区有个御马圈胡同，据说清朝时此地为养皇家御马的马圈。驯烈马是件很危险的事，于是有艺人用猴子代替人来完成驯马的工作，此猴便被称为"马猴"。

这只猴子是两起绑架案的关键。

他们有过这样一段对话：

闫志洋说：肠道展开后的总面积有二百平方米，我们住的地方还没有屎住的地方大。

袁冰楠说：知足吧，幸好我们不是在北京买房。

闫志洋说：哪里的房价都不便宜，我们俩，什么时候是尽头啊？唉……

袁冰楠说：有人统计过一个数据，如果不是大官、大款、大腕，想在北京买一套一百平方米的房子需要三百万。农民种三亩地，每亩纯收入四百元的话，要从唐朝开始至今才能凑齐，还不能有灾年；工人每月工资一千五百元，需从鸦片战争上班至今，还没有双休日；白领，年薪六万，需从1960年上班到至今，还要不吃不喝；妓女要接客一万次，以每天都接一次客算，需从十八岁起接客到四十六岁，中间还不能来例假；拦路抢劫犯，按每次抢到一千元来算，需要连续作案三千次，而且要每天作案，持续约十年。

闫志洋说：现在这世道……大官大贪，小官小贪。

袁冰楠说：人家是房叔，咱是房奴。

闫志洋说：随便找个当官人家的孩子，绑架了，就能弄到钱，咱也不用这么累了。

袁冰楠说：你说真的，还是开玩笑？

闫志洋说：绑架需要高智商，我看电视里，警察总是能在坏人拿钱的时候抓到坏人。

袁冰楠说：肯定抓不到我们，我们可以让小迷糊去拿钱。

我们无法得知，这对夫妻究竟是谁说服的谁，有过怎样的犹豫，又是怎样下定了决心的。万劫不复的深渊开着两朵睡莲！

他们不想再过房奴的生活了，想用孤注一掷的方式来结束这种艰难的生活。第一次作案，毫无经验，他们准备了猎枪，在学校附近的一家小超市买了很多张电话卡。闫志洋开着送快递的三轮摩托车，停在学校附近，谎称让王佳去车厢里帮忙抬东西，随后在车厢里将其捆绑、塞嘴、麻袋套头。王佳是一名小学生，根本无力反抗。车篷是帆布做的，外面的人无法看清车厢里情况。当这对夫妻得知王佳的父母也是贷款买房的时候，果断将其杀害，弃尸公路。

袁冰楠对闫志洋说：下一个，该你杀了，我们一人杀一个。

闫志洋说：希望下次绑架个有钱人家的孩子。

生物公司曾经有个研究所，就位于风景优美的自然保护区，闫志洋和袁冰楠对那周边的地形非常熟悉，所以他们选择在这一带放置赎金和囚禁人质。

那片树林是他们恋爱时经常去的地方。

一片树林有多少门？

有谁出去或者进来？

那些脚印通往密林深处，关于脚印之上的故事又有谁知晓？

这对夫妻以同样的方式绑架了小希，囚禁在林间木屋里，指使他们喂养的猴子拿取赎金。为了威胁小希家人不要报警，袁冰楠残忍地用钳子扭下了小希的两个指甲，闫志洋在夜里悄悄地放置在小希的家门口。因为担心小迷糊拿不动数额较大的现金，他们早就商议好让受害人家属换成投资金条。

他们不断地变换地点来打电话，这些反侦查手法都是从电影里学来的。

闫志洋和袁冰楠在林间木屋里等待，小迷糊拿到赎金后，袁冰楠带着赎金牵着小猴提前离开。出门的时候，她意味深长地看了老公一眼，指了指角落里的小希，又用手做了个抹脖子的动作。

小希的上半身被紧缚着，头上罩着麻袋，脚腕上还系着一根铁链。指尖的疼痛使她昏过去几次，她从麻袋的缝隙里清晰地看到袁冰楠做出的那个抹脖子的动作，她知道这意味着什么。

闫志洋手里拿着一个铁锤，心里有些不忍，他甚至犹豫着要不要放走小希。

小希突然说话了，声音有点发抖，她说：叔叔，叔叔，我想撒尿。

闫志洋握着锤头走近，说道：你就这样尿吧！

小希似乎鼓起了很大的勇气，说：叔叔，我们可以做爱吗？我不会告诉别人的。

闫志洋停下脚步，这句话使他心跳得厉害，他的手垂下来，深呼吸一口气，说：是吗？

小希穿着校服，扎着可爱的双马尾小辫，这么一个青春美少女主动提出做爱的要求，很少会有男人拒绝，并且小希还是处女。有那么一瞬间，闫志洋这样想：既然已经犯了绑架罪、杀人罪，横竖是一个死，多一项强奸罪也无所谓。

小希蜷缩在角落里，就像一只安静的小兔子。

山川河流和花草树木静默，似乎在等待着一起强奸案的开始。

闫志洋犹豫了好久，终于放弃了邪恶的念头，下定了杀人的决心，他对自己说：我做的这一切，都是为了让我和老婆有一个家。强奸也是出轨，是最不可原谅的出轨。这么多年，一路风风雨雨地走来，根本无须证明这种爱……

闫志洋说：孩子，你不懂，我和她买了个房子，一起还贷款，你不知道这代表着什么。

小希开始苦苦哀求，想要闫志洋放她走，闫志洋从角落里找到一个灯泡，塞到了她嘴里。

闫志洋即将动手的时候，木屋外传来了狗叫声，小希听出那是她家贝贝的声音，意识到有人来救她了。警方将林间木屋包围，画龙替换下小希。闫志洋之所以这么做，是为了争取时间，通知袁冰楠带上钱赶紧跑。

警方包围的时候，这对夫妻在电话里简短地留下了最后的对话。

闫志洋说：我被警察发现了，他们就在外面，你走得越远越好，现在就走。

袁冰楠说：他们怎么会发现的？好，我这就走，你怎么办？

闫志洋说：你别管我了，我可能活不了了。

袁冰楠说：老公……我不后悔，无论是杀人还是爱你，我都不后悔。

闫志洋说：你再找个有钱的人家嫁了吧，至少能买得起房子，别像我这样的。

袁冰楠说：我和你，这辈子，算什么……你死了，我就自首去。

闫志洋说：我要挂电话了，答应我，你要好好活着，这是我唯一的要求。我先拖住他们一会儿，你赶紧走，离开这个城市，忘了我吧，我爱你，就像你爱我一样……

按照闫志洋的要求，画龙反铐双手，替换下小希作为人质。其实，画龙在裤管里暗藏了一把匕首，找到刺杀机会后，他用牙齿咬住匕首冲向闫志洋，闫志洋惊慌之中开枪，画龙用刀划破了闫志洋的喉咙。警察冲进去后，闫志洋靠墙站着，脖子嗞嗞地往外喷血！

苏眉看到画龙倒在血泊里，她的泪水涌出眼眶，失声哭了起来。

画龙摇摇晃晃地站起来，捂着流血的肩膀，疼得龇牙咧嘴，说：别哭了。

尽管发布了通缉令，但是警方始终没有找到袁冰楠的踪迹，她被列入网上追逃名单。一个星期后，画龙伤势已无大碍，只需要静养一段时间就可以出院。在病房外的走廊里,苏妈对苏眉说:干警察这行太危险了,整天提心吊胆,还得拼命,他们俩谁不当警察,你就嫁给谁。还有,他们俩都能买得起房子吧?

ZUI
QUAN
SHU

第九卷 （一）
猫脸老太

当村子的栅栏门在她背后关上时，小提琴开始奏乐。

——卡尔维诺

中国十大灵异事件：一、双鱼玉佩；二、95成都僵尸；三、上海吸血鬼；四、华航空难录音；五、林家宅37号；六、重庆红衣男孩；七、广九铁路广告；八、北京330公交车；九、黄河透明棺材；十、猫脸老太。

第四十一章
绝密档案

凶杀档案的密级分为三等：一、绝密；二、机密；三、秘密。

出于保密的需要，从稳定社会的大局出发，有少数极其变态残忍的凶杀案会被列入保密范围，被警方和媒体封锁消息。一旦泄露，可能损害政治、经济、宗教等领域的安全和利益，不利于社会稳定。

白景玉怀里抱着一卷档案，看着特案组办公室墙上的电子钟，此时已是午夜时分。

特案组四人都没有说话，也默默地看着钟，隐隐约约觉得一定有超乎寻常的大案发生，只是不明白白景玉为什么盯着钟表出神，大家静静地等待着。

零点已过，新的一天来临了。

白景玉解开档案说：过去十几年来，这个案卷的密级为绝密，只有少数人才能看到这份档案,现在……已经过了保密期限,可以解密了。

不论是中国,还是西方国家,涉及吸血的刑侦案卷一般都是保密性质。这份绝密级档案记载着二十年前发生在东北地区的一系列吸血案件,也就是流传极广、影响深远的"猫脸老太"案件。当时刑侦手段落后,警方获得的线索不多,凶手始终没有落网。

猫脸老太案件,引发了东北三省巨大的社会恐慌,如今的80后和90后,对此记忆深刻。

猫脸老太的版本有几种,这个恐怖的传说成为东北地区很多人的童年阴影,在很多人心中曾经是个恐怖的记忆。

据说在哈市北部的一个小村子里,有位李姓老太太,因为和儿媳妇怄气,上吊自杀,含恨而死。死相很骇人,眼睛半睁着,舌头伸出嘴外,都有点发黑,面目狰狞,人们都不敢靠前。死时,天阴惨惨的,家人给老太太换上寿衣后,一只花猫跳到了遗体上,老人突然诈尸了,猛地坐了起来,半边人脸,半边猫脸。猫脸老太太抓死一个邻居,像狸猫一样跑走了。后来,大家就感觉这个村子很恐怖,总有动物不见,还有几个小孩神秘失踪。村外的乱坟岗上,经常有埋得不深的棺材被胡乱刨出来,里面的尸体被啃得七零八落。

另一个传说和上面有点相似,哈市道外区一个老太太去买菜,回家时死在路上,被一只猫扑到身上,当时就诈尸了。老太太的身子没变,但是半边脸变成了猫的脸。传说猫脸老太通常是夜间行动,动作敏捷,力大无穷,喜欢吃小孩的肉喝小孩的血。那段时间,不断地有人声称自己目击到猫脸老太,这个传说迅速地流传开来,很快弥漫到整个东北三省。

这是十几年前的事,那时人心惶惶、谣言四起,已经到了影响社会秩序的严重程度。

很多中小学，专门为此召开了全校大会，校长告诫学生不要单独出行，全校学生必须扎红绳。当时认为在手腕上绑根红绳可以辟邪。警察加强了巡逻，到各学校辟谣。电视台一个栏目还曾经播放过此事件，但后来又向公众道歉。最后，这个谣言传到可怕的地步，整个东北三省的小孩子都开始恐慌，甚至有的孩子根本不敢去上学了，因为害怕在路上被吃掉。

这个谣言的结局也具有戏剧性——"猫脸老太"惊动了中央，中央派出了军队，猫脸老太被特种部队的士兵用机枪打烂了后脑勺，后又被喷火枪烧死了。

据说，死的时候，燃烧的尸体肚子里跑出来一只猫。

苏眉说：这个猫脸老太我听说过啊，我有同学是东北女孩，传得可邪乎了。

画龙说：扯淡吧，我就没听说过。

包斩说：我小时候，也有恐怖的传闻。上五年级的时候，据说要给每个小孩子打绝育针，所以，我看见医生就害怕，现在也怕打针。

苏眉说：哈哈，小包，你的童年阴影，笑死我了，你这么聪明还怕这个。

包斩说：当时学会了两个词：结扎和带环。男生怕结扎，女生怕带环。

梁教授说：绝密的刑侦案卷记载的，不仅是谣言吧！

白景玉从档案中拿出一张泛黄的照片，看上去有些年头了。死者是个小孩子，仰躺姿势，刑侦人员用粉笔按死者姿势画出了形状，背景是一条阴暗的小巷。小孩子还穿着十几年前流行的开裆条绒裤子和塑料凉鞋，上身是件白色的小背心，向上卷到腋窝处，肚子被挖烂了，肠子流了一地。小孩的脖颈处和两只手腕处，都有深深的齿痕，全身因失血过多而呈现出骇人的灰白色。只看照片，就可以得出一个简单的结论，这是一起吸血杀人案。

　　白景玉又拿出一张崭新的数码照片，背景是一条乡村山路，可以看到远处的民居，路的两边分别是农田和草坡，草坡之上就是大兴安岭林区。一个妇女和一个小孩死在草坡上，死状极惨。从地上的草可以看出，妇女和小孩子遇害之前，此地曾发生过激烈的搏斗。妇女的致命伤在胸部，小孩子的主要伤口在脖颈处，皆是被某种尖锐利器刺戳形成的。

　　白景玉说：十几年前，东北地区广为流传的猫脸老太案件，其实源于一起杀人吸血案件，后来又发生了两起同样的案件，当时考虑到社会稳定的因素，档案一直被尘封。这一系列吸血案受到当时刑侦条件限制，至今未破。凶手接连干了三起案子后，神秘消失，现在……时隔十几年，又发生了一起相似的杀人吸血案。

　　梁教授对比了照片，说道：这几起案子，时间跨度有十几年，手法一致。

　　苏眉看了一眼照片，问道：这到底是人还是什么怪物干的？

　　画龙说：死者的伤口非常奇怪，看上去，就是人的手指抓上去的。然而，这绝对不是人的力量能做到的，没有人能用手指抓破肚皮，刺进胸口，除非人的身体是豆腐做的，这得多大的力气啊，简直就是猛兽的利爪。

　　苏眉说：这个和猫脸老太的传说太像了，猫脸老太就是抓破人的肚皮，吸血。

　　包斩说：不是野兽，是人干的。这最新一起案子，死者的衣兜被翻开了，手指上的戒指也不见了，野兽不可能劫财。然而又是什么人，能够用手指杀人，太不可思议了！

　　此外，除了神农架，大兴安岭地区也曾经被发现有类人形生物，也就是传说中的野人。

出发之前，苏眉疑惑地问道：我们到底是去抓变态凶手，还是去抓猫人或野人？

白景玉说：这几起杀人吸血案件，不管是人还是什么怪物干的，你们都必须调查清楚。

画龙说：老大，放心吧，我把猫脸老太抓回来给你看。

梁教授说：此去东北，凶险重重，大家都带上枪支，不要掉以轻心。

包斩说：我们这次面对的凶手肯定非同一般！

第四十二章
无头的鸡

东北三省的警界流传着一个说法,如果想要吓唬一个警察,可以这么说——你要是不好好工作,就把你调到林区的公安局去。

猫脸老太能够吓唬小孩,森林公安局足以让一个警察心生畏惧。

特案组辗转奔波了整整两天,才到达了案发地。他们先乘坐飞机到哈市,又坐汽车到了塔林县城,在火车站对过的烧烤摊吃了点东西,四个人全部拉肚子,苦不堪言。到了白桦乡镇派出所后,休息了一夜,次日凌晨,所长找了两辆马车,将他们送到大兴安岭十八里铺国有林场。

马车夫平时运送木耳和蘑菇,说出的话却有些诗意。他对特案组说:

一直走,前面是十里铺,远一点,是十八里铺,再往前就不要去了,那里只有个大粪堆。

所谓的大粪堆就是县城的垃圾处理中心，周边乡镇的粪便都集中在这里，用作国有林场的肥料。大兴安岭森林公安局就位于林场和粪堆之间，一年四季臭不可闻。这个公安局在大兴安岭山脉脚下，条件非常简陋。

一个县级公安局，居然没有办公楼，院里是三排红砖瓦房，正冒着炊烟，周边是非常荒凉的原始森林。

森林公安局是我国公安机关和林业部门的重要组成部分，具有武装性质，兼有刑事执法和行政执法职能。这个公安局隶属林业部门，还停留在20世纪90年代的生存发展状况，承担着林区治安、森林保护、社会管理等责任。

案发地属于这个森林公安局的管辖范围。

那个小村子叫向阳村，就在山脚下，距离森林公安局并不远。一对母子在通往村子的山路上被杀害，肚肠流出，脸色惨白，脖子有齿印和吸吮的痕迹。

特案组到达的时候，局长正在院子里训斥一个新分配来的小警察。

局长说：像你这样文章写得这么好，又懂音乐，还会画画、写诗，说话那么文雅又对生活这么有感悟的人，说实话，我一个能打三个。

小警察立正，眼里含着泪花，委屈地说道：我来这里是为了实现我的梦想。

局长说：啥梦想？

小警察说：与各种犯罪活动进行永无休止的斗争，直至流尽最后一滴血。我要破大案子！

局长踢了他一脚，吼道：滚，抬木头去，干不完活儿，不许吃饭！

局长姓操，年近五旬，是个五大三粗的东北汉子。他的姓非常生僻，不过也是中国人姓氏里的一员，操姓人据说为曹操后裔，分布很广，全国有操姓十万余人。

　　局长的大名叫操单屏，性格豪爽，狂放不羁。心情好的时候，别人喊他外号"操蛋瓶"，或者"操局长"，他也不介意；心情不好的时候，下属开个玩笑，他就突然翻脸，拍着桌子破口大骂。

　　操局长爱喝酒，早晨醒来的第一件事就是喝酒，但是从来没有人见他喝醉过。

　　操局长设宴招待特案组四人，他居然用农药瓶子装着散酒，瓶子上还写着"敌敌畏"字样。操局长说，茅台喝不起，用敌敌畏瓶子装酒是独门秘方。夏天的时候，放在井水里，泡一晚上；冬天的时候，用锡壶烫一下，这酒会有一股茅台酒的香味。

　　只有画龙陪着喝酒，特案组其他三人都不敢喝，那个装酒的剧毒农药瓶子非常考验勇气。

　　画龙说：操局长啊，你是为了防止别人偷喝你的酒吧？

　　操局长说：哈哈，还是你们特案组牛，一下就猜到了。

　　酒过三巡，操局长讲起了自己一生中最辉煌的事迹。

　　东北林区到底有多冷呢？那一年，冬天最冷的时候，他在冰天雪地里拉屎，他有点便秘，蹲的时间稍长。有只饿狼悄悄逼近，他转身，站起，握住冻硬的大便戳中了狼的眼睛。狼吓跑了，这是他这一生最辉煌的事迹，用大便吓跑了一头饿狼。

　　苏眉赞道：局长大人，您可真是够传奇的，东北有这么冷吗？

　　操局长说：老闺女，幸好现在是春天，你们要是冬天来，能把你们冻成人棍。

　　一些警员酒足饭饱，脱了警服，坐在炕上开始赌钱，他们刚刚发了工资。

苏眉对包斩悄悄说：公安局里都敢聚众赌博，他们居然还睡炕。

操局长说：你们也可以去玩几把牌，千万别见外，就把这里当成家。

梁教授说：好吧，我们入乡随俗。

画龙喝完最后一杯酒，拿出钱包，用身体挤出一个空，坐在炕上就赌。一会儿，输光了，来找包斩借钱，苏眉捂住包斩的钱包，坚决不借。画龙只好悻悻作罢。两个民警因为牌局争执了起来，操局长大吼一声：都给我抬木头去！

操局长抱怨道：我们是森林公安，过得苦啊，每月才一千多元工资，还不如卖鸡蛋的赚得多。你们能和上面反映一下，给我们加点工资啥的不？

梁教授表示自己无能为力。

操局长说：我请你们特案组来，主要是因为我们现在人手不够，我们得防火，在这里，比凶杀案更重要的是森林火灾，要是烧起来，就说山下的那个县城吧，得死多少人啊。要是烧到俄罗斯去，那可就麻烦大了，说不定，第三次世界大战就爆发了。

梁教授说：我也看出来了，你们是中国警察中最苦最累的人，还得抬木头，干农活儿。

操局长只安排了两个人给特案组调遣，一个叫老灯，一个叫小灯。

老灯是这个森林公安局年龄最大的人，临近退休，早年当过兵，做过测绘勤务工作，在这个森林公安局待了一辈子。他抽旱烟袋，总是咳嗽，一副老态龙钟、弱不禁风的样子。

小灯就是那个新分配来的小警察，南方人，他怀抱着远大的理想来到这个公安局工作，结果发现理想与现实相差太远，他处理过的最大的案件，就是打架。有两个东北汉子，谁也不认识谁，一个说，你瞅啥呢？另一个说，就瞅你了，咋的吧。没有原因，仅仅是看对方不顺眼，两人就打了起来……直到身穿警服的小灯上前把他们拉开。

画龙说：好嘛，操局长还真是重视，给我们派了两员大将，一个老头儿，一个小孩。

大家都笑起来。

在此之前，这个地区还发生过两起杀人吸血案件，但是时隔久远，已是悬案，并案调查难度很大，特案组决定从最新的一起杀人吸血案件入手。

向阳村距离森林公安局不远，但是梁教授腿脚不便，山路坑洼不平，汽车难以通行。老灯找了一辆马车，拉上梁教授和苏眉，其余人步行，大家很快就来到了向阳村。

死者是村里的一对母子，案发当天去县里购物，刚一出村就遇害了。

一些村民反映，村子周边的山林里，有怪物出没。

特案组找到了几位目击者，有的说，这怪物全身都是白毛，脸像是猫，看上去就是个弯腰驼背的老婆婆；有的说，怪物是个野人，能够直立行走，但大多数时候都是爬行。众说纷纭，但有一点是可以肯定的，怪物杀人是为了吸血！

包斩走访时得知，死者当时带着近千元，准备去县里买火车票，在村口不远的山路上被杀害后，钱财不翼而飞，就连手上的金戒指也不见了。因此，特案组坚定了自己的看法：这起案子是人为，不是什么怪物杀人。

然而，大家不能理解，仅仅是谋财害命，杀死一对母子，为什么要吸血呢？

根据法医验尸报告上的伤痕测量，死者身上的抓痕，与人类手指间距相吻合，如果是人类作案，怎么可能有那么大的力量，只用手指就能抓破肚皮，杀死一对母子。

梁教授问道：你们说什么猫脸老太，什么神秘野人，有证据吗？

几位村民拍胸表示自己是亲眼看到的，可以用人格来担保所说属实。

小灯说：我们要相信科学，哪有什么怪物。

老灯说：年轻人，你是不知道，这大山，这林子，邪乎得很。

有个村民为了证实自己的说法，领着众人来到村口，村口有口老井，井边有两户人家，一个是村卫生室，另一户人家院门紧闭，里面传来气锤打铁的声音，是个锻打农具的手工作坊。村民拿根棍子在井边的草丛里寻找着什么，一会儿，他嘿嘿地笑了起来，说：在这儿呢！

草丛里跑出来一只鸡，大家惊讶地看到——这只鸡竟然没有头！

第四十三章
吸血怪物

向阳村发生过一连串的怪事，村民家里的鸡常常被咬断脖子，并且吸干了血。恐怖的气氛一直弥漫在村庄里，人们最初以为是什么野兽闯进了村里，然而，这些家禽的死法实在是太蹊跷了，如果是附近山林里的狼或者狐狸干的，不可能只吸血，不吃肉。

吸血鬼的传说和当地广泛流传的猫脸老太结合了起来，每到夜里，村民紧闭房门，足不出户，他们隐隐约约觉得，有个神秘的怪物就在身边。

第一个目击者是向阳村的刘医生，他开着一间卫生室，平时起得很早。

这天清晨，拂晓时分，刘医生去鸡窝拾鸡蛋，准备做早饭，刚打开房门，就觉得不对劲，院子里散落着一地鸡毛。他心想，难道是那个吸血怪物来了？

刘医生抄起一把大扫帚，仔细观察院子，厢房和堂屋之间的夹道里有个水缸，盖着石板，缸里腌的是酸菜。此时，天还未亮，刘医生似乎听到什么声响，他缓缓地转过身，眼前的一幕令他毛骨悚然：一个黑乎乎赤条条的人形怪物正蹲坐在酸菜缸上，白森森的牙齿咬着鸡头，发亮的眼睛正盯着刘医生。奇怪的是，怪物抱着的那只鸡，竟然毫不挣扎。

刘医生慌乱之中，大喊一声，怪物扔下鸡，像恶狗一样，手足并用，蹿上墙头跑了。

那只被怪物啃掉了头的鸡，竟然没死，晃晃悠悠站了起来。

刘医生抱着鸡，逢人便说，村民啧啧称奇，心里又恐慌不已。

无头鸡只剩下一只耳朵和部分脑干，看上去怪模怪样，没有了脑袋后，最初有点无所适从，反应强烈，但不久便可正常行走，好像什么事都没发生过。尽管没有了眼睛，但是无头鸡还能笨拙地走到鸡窝处，做出用喙整理羽毛的动作，习惯性地把不存在的头伸到翅膀下睡觉。也许是出于一个医生的神圣天职，刘医生做了一些救治工作，他用针管和滴眼药水的塑料瓶哺养无头鸡。无头鸡的食道偶尔被黏液堵塞时，刘医生使用注射器清除。

无头但不死的鸡，世界各地都有，最著名的就是"无头鸡麦克"。

从此以后，村里又接连发生了十几起诡异的事件，被袭击的不仅有鸡，还有鸭子和鹅。刘医生担心无头鸡再次引来吸血怪，就把鸡放养在户外。大人会告诫小孩：别碰这只鸡，有毒，被怪物咬过，吸血怪物吃完了村里的鸡，就该吃人了。

命案的发生似乎验证了村民的预言，村里的一对母子被害了。

村口的两户人家，除刘医生外，还有一个打铁的作坊，特案组把铁匠也叫来询问。

铁匠姓魏，皮肤黝黑，看上去老实巴交，说话有些木讷。他犹豫了一会儿说：有一年下雪的时候，我也见过那怪物，浑身长着白毛，像猫一样走路，头发披散着，只从背后见过。

梁教授问道：村里母子被害的当天，你有没有发现什么异常情况？

魏铁匠歪着头想了一会儿说：没有，那时候，我在睡觉。

特案组决定，不管这个吸血怪物是人是兽，都要想方设法将其捕获。

村民听说要捕捉吸血怪，个个自告奋勇，一支巡逻队很快就组建了起来。操局长任命老灯和小灯为巡逻队的正副队长，发放了两支猎枪，还有一个照相机。此外，村民还准备了渔网、刀枪长矛、绳子等。巡逻队每天晚上在村里蹲守，白天就在村子周围的山林里搜寻。

一连几天过去了，都没有找到吸血怪的踪影。

几天后，巡逻队终于有了新的发现。他们行走在幽深的丛林里，周围只有鸟叫声和虫鸣声，走到一个山洞口的时候，人们看到了一个可疑的东西。前方的丛林深处有个影子，正弯腰驼背慢慢前行，虽是白天，却让人头皮发麻。视线里这个黑乎乎的东西，不像人，也不像兽。巡逻队员都害怕起来，小灯手持猎枪，因为过于紧张，扣动了扳机，枪声吓跑了怪物，搜寻未果。唯一的收获是村民用操局长发放的照相机把怪物拍了下来，但仅仅拍下了一个模糊的轮廓。

梁教授问苏眉：能不能用电脑把照片弄得清晰一些？

苏眉摇了摇头说：技术处理，也做不到，因为拍的距离太远了。

操局长端详着照片说：看上去像是非洲的黑人，对了，那地方就叫野人沟。我们多派一些人手，把国有林场的职工也都动员起来，一起把这黑鬼逮住。

画龙说：周围的山林太大了，我们在明处，怪物在暗处，不好找啊。

包斩说：我倒是有个办法。

大兴安岭地区地形复杂，在荒山野岭和灌木丛林展开搜寻难度很大。包斩提议，不如买一些鸡鸭放在村里，诱捕这个"吸血怪物"，把守村子的每一个出入口，设下陷阱，暗中监视，一定能成功抓获吸血怪。

苏眉将照片发给了中科院，得到的回馈是，这个吸血怪很可能就是野人。

中国的神农架和大兴安岭地区，传说有野人出没。中科院曾经多次组织科考队进入神农架和大兴安岭，找到了许多疑似野人存在的证据。世界各地都有关于野人的传说，这是一个未解之谜，从来就没有人抓到过野人。

全村进入一级戒备，村里布置好了陷阱，各路口都埋伏着村民，二十四小时监视异常情况，专等这个神秘的怪物前来。几天后的一个深夜，一个黑影进入了村子。负责监视的村民敲响脸盆，巡逻队紧急出动，黑影还没跑出村口，就被大家围堵住了。

在手电筒的照射下，黑影露出了原形。这个怪物像狗似的四肢着地，有着人一样的脸，浑身赤裸，皮肤黝黑，板结的头发挂着泥块和草屑。大家缩小包围圈，怪物围着村口的老井焦急地转来转去。

刘医生喊道：围住，别让这东西跑了！

魏铁匠握紧大粪叉子，步步逼近。那对遇害的母子的家人更是仇恨万分，手持锄头，上前就照着那怪物砸了过去，锄头砸在井沿的石板上，碰出火星。怪物受惊，跳到一边躲闪，另一个村民眼疾手快，将手中的渔网撒了出去。怪物在渔网内拼命挣扎，发出吼叫声，然而越挣扎被渔网缠得越紧，村民一拥而上……

那天夜里，森林公安局的操局长接到了向阳村打来的电话。

村民在电话里兴奋地说：我们把那怪物逮住啦！

操局长说：死的还是活的，你们打死了没有，还活着吗？

村民说：还活着，我们是用网逮住的。

操局长说：别伤害它，立刻把它送到公安局。

第四十四章
野兽之孩

四个村民连夜把吸血怪物送来了。他们抬着一根竹篙，竹篙的中间悬挂着一团黑乎乎的东西，用绳子紧紧束缚着，一动不动，像是死了。

操局长用手指捅了一下，那怪物剧烈地挣扎起来。

吸血怪物被放置在审讯室的水泥地上。在白炽灯的照耀下，这个怪物看上去非常惊慌，它的牙齿很锋利，三两下就咬断了绳子，挣脱开来。众人赶紧把门反锁，围在窗口观看。

操局长说：这怪物就是一个人啊，黑不溜秋的。

包斩说：等他安静下来，我们做一下DNA检测。

苏眉说：他的年龄应该不大。

画龙说：小眉，非礼勿视，人家没穿衣服。

梁教授说：这是一个兽孩！

世界各地都有兽孩出现，目前已经发现的有：狼孩、猴孩、熊女、羚羊孩、狗孩、豹孩、鸟孩、猪孩等。这种野兽哺育人类幼童的事件绝不止一起，各地发现行为古怪颇具动物习性的野人或兽孩的消息已屡见不鲜，兽孩是人类史上的一种特殊现象。

1972年5月，人们发现了一个四岁左右的男孩，当时他正在与其他的狼崽玩耍。这是一个狼孩，牙齿锋利、喝血、吃土、吃鸡、喜欢黑暗，与狗和豺狼非常亲近。

著名的狼女是1920年10月在印度加尔各答西部米德纳波尔附近发现的两个女孩，人们营救这两个女孩时，她俩正处于多只狼的包围之中，村民成功地射杀了母狼。他们将两个女孩命名为卡马拉和阿马拉，她们的年龄分别为八岁和两岁。

20世纪60年代初，探险家阿芒横跨撒哈拉时发现了羚羊孩。在一片灌木丛里，阿芒看见羚羊群中有一个年约十二的小男孩。羚羊孩的头发蓝中呈黑，梳理整齐。羚羊孩蹦跳幅度惊人，频率很快，善于攀登悬崖峭壁，因而能跟上羚羊群；"语言"的交流方式当然是遵循羚羊群体的法规，舌舔、足踢、摆头、甩耳。羚羊孩嗅觉灵敏，常伸长脖子，皱起鼻孔，观察周围的动静。他的视觉看起来非常发达，能望到遥远的地方，睡眠很少，而且是断断续续进行。羚羊孩经常伸出舌头，或舔自己身上的伤口，或舔饮朝露与浅水，有时又同自己的羚羊伴侣鼻对鼻地嗅来嗅去。这是交流情感还是传递信息，人们不得而知。羚羊孩专食草叶，对疼痛和寒冷没什么反应。同羚羊一样，他躺在泥中打滚，用自己的尿水和粪便标明自己的领地。

这个男孩的外表像人，但举止行为都和野兽无异。看到他那白森森的牙齿，再联想到向阳村母子遇害被吸血的惨案，审讯室外围观的人们禁不住打了个寒战。

他的吼叫声像熊，举止也模仿熊的习性，很可能长时间和熊生活在一起。

从外表上判断，男孩大概有十七岁，肤色很深，就像是河底淤泥晒干后的黑褐色。他的指甲又长又钩，头发脏得打结，手掌、肘部和膝盖都生着厚厚的老茧，脚趾严重变形。

操局长对身边的画龙说：就算他杀了人，我也一点都不想揍他，你呢？

画龙说：局长，你不一定是他对手。

梁教授说：接下来，我们得确认一下他是不是凶手。

包斩说：很简单，做个咬痕对比就是了。

苏眉说：怎么获取他的咬痕呢？

这个兽孩极具攻击性，并且力气很大，长期的野外生活使他迷失了心智，丧失了人性。他有着非常坚硬而锋利的牙齿，手指甲和脚指甲长得像野兽的爪子。他喜欢吸血，具备徒手杀死一对母子的能力，几乎每个人都相信他就是凶手。

苏眉根据受害母子身上的咬痕用电脑制作出了牙齿模具，只需要和这个兽孩的咬痕对比一下，如果完全符合，基本上就可以确认他是凶手了。

法齿学就像痕迹里面的指纹一样，有着独一无二的特异性，每个人的咬痕都不相同，认定价值很高。

然而，这个兽孩并不配合，提取他的咬痕颇费周折。

包斩用绳子系住一个苹果，丢进去，试图让他咬一口，可是他会跳跃着把苹果丢出来。这个兽孩被锁在审讯室里，脾气狂躁，特案组想尽了办法，也无法获取他的咬痕。只要有人接近他，他就龇牙咧嘴，口中发出威胁的低吼声，非常骇人。特案组决定使用麻醉针剂让他昏迷，但是这穷乡僻壤根本就没有麻醉针剂，操局长想到了一个最快捷最有效的办法。

操局长说：小灯，你立功的时候到了！

小灯预料到不是什么好事，有些害怕，问道：局长，让我干啥子吗？

操局长说：我们需要对比一下齿痕，你去让他咬你一口，这是命令。

小灯摆着手说：不要不要，我不想死，他可是吸血怪。

操局长说：身上没点伤痕，还想当英雄，还想破大案？

小灯说：要不我们把吸血怪打晕吧，要不就饿他一星期，等他没力气的时候……

操局长说：我先一脚踹死你，欠削是吧！

操局长粗暴地在小灯屁股上踢了一脚，催他快去。小灯不知道从哪儿找到一个头盔戴在头上，脖子缠着厚厚的白毛巾，还穿上了一件羊毛坎肩，全身上下都被包裹着，只有胳膊露在外面。

小灯对老灯说：我让他咬我胳膊，咬一下就行，你们准备救我啊。

小灯把胳膊平举，挡在身前，保持这个姿势战战兢兢走进审讯室。老灯拿着一根铁棍跟在后面给他壮胆，其他几个民警在门口严防死守，避免兽孩乘机逃走。小灯刚一进去，兽孩就扑了过来，老灯扔下铁棍就跑，审讯室里传来小灯的惨叫。

操局长的手搭在额前，趴在窗口观看，他喊道：咬住你了没？

屋里传来小灯大叫的声音……

苏眉将小灯胳膊上的咬痕拍照,传进电脑,与受害人母子颈部的咬痕进行对比,结果大失所望,兽孩的牙齿与死者身上的咬痕并不吻合,无论是上下颌牙齿的形状和排列特征,还是皮肤凹陷各中心点间距,两者对比完全不符。

兽孩不是吸血凶手!

案情陷入了僵局,警方千辛万苦抓到的兽孩是无辜的,他和向阳村吸血案无关。

那个力大无比杀人吸血的变态凶手依然逍遥法外,侦破再次从零开始。

操局长颇为踌躇,不知道怎么处理兽孩,究竟是放回深山,还是送到什么科研机构,让他回归人类社会。特案组整理了一下当地失踪儿童的名单,发现了一个惊人的线索,塔林县白桦镇有个村子叫十里屯,大概在十年前,村里有户人家的孩子丢失了。当时,母亲因躲避计划生育带着七岁的孩子逃进深山,孩子在山上失踪。村里的很多人后来都帮忙寻找过,然而这个孩子活不见人,死不见尸,一直找了很久都没找到。

这个兽孩会不会就是当年那个丢失的小孩子呢?

民警找到了丢失孩子的夫妇,他们提到这个孩子,除了掉泪之外,不愿意说更多的话,他们也无法相信自己的孩子会变成兽孩。

这对夫妇,丈夫叫熊色,老婆叫海燕,他们丢失的孩子名叫熊六一,乳名小蒙圈。

民警觉得,从年龄上判断,这个兽孩有可能是那个失踪的孩子。

熊色夫妇前去辨认,他们看到他第一眼的时候,受到了很大的冲击。他们记忆中的孩子,还停留在七岁,天真可爱的形象,怎么也无法和这个野人联系在一起。

母亲敲敲窗户,喊了一声乳名:蒙圈,小蒙圈。

兽孩转过头,看着窗户,眼神茫然,狂躁的他安静了下来。

第四十五章
归家之路

七岁的那一年，抓住那只蝉，以为能抓住夏天。

十七岁的那年，吻过她的脸，就以为和她能永远。

就像五月天的歌中唱的那样，十七岁是一个美好的年龄。

每一个少年都光芒四射，有着无可抗拒的诱惑力。那么阳光，但是一种莫名其妙的伤感情绪又在雨天蔓延；多么忧郁，冷得像冰，然而心里有火焰在日日夜夜地燃烧。人生中的第一次恋爱也许就是在十七岁的时候，悄悄地经历了多少惊心动魄的事，那个双子座的滑板少年，在夜里，在晚风中，在花瓣凋落的街道上，穿过如水月光下的公园，路过亮着灯的便利店，一直来到你的楼下，只为了和你说几句废话，然后吹着口哨在你面前走过。

用陨石撞击地球般的勇猛只为给你蝴蝶亲吻花朵似的温柔。

星座又能说明什么？两个同年同月同日生的人，命运却截然不同。

小蒙圈生于1995年的六一儿童节，父亲没有文化，随随便便地给他起名叫熊六一。

DNA检测结果证实了这个兽孩不是吸血凶手，而是熊姓夫妇十年前丢失的孩子。

他七岁那年迷失在深山，在原始森林里度过了十年；十七岁的时候，被特案组误当成吸血怪物抓获，后来被父母领回了家。确切地说，应该是捆绑着抬回了家，小蒙圈已经迷失了心智，丧失了语言能力，多年的野外生活，使他成了一个兽孩，和野兽没有什么区别。

故事要回到十年前，从这个孩子失踪时说起。

山村偏远，有电，但是没有自来水，他家院子里有个压水井。篱笆边种着向日葵，牵牛花已经攀缘到了晾衣绳上。一棵白杨树长在墙角，树高过屋檐，枝叶四下舒展，遮蔽了红砖平房的一角。

这里就是他的家，他在荒山野岭游逛的时候，是否常常想家，又是如何忘记的呢？

父亲叫熊腮，这并不是真名，而是个外号。父亲卖豆腐为生，性格憨厚，比较窝囊，村里人是这样开玩笑的——用手掌猛地在熊色的脑袋上撸一下，然后说道：瞅你那个熊色。

七岁的小蒙圈不解其意，只是会笑起来。

父亲熊色骑着自行车卖豆腐，车后座绑着个木头槽子，槽子里的豆腐盖着白布。周边的每个村庄，每个清晨，都能听到他的吆喝声，他提高了嗓门，拖长了声音喊：豆粉，卖豆粉。

他们家总是吃豆腐，白菜炖豆腐，茄子炖豆腐，豆腐土豆汤……小蒙圈有时说：妈，咱能不能不吃豆腐了？

迷失在大山里之后，他吃的是蚂蚱、青蛙、鸟和鸟蛋。他那么害怕蛇，却不得不吃蛇。他吃树根的时候，是否会怀念家里大铁锅炖的豆腐？

小蒙圈非常怕黑，那时候，他家借了一笔钱，被人追债。债主每天晚上都来敲门，母亲捂住他的嘴装作家中无人。母子俩待在黑暗中，大气不敢喘，很怕债主会破门而入。在荒山野岭生活的十年里，他忘记了家，忘记了豆腐，却记住了敲门的声音，即使是啄木鸟敲击树干的声音，都能让他产生恐惧。

这是他对人类生活残存的回忆。

那天夜里，敲门声再次响起，这次不是债主，而是镇上来的计生委干部。小蒙圈的母亲怀孕了，母亲曾经问过小蒙圈，你是想要个弟弟还是个妹妹？小蒙圈还没想好的时候，计生委干部就来了，母亲带着小蒙圈到亲戚家东躲西藏。

镇计生委暗中监视，终于将小蒙圈母子俩堵在了家里，他们有礼貌地敲门，没有回应。

一名计生委工作人员说：别装犊子了，都摸清了，知道你在家里。

另一名计生委干部隔着屋门说：海燕哪，你都有个小子了，咋还想生呢？

他们失去了耐心，破门而入，熊腮拦住众人，母亲海燕带着小蒙圈趁乱跑上了山。

母子俩在山上提心吊胆躲藏了一夜，第二天，母亲海燕发现，小蒙圈不见了。

当时，小蒙圈掉进了一个山坑里，坑很深，地形复杂，遮蔽着藤萝枝叶。这样的山坑在大兴安岭有很多，每一个都深不见底，所以，第二天，村里人上山寻找孩子，一无所获。

小蒙圈侥幸地活了下来。

我们不知道这个七岁的孩子用了多久爬出了山坑，一个星期，还是一个月？

山坑之上就是漫无边际的大兴安岭，他已经忘记了回家的路。

那么一大片原始森林，即使是一个成年人迷路后也很难走出来，更何况一个小孩子。他想要回家，却越走越远，一边走一边在森林里大哭，没有人能帮助他，只有恐惧和无助伴随着他。很快，他就流干了眼泪。他所害怕的一切，他都必须接受。

春天，他捕捉蛇，一口咬掉蛇头，吸吮血液，这个小孩子是那么害怕蛇，但是他不得不吃蛇维生。

夏天，他爬上树躲避野猪和狼，从一棵树攀到另一棵树，像荡秋千那样拽着藤萝跳过山谷，只为了避免被野兽吃掉。

秋天，他学会了爬行，他用四肢爬行的速度非常快，这样更方便他隐藏在草叶灌木中捕捉猎物。

冬天，为了御寒，他睡在山洞里，从某些生活习性来看，他体态动作与熊十分相似，可能与熊共同生活了一段时间。

十年来，他的内心只有荒草丛生。

我们在原始森林里生活十天，也许能体会到他这十年是怎么过来的。

人的成长环境至关重要，一个七岁的孩子在野外生存，要么死掉，要么成为野兽。

他渐渐地成长，活动范围也越来越大。十年过去了，他外表像人，但和野兽无异。

有一天，他来到了一个地方，这里的土地非常平坦，气味也不同于他已经熟悉的丛林。这里有些四四方方的大石头，他隐约看到很多动物从石头缝里缓缓地走进走出，身影绰约可见。那些动物和他有些相似，既让他感到恐惧，又使他觉得有一丝亲切。事实上，他只敢攻击比自己身体小的动物，他可以徒手捉住斑鸠和野鸽子，他在夜间捕食的时候，发现这里的斑鸠和野鸽子非常温驯，个头也要大一些。

后来，那些动物"抓"住了他。

小蒙圈失踪时已七岁，他曾经会说话，天性未泯，与人类社会有过短暂的接触，保留着生命最初的印象，包括父母的爱。母亲海燕敲击窗户的声音，让他从心底深处唤醒了残存的一丝记忆。时隔十年，父母把他带回了家。最初，他还会偷村里的鸡，四肢爬行，像恶狗一样猛地蹿向空中，捉住鸡鸭。父亲熊色只能把他关在家里，让他慢慢适应人类的生活。

母亲海燕发现，孩子对敲门声感到非常恐惧。

每当敲门，他就会很害怕，安静下来，一动不动，这时，母亲便耐心地给他洗澡，喂饭，教他走路和说话。母亲像照料幼儿一样照看着已经十七岁的孩子。

村小学距离他家不远，那是一排红砖平房，校园里竖着一杆红旗。

两扇铁门，刷着绿漆，整日开着，村小学里并没有什么值钱的东西。校门口有两个杂货摊，左边是个驼背老头儿，右边是个老太太，很多乡村学校门口都有这样的杂货摊，很多孩子对童年的回忆就和这种杂货摊有关。一年后，也就是小蒙圈十八岁的时候，卖杂货的驼背老头儿和老太太看到了奇怪的一幕。

有一对父母领着儿子来上小学，儿子是成年人，个头比父母还高。

老师在教室里对同学们说：今天，我们用掌声欢迎一位新同学。

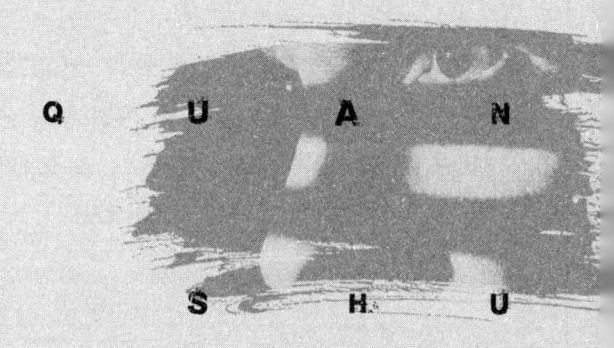

第十卷 （一）
玉米男孩

> 你的不在就像无奈的石碑，将会使许许多多个黄昏暗淡。
>
> ——博尔赫斯

一

　　最初，他的背部起了很多红疙瘩，像癞蛤蟆的皮肤一样，奇痒无比，他用痒痒挠把疙瘩都抓破了，过了些天，慢慢结痂，他以为自己的病好了。但是，脱了一整层皮后，背部出现了很多白色的洞、密密麻麻的孔，每个孔洞里都有肥嘟嘟的虫卵，像玉米粒一样镶嵌在背部的肌肤之中。

第四十六章
白毛老怪

特案组再次梳理了案情,向阳村母子被害一案与多年前该地区发生的两起凶杀案手法相似,具备并案侦查的条件。然而,三起杀人吸血案件合在一起侦查,侦破难度极大,案情走向也会变得错综复杂。

特案组捕获的唯一犯罪嫌疑人——兽孩小蒙圈,并不是杀人凶手。

侦破进度回到起点,凶手杀人作案的时间跨度有十几年,如果不能尽快抓获,很可能成为悬案,尘封在档案袋里。

凶手杀人吸血的动机难以揣测,超出了人类所能理解的范畴。

凶手的活动范围很广,至少换过三次居住地点。

几起案子的诡异之处在于,凶犯的手指就是凶器,这究竟是不是人类犯罪行为,真的存在一个神秘莫测的吸血鬼吗?东北地区广泛流传的猫脸老太也许并不是空穴来风。

包斩说：吸血案极其罕见，我们以前的侦查经验现在根本用不上。

画龙说：主要是我们人手太少了，只有老灯和小灯两名森林公安，警力不足啊。

梁教授说：吸血案一般都会保密，资料不多，讳莫如深，主要是担心引起社会恐慌。不仅是中国，西方国家也是这样。

苏眉说：国外的恐怖传说中，吸血鬼很诡异，既不是神，也不是魔鬼，更不是人。吸血鬼是死后从坟墓里爬出来的尸体，袭击牛羊或者村庄里的人类，吸血鬼永远不死。西方有着大量的关于吸血鬼的文学作品和影视作品。小说《DRACULA》（德库拉）里的吸血鬼能看透信封，改变火焰的形状，驱赶狼群，像蜘蛛一样在天花板爬行。在电影《暮光之城》中，吸血鬼有着帅气的外表、巨大的力量、极快的速度。

画龙说：我倒是很想和吸血鬼打一架。

梁教授说：我们必须得大胆地明确一点，凶手杀人就是为了吸血，劫财只是顺手牵羊。

特案组试图找到凶手杀人喝血的原因，然而对这类变态凶手无法按照正常人的思维进行推理和分析。警方一筹莫展，案情僵持不下的时候，吸血凶手再次作案！

这次的受害人是一名护林员，遇害地点在荒山野岭，有个叫大春子的护林员侥幸生还。

这天早晨，两名护林员天没亮就出发了，他们的工作职责是巡查森林，制止捕猎和破坏森林资源。按照规定，护林员每次巡查都是五天，这五天都生活在野外，足迹遍布人迹罕至的森林深处。现在处在封山时期，但常常有村民私自上山采摘猴头、非法捕猎。猴头是一种珍贵的野生蘑菇，生长在很高的柞树上。有的村民贪图利益，为了获取猴头蘑，甚至将整棵大树锯倒。

两名护林员发现了多处非法砍伐痕迹，一路追踪到大兴安岭原始森林的深处。晚上宿营的时候，大春子去溪边提水，回来后发现另外一名护林员已经死亡，死状惨不忍睹。

据大春子描述，那名护林员肚肠横流，脖颈处有明显的牙齿印。他死在帐篷里，很明显遭到了不明生物的袭击，从现场来看，没有搏斗痕迹，临死时几乎没有来得及反抗。

大春子在周围寻找了一下，没有发现凶手。

此时，月明星稀，整片树林都笼罩在月光里，犹如梦境。

大春子回来后，看到地面有血迹，循迹而行，他看到了眼前难以置信的一幕。月光下，一个全身白毛的怪物正拖着护林员的尸体慢慢前行，护林员的肠子流出体外，拖拉在身后。白毛怪物把尸体抱到一株倒下的枯树后面，俯下身，不知道对他做了什么。

大春子吓得手脚发软，趴在地上，一动不动，看着这一切，只感到毛骨悚然。

大春子的第一个念头是赶紧逃跑。他不小心压断枯枝发出了声响，惊动了白毛怪物。

白毛怪物站起身，缓缓地转过头，这怪物竟然是个老太婆，穿着古怪的衣服，全身长着很长的白毛，脸上也长着浓密的黄白色毛发，看上去像是一只白色的大狸猫。

大春子吓得魂飞魄散,在黑夜里慌不择路地逃窜,幸好熟悉地形才没有迷路。他先跑到最近的防火塔躲了一整夜,第二天黎明时分,他跑回林场驻地,林场干部向森林公安局报了案。

操局长问道:那人死的地方在哪儿?

大春子用手指了指前方的一个山头,说道:扎林库尔山。

操局长说:我们去勘查现场,把尸体抬回来,你带路。

大春子说:打死我也不去,那里有个白毛怪物,我亲眼看到的。

操局长说:那我就打死你。

大春子无奈之下只好答应,特案组除梁教授外,其余三人都准备出现场。他们还是第一次遇到这种情况,凶杀现场在荒山野岭。苏眉换上登山鞋,穿了冲锋衣和牛仔裤,戴了帽子,把水壶和手机都放在了登山包里。

操局长说:老闺女,你就别去了,这不是旅游,还带手机,在原始森林这玩意儿没用。

苏眉说:那山头也不是很远啊,都能看见。

有句俗话:望山跑死马。意思是说,明明已经看到了山,可是真要走到,还要花上很长时间,走上很长的路。山看起来不远,可是实际上路程曲折,马都会累死。

大兴安岭有四大山峰——大白山、小白山、白卡鲁山、扎林库尔山。这四座山峰都位于大兴安岭原始森林深处,有许多不可预见因素,绝非个人能力所能到达的。

操局长亲自带队，加上画龙、包斩、苏眉、老灯、小灯、大春子，一共七人，每个人都背着登山装备，整装待发。

操局长把猎枪扛在肩上，兴致勃勃地说：走，大家伙，我们去捉那个白毛怪物。

第四十七章
原始森林

画龙、包斩、苏眉三人尽管对深山里住着什么白毛怪物持怀疑态度，然而他们亲眼看到兽孩小蒙圈，以及无法解释的徒手杀人案件，这都使他们不得不相信某些神秘力量的存在。

他们进入了原始森林，山上没有路，依靠GPS定位，特案组一行人踩着没膝深的草前行。

清晨的林海山野辽阔壮观，气象万千，清晨演绎的美丽每走一步都变幻不停。当朝阳从山峰之上升起，白云被染成了金黄色，万丈霞光透过树枝照耀着每个人的脸，人们不再说话，这时候无论说什么都会显得多余，人类并不是这片原始森林的生态系统中的一环。

大兴安岭，北起黑龙江岸，南至西拉木伦河上游，全长一千二百多千米，落叶松、樟子松、红皮云杉、白桦、山杨等树木组成了茂密广阔的森林。千山万壑间，生活着珍禽异兽四百余种、野生植物一千余种。

特案组一行人顺山势走了一上午，就到了偃松林。偃松低矮，不到两米，分枝俯在地面生长。东北五十峰到处丛生着这种植物，使人每走一步都步履艰难，松林中不时有狍子穿梭，还有雪兔从土洞中探出头来。

操局长有几次都将猎枪瞄准了狍子，但又叹口气放下了枪，他说：现在不让打猎了，我不能知法犯法。

老灯说：东北的猎人，都绝户了，唉，我小时候还跟着我爷猎过黑瞎子。

包斩问大春子：你见到的白毛怪物，是不是一只熊？这森林里有白熊吗？

大春子回答：绝对不是，那是一个长着白毛的老太太，我不会看错的。

小灯说：局长，您就是放两枪，打几只兔子，我们也不会说啥的。

操局长说：那不行，我得自觉。

画龙说：局长，你肯定会打猎的。

操局长说：我身为局长不能犯法啊。你怎么这么确定？

苏眉说：局长不打猎还带猎枪干吗呀？

画龙说：和带枪没关系，局长可是带着酒呢！

大家穿过偃松林，一株参天古树突然挡住去路，碎碎的阳光透过浓密的叶子照在地上。野兽的足迹里有未干的水洼，每一个水洼都倒映着金光闪闪的大树。生满绿苔的树干上长出的小花令人惊叹，藤蔓垂落下来形成的长廊让人欢喜。几只蓝色的蝴蝶见有人来，绕着紫藤翩翩飞舞到了树冠上空。

徒步穿越树林，地上的草越来越茂盛，隐约听到水声潺潺，前方有一条小河，河水在青草之上流过，漫到洼地里，形成沼泽。他们艰难无比地走过湿地，此时已是黄昏时分，每个人都筋疲力尽。大兴安岭的黑夜即将来临，操局长决定在河边宿营。

　　雨季尚未到来，河水干涸了，缩成一道道狭窄的小溪，水流湍急，冲刷着鹅卵石，发出悦耳的声音。空荡荡的河床一览无余，乌黑的淤泥干裂成脆皮，踩在上面，碎成土末子。两岸的草绿得沁人心脾，草丛中长着一些蓝色的浆果。

　　苏眉叫道：啊，那是蓝莓，我要吃。

　　苏眉拿着帽子去摘蓝莓，一只鹿从草中站起，跑了几步，回头张望。操局长在身后开了一枪，因射程较远没有打中，小鹿惊慌地蹿向草丛深处。操局长骂骂咧咧地走开，安排大家搭建帐篷，准备晚饭。他沿河而上，一会儿，枪声再次响起，他打了两只榛鸡回来。

　　大春子神情恍惚，一言不发，只是呆坐着不肯干活儿。

　　老灯和小灯在河里捉了十几条江鲤。捉鱼的方法非常简单，拦截河流，不断地缩小包围圈，形成一小片池塘，用工兵铲把水泼出去，就剩下肥鱼在杂草泥水中跳跃。

　　老灯把鱼剖洗干净，抹上盐巴稍微腌制一会儿。他找了一处平坦的沙坡，挖了一个坑，画龙和包斩捡了枯枝，在坑里点燃一堆篝火。

　　大家围坐在火堆前，他们的晚饭是烤鱼和烤鸡。

　　大兴安岭最常吃到的野味就是野生鱼类。由于地处高寒，江河里都是冷水鱼，再加上水质好、无污染，大兴安岭的江鲤肉质和味道比内地的要好很多倍。

　　老灯用树枝插着肥鱼，放在炭火上烧烤，鱼身上烤出的油不时地滴落到火上，发出刺啦啦的声响。烤熟之后，撒上辣椒粉和孜然面儿，异香扑鼻，令人垂涎欲滴。

　　画龙、包斩、苏眉三人也学着老灯的样子，把鱼和鸡肉插在树枝上烧烤。

操局长拿出农药瓶子，拧开盖喝了一口酒，把瓶子递给画龙，画龙也不嫌弃，举起瓶子喝了一大口，抹抹嘴说道：可惜，梁叔不在，吃不到这样的美味。

操局长说：等会儿，还有好吃的，硬菜在后面呢。

苏眉和包斩不喝酒，其余人每人一口，很快就把酒分喝光了。

操局长把鸡骨头扔到铁锅里，架在炭火上煮汤。

苏眉说：局长，你说的大菜就是这道鸡骨头汤啊。

操局长说：这可不叫骨头汤，这叫飞龙汤。

操局长解释说，飞禽是野味中的首选，野味的上品就是榛鸡，榛鸡也叫飞龙，曾经是东北官员进贡皇帝的贡品。榛鸡吃松子、松芽，肉中有淡淡的松木香味。用骨架熬汤，文火慢炖，可以称得上"东北第一汤"。

小灯采摘了一些野蘑菇和野木耳放进锅里，说：要是再放点葱段儿和蒜瓣儿提提味儿就好了。

老灯说：这里有啊，这山上什么都有。

老灯在山石背阴处弯腰寻找，地上有一种小蒜，藏在土里，刚长出嫩苗，他用手指挖出一堆白白的小蒜头，洗干净放进锅里。

一会儿，飞龙汤熬好了，操局长掀开锅盖，只见汤色白嫩，水脂交融，浓郁的香味扑鼻而来，每个人都叫了声好。老灯往锅里放了点蒜苗和盐。条件简陋，大家用勺子围着铁锅喝汤，这汤的味道确实鲜香无比，令人拍案叫绝。

画龙、包斩、苏眉三人还是第一次品尝到这样的美味，并且这种美味以后再也吃不到了。

大兴安岭昼夜温差大，众人围着炭火取暖，听老灯讲打猎的故事。操局长再次说起他用大便吓跑饿狼的传奇经历。夜幕降临，老灯扑灭炭火，大家沉沉睡去。黎明时分，帐篷外面挂上了一层水珠。苏眉体弱，被冻醒了，她钻出睡袋，穿上了冲锋衣。

此时，天色未亮，夜空中寒星点点，大山依然笼罩在黑暗里。

苏眉在帐篷外活动了几下身体，包斩也醒了，他说：小眉，冷不冷啊？

包斩把冲锋衣的帽子给苏眉戴在头上。

苏眉伸了个懒腰说：我这么一个黄花大姑娘和你们臭男人一起睡帐篷，这叫什么事儿啊。

突然，苏眉看到前方的大山里有一个亮点，她指着问道：那是什么？

包斩也顺着手指的方向看，说道：奇怪，似乎是灯光。

苏眉说：这荒山野岭，怎么会住着人？

包斩说：会不会是有人在山中遇难，发出的求救信号？

苏眉和包斩叫醒众人，他们立即拔营出发，向着那一点亮光前进。走到那里之后，他们惊讶地看到了非常怪异的画面，那是一盏路灯！

第四十八章
荒野路灯

在这人迹罕至的原始森林，荒山野岭，就连道路都没有的蛮荒之地，居然有一盏路灯。

路灯是铁制的，锈迹斑斑，斜插在草丛中，这路灯就像是任何一个胡同口或者小区里面的路灯，然而这里没有居民，没有胡同和小区，只有凛冽的山风、腐败的落叶、鸟兽的粪便。荒野中矗立的路灯让每个人都感到匪夷所思。

一盏路灯出现在原始森林，并且灯还亮着，这是多么不可思议的事。

灯光来自一盏简陋的松油灯，套着个玻璃罩，用一根铁丝吊在路灯的灯臂上。这种油灯是旧时代的产物，现在已经绝迹了。松油耗尽，火苗跳动了几下，熄灭了。

小灯说：这里为啥会有一盏灯？

老灯说：是啊，大森林里不应该有这玩意儿啊？

苏眉说：松油灯很显然是人点着挂上去的，但是路灯就不知道怎么回事了。

操局长说：让特案组给咱说说这路灯哪儿来的。

画龙说：小包，这个应该难不住你吧。

包斩说：给我一把铁锹。

小灯递给包斩一把工兵铲，包斩在路灯柱子下面挖掘了起来。灯臂有扭曲的痕迹，看上去有些年头了，灯杆上的油漆也早已剥落。包斩挖了好长时间，不断地把泥土翻出来，扔到一边，最后，包斩把工兵铲插在泥堆上，跳进他挖的那个坑里，观察着坑里的路灯。

包斩上前查看，说道：路灯没有底座，没有基础预埋件。

操局长说：说明什么？

包斩抬头看着天空。

操局长说：看啥子，难不成是从天上掉下来的？

包斩说：没错，这路灯就是从天上掉下来的，落地的时候，正好插在地上。

路灯的上方是一个很高的悬崖，白云缭绕，大家意识到悬崖上面可能有什么东西。如果路灯是从悬崖上掉落下来的，那么又是多么诡秘神奇的力量可以把路灯弄到悬崖之上？同时还有一个疑问，为什么有人要把路灯运到悬崖上呢？

悬崖没有路，高耸入云，壁立千仞无依倚，岩壁上丛生着一些花草和藤萝。

大家在附近搜索了一会儿，既没有发现林场建造的防火塔，也没有找到护林员的作业点，周围没有人类生活和居住的迹象。

那么，挂在路灯上的那盏松油灯从何而来呢？

大春子惊恐地说：白毛怪物，也就是那个猫脸老太太，肯定在这附近。

操局长说：邪乎，见鬼了。

那名护林员的遇害地点距此不远，大家赶到现场，发现护林员的尸体不见了。大春子吓得直哆嗦，脸色都白了，他不断地表示自己亲眼看到一个白毛老太太拖走了尸体。包斩在一棵枯树下发现了拖行痕迹，循迹而行，走了十几分钟，眼前出现一处山冈，松涛阵阵，水声潺潺，靠山之处的平地上居然有座坟墓。

坟墓的周围画着一个八卦图。

墓前的沙地上还写着"卯酉、四正"字样，另有一行浅浅的字迹已经无法分辨。

画龙说：这些字和八卦图，看上去很古怪。

包斩说：好像和风水有关。

苏眉说：要是梁教授在就好了，肯定知道什么意思。

原始森林的路灯，不翼而飞的尸体，眼前出现的坟墓，这一连串的诡异事件都让人难以理解。大家议论纷纷，老灯说可能是死者家人提前赶来埋葬了死者，但是这个说法遭到了其他人的质疑。

包斩说：我们必须得挖开坟墓，看看里面有没有尸体，有的话，我们运回去验尸。

坟墓被挖开了，护林员的尸体果然埋在下面，他的脖子上有牙齿印，腹部有尖锐利器刺破和划开的伤口。

大家不得不相信这样一个事实：那个白毛怪物杀死了他，还选了一处风水很好的地方作为墓地，然后埋葬了尸体！

大春子非常害怕，那具尸体，他连看都不敢看一眼，只想尽快离开。

操局长让大家砍伐树枝，捆绑成一个简易的担架，抬上尸体原路返回，再次走到路灯处的时候，大家不约而同地停下了脚步。

荒野中的路灯上悬挂着的松油灯，究竟是在指引什么呢？

包斩说：这盏灯，我们要带走，作为物证。

小灯说：证明啥？

操局长抬头看着悬崖，说：有没有办法可以爬上去？

老灯说：上面肯定有什么东西。

包斩摘下松油灯，路灯竟然缓缓地倒下了，大家闪到一边。灯柱落下的时候，砸倒一大片藤萝植物，大家看到了被悬崖边的藤萝和灌木遮挡着的一个洞口。

洞口很小，很隐蔽，只容一人进入。操局长让小灯先进去看看，小灯鼓起勇气钻进去。他发现，山洞是崎岖向上的，由水流冲刷而成，这说明，山洞很可能通向悬崖顶部。大家决定一探究竟，护林员的尸体暂时放在悬崖下面，他们排成一队，钻进山洞。脚下的路一直曲折向上，爬了很长时间，前方出现亮光，终于到了山洞的出口，也就是悬崖的顶部。

悬崖顶部平坦，面积很大，遍地都是奇花异草，形态非凡。岩壁边长着一株巨大的红松，起码有几百岁高龄，树干粗壮，枝叶像是巨大的伞。参天古树之下居然有个茅草屋，屋前有石头桌，一个白发怪物背对着众人坐在桌前。

操局长举起枪，厉声问道：你是干吗的？

他的声音因紧张而有点颤抖。

白发怪物说话了,这是一个老太婆的声音,有气无力的,但是非常平静。她说:别害怕,喝杯茶吧。

画龙按住操局长手中的枪,大家慢慢地走过去,白发怪物还是重复着说:看见我,别害怕。

大家从她背后走过去,终于看清楚了。

这个老太婆衣衫褴褛,头发很长,都是白色的,也许几十年来从没剪过。她坐在那里,长发拖地,将背影遮挡,看上去很吓人。她的脸简直令人恐怖万分,这个老太婆竟然有胡子,胡子和头发一样长,脸上的汗毛非常浓密,也是灰白色的,看上去就像一只猫的脸。

老太婆的白头发白胡子白眉毛都拖在地上,手臂和小腿也长着白毛。如果参着胆子细心观察,会看到她的腋毛和阴毛也非常长,耷拉在地面上。

几十年来,不断有人目击过的白毛怪物,也就是猫脸老太,原来一直住在这悬崖上。

苏眉小心翼翼地问道:你是不是患有多毛症啊?

猫脸老太叹了一口气,石桌上摆着七个竹筒茶杯,杯里的茶还冒着热气。

包斩指着茶杯说:七杯茶,我们正好是七个人,你怎么知道我们会来?

猫脸老太说:我一直在等你们,等了好多年了。

画龙说:你叫什么名字,一直在这里住着啊?

猫脸老太用手指蘸水,在石桌上写了一个字,众人竟然谁也不认识这个字。

她写的是:蘲。

聻，读作jiàn，人死做鬼，人见惧之；鬼死做聻，鬼见怕之。若篆书此字，贴于门上，一切鬼祟，远离千里。"聻"字篆书在符中可以达到祛邪治煞的目的。《聊斋志异·卷五·章阿端》写道：人死为鬼，鬼死为聻。

猫脸老太解释完毕，操局长说：什么意思，你是人是鬼？

猫脸老太突然把头转向大春子，说道：你别怕我。

大春子支支吾吾地说：我……

猫脸老太说：不是你，是站在你身后的那位，身上都是血。

大春子回头看，身后空空荡荡，一无所有，他的脸色突然变得煞白，腿哆嗦起来。

猫脸老太的眼神越过大春子，看着他身后，似乎在对空气说：我帮你找的地方，风水挺好，能保你子孙富贵，兴旺八辈。

操局长说：你在对谁说话，莫名其妙的？

猫脸老太说：就是你们放在山下的那个死人，他变成了鬼。

大家感到毛骨悚然，他们把护林员的尸体放在悬崖下面，按照猫脸老太的说法，死人变成了鬼，还一直跟在大家身后，确切地说，跟在大春子身后。

大春子扑通一下跪倒在地，他突然疯了，两手抓着头发说：我受不了了。

大春子转过身，不停地磕头说道：饶了我，我不该杀你，真不该……饶了我吧。

护林员之死真相大白，大春子向操局长交代了自己杀人的事。

大春子和护林员偶然在悬崖的峭壁上发现了一株野生人参，人参是百草之王，也被称为地精。当时，他们巡视森林，岩壁边一大株开满蓝紫色小花的植物吸引了俩人的视线。上前一看，这是一株很罕见的野山参，植株巨大，有一米多高。护林员立即大喊"棒槌"。据说人参有灵性，会逃跑，叫一声棒槌，人参就会定住，用红线绑上茎叶，才可以挖人参。护林员听老辈人说，人参分雌雄，果然在距离不远的一棵树下，又发现了一株人参。挖出来后，用手掂量了一下，两棵人参足有十斤之重。参根肥大，全貌颇似人的头、手、足和四肢。

护林员数了一下，参头有二十多个，按照一百年分一个头的民间说法，野山参的年龄估计能有两千年。

护林员说：咱们发财了，这是两个人参王啊！

大春子说：是啊，还是野生的，值老钱了。

护林员说：我们俩，一人一个。

大春子说：好。

大春子心怀鬼胎，恶向胆边生，等到护林员睡着之后，他用脚镫子猛地扎破了护林员的肚子。这种脚镫子带有铁尖，东北地区采摘松塔的人，常常使用这种工具攀爬大树。为了逃避刑事打击，他用牙齿咬护林员的脖子，谎称是一个白毛怪物杀人吸血。尽管这个说法有点荒唐，但是在该地区，不少人都目击过白毛怪物，人们对怪物杀人深信不疑。

白毛怪物就是猫脸老太，她路遇尸体，出于好心把死者给葬了。

苏眉说：老奶奶，你有阴阳眼吗，还能和鬼说话？

猫脸老太点点头。

画龙说：扯淡。

操局长说：要不，你给我算一卦？

猫脸老太说：你是催命的，你一来，我就要走，我的死期不远了。

包斩说：您谈吐不凡，能写生僻的字，为什么隐居荒山呢？您是我遇到的最不可思议的人，我们还没来，您就已经倒好了茶，如果……您真的有未卜先知的神奇能力，能和死去的人对话，我想……

猫脸老太说：好吧，我满足你的一个愿望。

包斩自幼父母双亡，是个孤儿，他很想通过猫脸老太和死去的父母说几句话。

猫脸老太闭目枯坐，过了一会儿，她睁开眼睛说：找到你父母了，他们让我告诉你……

包斩小心翼翼地问道：什么？

猫脸老太凑到包斩耳边，小声说了一句话。

包斩听到这句话，久久地出神，眼中慢慢地溢出了泪水。

第四十九章
奇人异事

消息很快传开了，猫脸老太生活在山上，一个从来就没有人去过的地方。那是一个悬崖，上面长着一株参天古树，她在树下搭建了个茅草屋，草屋边长着兰花，还有人参，她就是靠人参延年益寿的。有人说她是个老妖精，活了一百多岁了。

有人说，猫脸老太是阴阳眼，能看到魑魅魍魉，通晓易经占卜之术。

有人说，猫脸老太曾经是个老师，"文化大革命"期间躲避到深山老林。

后面这点得到了证实，操局长将猫脸老太请到了森林公安局。

梁教授问道：你是哪一年开始在山上生活的？

猫脸老太说：1968年。

尽管有人害怕猫脸老太,刚看到她的脸就吓跑了,但是大多数前来算卦的村民都对猫脸老太的占卜感到震惊,他们说"神了""太准了"。一些人主动给予财物,猫脸老太坚决不收。

梁教授请教了一个关于宇宙的问题,这也是想考证一下猫脸老太的能力。

猫脸老太回答:宇宙的真相就在尘埃里。

梁教授说:时间与空间的边际在哪里?

猫脸老太说:我们想象一只蚂蚁爬过铺在桌面上的报纸,我们认为蚂蚁是一个平面生物,是一个点,在二维的报纸平面上移动,它需要一定的时间从报纸的一头爬到另一头。如果把报纸从中间卷起,报纸的两个边缘连接在一起,起点连接终点,二维卷曲成三维,蚂蚁神奇般地只需要踏出一步,就能够以它所达不到的极限运动速度,从起点立刻穿越到终点。蚂蚁的速度可以比喻成人类所理解的光速。人类生活在三维空间,宇宙是高维空间,三维世界的人无法理解十二维空间,至少现在理解不了。

猫脸老太声名远播,甚至有人从外地专门开车来找猫脸老太算命,一些官员和记者也慕名而来。猫脸老太突然厌倦了给人算卦,一天傍晚,她说:最后一个。

苏眉说:老婆婆,你要走了吗?

猫脸老太说:是啊,我该走了。

包斩说:您要回到山里去啊?

猫脸老太说:不是。

画龙说:局长对您老人家照顾得挺好的,肯定不放你走。

猫脸老太说:我是去另一个地方。

最后一个算卦的是向阳村的魏铁匠,他带着一个脸色苍白的年轻人,说年轻人是他的儿子，叫作魏红会。奇怪的是，村里的人很少见到魏铁匠的这个儿子。魏红会平时几乎足不出户，只有夜里的时候，才会在村里散步，遇到人，会很害羞，也不打招呼，低头走过。

操局长给猫脸老太腾出一间库房居住，这间小屋也是她平时给人算卦的地方。

屋里很简陋，有一张桌子、两把椅子，还有一张床。

猫脸老太坐在桌前，魏铁匠坐在她对面，魏红会站在旁边。

猫脸老太似乎有点害怕，她能算出别人的命运，也知道自己的生死，这一天终于来了。

魏铁匠说：其实，我们是来找你看病的。

猫脸老太说：我知道。

魏铁匠说：我孩子有病。

猫脸老太说：我等这一天很久了。

魏铁匠说：你能治好我孩子的病吗？帮帮忙。

魏铁匠关上门，把门反锁，魏红会有点不好意思，慢吞吞地脱了上衣。这个年轻人的脸惨白，屋里光线很暗，看上去，他的脸是青白色的，就像死人的那种白。

猫脸老太说：你得这种病，是因为你吃了不该吃的东西。

魏红会说：啊，我没吃啥东西，晚上还没吃饭呢，我爹就带我找你来了。

魏红会看上去有二十五岁，但是智商明显不符合年龄，他和猫脸老太说话的时候，居然一直背对着。

猫脸老太说：血。

魏红会说：啥？

他为什么杀人？

因为他要吸血。

他为什么吸血？

因为他有病。

人类有嗜血的本能，例如吃牛排的时候，有人爱吃带有血丝的肉；例如手指破了，有人放嘴里吮吸。有的女孩还有闻卫生巾的习惯，揭下来，先闻一下，再折叠扔进垃圾篓。

魏铁匠患有一种医生无法诊断的怪病，他喜欢喝血，非喝不可。

他看过几部关于吸血鬼的电影，这让他惊恐不已。

后来，他发现儿子也有这种怪病。

父子俩都是吸血鬼。

吸血鬼实际上是一种怪病——卟啉症患者。这种怪病并不多，全世界也不过一百例左右。英国医生李·伊利斯在一篇题为《论卟啉症和吸血鬼的病源》的论文中详细地论述了卟啉症的特点：患者体内亚铁血红素生成机制紊乱，从而导致皮肤变白，牙齿变成黑褐色，卟啉症患者都伴有严重的贫血，经过输血后，病情会得到缓解。

病情严重的患者，骨骼和尿液都是红色的。

有一次，魏铁匠尿血，地上的尿液是红色的，他想都没想，就趴下用舌头舔回去。

有一次，魏红会学骑自行车，摔破了鼻子，他也把地上的鼻血舔食掉了。

卟啉症是一种遗传病，儿子魏红会的病情更加严重，惧怕阳光，白天很少出门，犯病的时候必须要喝血，用毒瘾发作来形容其实并不恰当。这种病如果不治疗，最严重的症状会是人体变形，最终变成人们想象中复活的僵尸那样恐怖的畸形——患者的耳朵和鼻子被"吃"掉了，嘴唇和牙床受到腐蚀，露出红红的牙根，皮肤上瘢痕密布，如僵尸般惨白。

治疗的唯一方式，就是补血。

魏铁匠曾经去县医院买血，但是医院不卖。在我们国家，私人不可以直接买血，用血必须有医生的处方才能到血站或是直接用医院的备用血。

献血是免费的，花钱买血却不一定能买到。

魏红会患上的是一种急性间歇型卟啉症，不知道什么时候就会犯病，犯病时表现不安，颈部伸长，性欲亢进，口不闭合，唾液增多，有大量黏稠唾液流出来，不安和兴奋变为剧烈狂躁，心中只有一个强烈的念头：喝血。

如果不能及时补血，他的脸就会烂掉。

这个年轻人胆子很小，他曾把一个女孩堵在公共厕所里，咬住了她的脖子，但是他不敢杀人。女孩尖叫着喊着妈妈跑掉了，女孩正值经期，丢弃在公厕的卫生巾被这个"吸血鬼"捡回了家，卫生巾泡在茶壶里，喝了好长时间。

魏铁匠最初在塔林县租房子，开着个土产门市，卖农具，也卖松子和榛子之类的干货。魏铁匠心灵手巧，他打造的铁手套，确切地说是铁指套，主要是为了爬树。东北地区很多人都会进山采摘松塔，有的松塔长在离地很高的大树上，大树很粗，搂抱不住，攀爬很困难，魏铁匠用带铁尖的脚镫子加铁指套作为工具，才可以爬上这种大树。

后来，他发现了，铁手套还可以用来杀人，十指尖尖，锋利无比。

魏红会搬过几次家，活动范围始终在大兴安岭地区的几个县城。有一年，清明刚过，他在家炸韭菜盒子，他和儿子突然想喝血，父子俩都觉得自己如果喝不到血就会死。魏铁匠拿上铁手套，在一个胡同里徘徊了很久，杀死了一个放学晚归的男孩。之所以先划破肚子，是因为他不想让男孩立刻死掉，他想在男孩还活着的时候，去吮吸流动的血液。他俯下身，用牙齿咬破男孩的脖子，男孩惊恐得浑身抽搐……

杀死一个人，他就搬家一次，最终回到了村里。

魏铁匠不让儿子参与杀人，受害者还没有死去的时候，儿子想要喝血，他会阻拦。

魏铁匠的老婆因为他吸血，吓得和别人私奔了。

父子俩相依为命，这是活下去的唯一意义。

魏铁匠说：儿呀，我杀人是犯法的，你吸死人的血，不犯法。

魏红会说：哦，这样啊，我知道了。

魏铁匠说：你妈和人家跑了，和一个开机动三轮车卖西瓜的贩子。

魏红会说：我妈可真坏，妈的，破鞋。

魏铁匠说：不赖你妈，赖我，谁叫咱俩得了这个怪病呢。

回到向阳村，在姹紫嫣红中，在断井颓垣中，父子俩感到很孤单，他们没有听说过，除了他们之外，还有谁爱吸血。一年又一年，他们坚强地活着。

魏红会爱过一个女孩。

剥蝴蝶而见梁祝，炒玫瑰而过七夕。

魏红会除了吸血之外，还有一个愿望：娶媳妇。

魏红会相亲过一次，同村的媒人安排一个女孩在村口和他相见，女孩叫美美，染着黄发，穿牛仔裤，戴大圆圈耳环，打扮得有点像城乡接合部的非主流少女，有点土气，但不甘于土气。魏红会穿着白衬衣，穿着凉鞋，脚后跟有洗不干净的黏土。

相亲时，魏红会一见钟情，爱上了美美，觉得她可真美，但是他再也没有见过那个女孩。

媒人反馈来的信息是——人家不愿意嫁给一个傻子。

魏红会的智商确实有问题，说话傻乎乎的，甚至不如一个儿童伶牙俐齿。

相亲之事过去很久了，魏红会依然怀恨在心。他不恨那个女孩，而是恨媒人。偏执的傻瓜不可理喻，他觉得是媒人从中作梗，破坏了他的良缘。

那天清晨，媒人带着孩子去县城买东西，魏红会拦住了母子俩。

魏红会本来想争吵几句，但是又有点词穷，索性直接骂脏话，母子俩将他骂得狗血喷头。

魏红会灰溜溜地回了家，他对父亲说：爹，爹，吸他们的血，我有点想吸血了。

就像抽烟、喝酒、吸毒一样，吸血也会成瘾。

魏铁匠犹豫了几分钟，戴上了铁手套，和儿子一起追出村口，在山路上杀害了那母子俩。

从那以后，魏红会就得了另一种怪病。他觉得背部奇痒无比，皮肤变得像癞蛤蟆一样疙疙瘩瘩，每一个疙瘩慢慢地溃烂成孔状，密集如蜂窝。

医生认为这可能是极其罕见的铁线虫或者人肤蝇感染的寄生疾病。

铁线虫是一种恐怖的虫子，在水池边能发现死螳螂，这正是铁线虫的杰作。铁线虫是螳螂身长的两倍，却可以寄生在螳螂体内。人也会感染铁线虫，虫子侵入人体后可进一步发育至成虫，并可存活数年，长度可达一米。

很显然，魏红会感染的不是铁线虫，很可能是人肤蝇的寄生虫卵。

人肤蝇以人和牲畜为寄生对象。人肤蝇会抓住蚊子并将几枚卵产在它身上，然后，蚊子找到人类，吸血时，卵落在人身上开始孵化，幼虫顺着毛孔钻进人的皮肤。有时候，它更爱钻进女性的乳房，莲蓬乳就是这么形成的。幼虫在皮下靠吃结缔组织为生，长大后开始化蛹，最后从皮肤中钻出来。

人肉把它们喂得膘肥体壮，它们顽强地盘踞在宿主体内，背上的刺，刺穿肌肉组织，还用钩子把自己固定在组织内，要清除这种寄生虫相当困难。

  魏铁匠孤注一掷地在公安局里杀死了猫脸老太，离开家的时候，魏铁匠对儿子说：这个老太太住在山上，整天吃人参，才活这么大岁数，我带你去喝她的血，可能就会治好你的病。家里的那口棺材我用得上，我带你去，就没想再走出公安局，我被枪毙了，你就把我埋了。我活着也没啥意思，作孽啊，杀了好几个人了。你现在也长大了，以后一个人，长点心吧，病好了再找媳妇。这次我不吸血了，只杀人。还是和以前一样，我杀人，你别动手。我杀人犯法，你吸死人的血，不犯法。走吧……

  魏红会说：爹，咱快去快回，我病好了，还是想娶美美。

（全文完）

图书在版编目（CIP）数据

罪全书.4 / 蜘蛛著. — 贵阳：贵州人民出版社，2020.3

ISBN 978-7-221-15806-2

Ⅰ.①罪… Ⅱ.①蜘… Ⅲ.①长篇小说—中国—当代 Ⅳ.①I247.5

中国版本图书馆CIP数据核字（2019）第282666号

上架建议：畅销·长篇小说

罪全书 4

蜘蛛 著

责任编辑：胡 洋 潘 乐
出　　版：贵州人民出版社
　　　　　（贵州省贵阳市观山湖区会展东路SOHO办公区A座　邮编：550081）
印　　刷：三河市兴博印务有限公司
开　　本：880mm×1270mm　1/16
字　　数：300千字
印　　张：22
版　　次：2020年3月第1版　2020年3月第1次印刷
书　　号：ISBN 978-7-221-15806-2
定　　价：49.80元